CARAMBAIA

Ievguêni Zamiátin

SELEÇÃO, TRADUÇÃO E POSFÁCIO
IRINEU FRANCO PERPETUO

XIS E OUTRAS HISTÓRIAS

Da província
6

Os ilhéus
86

O Norte
158

Conto sobre o mais importante
216

Xis

261

Autobiografia

287

Carta a Stálin

311

Posfácio

Da província ¹⁹¹²

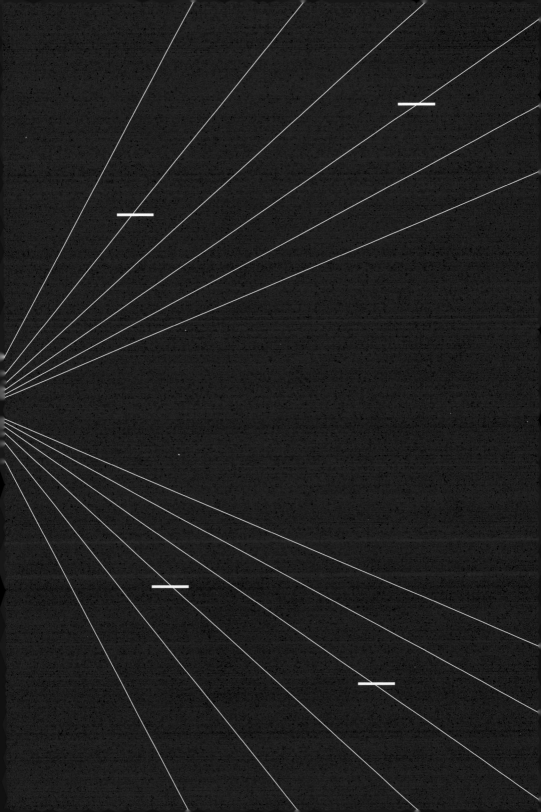

1   QUADRANGULAR

O pai serrazina sem parar: "Estude, estude, senão vai acabar como eu, fazendo botas". Mas como estudar, se você é o primeiro na lista de chamada e, assim que a aula começa, já te convocam:

— Baryba, Anfim. Para cá, por favor.

E Anfim Baryba se levanta, sua e franze a testa, que sem isso já é estreita, até a altura das sobrancelhas.

— De novo não sabe patavina? Aaah, e você já é um rapaz crescido, já em idade de se casar. Sente-se, meu caro.

Baryba sentou-se. E assim permaneceu, solidamente, dois anos por série. Dessa forma, mansamente, sem se apressar, Baryba chegou à última.

Nessa época, tinha 15 anos, até mais. Já lhe haviam brotado bigodes, como uma boa safra de inverno, e ele corria com os rapazes à represa de Streltsý para olhar as mulheres se banhando. Depois, à noite, mesmo que não se deitasse para dormir, subiam-lhe uns sonhos quentes, surgiam umas danças de roda que...

De manhã, Baryba levanta-se soturno e vagueia o dia inteiro. Fica até a noite submerso no bosque do mosteiro. A escola? Ah, ela que se dane!

À noite, o pai se põe a admoestá-lo: "Fugiu de novo, seu rebelde, teimoso?". E ele, embora se exaltasse com facilidade, aperta os dentes, não dá um pio. Apenas assomam mais pontudos todos os ângulos de seu rosto esquisito.

Isso mesmo: ângulos. Não era à toa que os rapazes da província o apelidaram de Ferro de Passar. Mandíbulas de ferro, pesadas; boca larga, quadrangular e testa estreitinha: como um ferro de passar com o nariz para cima. E todo o Baryba era assim, largo, volumoso, feito inteiramente de linhas e ângulos retos. Mas cada um se ajustava ao outro de forma que dos pedaços desajeitados parecia resultar uma harmonia: talvez selvagem, talvez terrível, mas ainda assim uma harmonia.

Os rapazes temiam Baryba: uma besta, com essa mão pesada, era capaz de arremessar alguém longe. Provocavam-no, mas detrás da esquina, a 1 versta de distância. Em compensação, quando Baryba estava com fome, alimentavam-no com pão branco e se fartavam de caçoar dele.

— Ei, Baryba, se você roer isto aqui, a gente te dá meio filão de pão.

E lhe davam pedregulhos, escolhendo os mais duros.

— É pouco – resmunga Baryba, lúgubre. — Um filão inteiro.

— Que diabo, comilão! – mas conseguiam um filão inteiro. E Baryba punha-se a roer os pedregulhos para divertimento dos rapazes, moendo-os com seus trituradores de ferro. Tudo, até o fim! Para os rapazes, não tinha diversão como essa.

Divertir-se, todos se divertem, mas, quando os exames chegaram, quem estava se divertindo também teve de mergulhar nos livros, embora maio verdejasse no pátio.

Dezoito de maio, o dia da tsarina Alexandra, é por lei a data dos exames – o primeiro das provas finais. E eis que certa noite o pai, pondo de lado o linhol e as botas, tirou os óculos e disse:

— Lembre-se disso, Anfimka, enfie na sua cabeça: se você não passar desta vez, eu o expulso de casa.

Tinha três dias para se preparar: o que poderia ser melhor? Os rapazes, no entanto, começaram a apostar cara ou coroa – ah, que jogo sedutor! Por dois dias Anfimka não teve sorte, perdeu todo o seu capital: sete moedas de 10 copeques e o cinto novo, com fivela. Era de matar. Mas no terceiro dia, glória a Vós, Senhor, tudo voltou, e ele ganhou ainda mais 50 copeques limpos.

No dia 18, naturalmente, Baryba foi o primeiro a ser chamado. Nem um sussurro dos rapazes da província; ficaram só esperando: agora vai dançar, o coitado.

Baryba puxou a folha com o ponto – e cravou os olhos no bilhete branco. Ficou levemente enjoado com aquela brancura, e também de medo. Todas as palavras se escafederam: não restou nenhuma.

Nas primeiras carteiras, os sopradores sussurravam:

— Tigre e Eufrates... O jardim em que viviam... Mesopotâmia. Meso-po-tâ... Que diabos! Ele é surdo?

Baryba começou a falar – uma depois da outra, pôs-se a lascar, como pedras, as palavras – pesadas, escassas.

— Adão e Eva. Entre o Tigre e... esse... Eufrates. O paraíso era um jardim imenso. No qual viviam os mesopotâmios. E outros animais...

O pope meneou a cabeça, aparentemente com ternura. Baryba se animou.

— Mas quem são esses mesopotâmios? Hein, Anfim? Explique-nos, Anfímuchka.

— Os mesopotâmios... São assim: bestas antediluvianas. Muito ferozes. E estavam no paraíso. Viviam ao lado...

O pope grunhiu de tanto rir e cobriu-se com a barba virada para cima, os rapazes caíam das carteiras.

■

Para casa, Baryba não foi. Pois sabia que o pai era um homem justo, não era de soltar palavras ao vento. O que dizia fazia. Ainda por cima, é possível que ainda lhe desse umas belas cintadas.

2 COM OS CÃES

Era uma vez os Balkáchin, comerciantes honrados, que cozinhavam o próprio malte em sua fábrica. No ano do cólera, de repente, todos eles, de um jeito ou de outro, morreram. Dizem que ao longe, em algum lugar na cidade grande, moram seus herdeiros, mas estes nunca aparecem. Assim, a casa baldia ficou desolada, aflita. A torre de madeira se curvou, as janelas foram tapadas com tábuas, o mato tomou conta do quintal. Por cima da cerca, cachorrinhos e gatinhos cegos foram jogados por cima no quintal dos Balkáchin, por debaixo da cerca, cães vadios se esgueiravam, atrás de caça.

Pois foi ali que Baryba se instalou. Mirou o antigo abrigo das vacas, por sorte as portas não estavam trancadas; lá havia uma manjedoura de tábuas pregadas: um leito, por que não? Foi então a bem-aventurança de Baryba: não precisar estudar, fazer o que passasse pela cabeça, nadar até bater os dentes, vagar o dia inteiro pelo arrabalde atrás do realejo, no bosque do mosteiro – dia e noite.

Tudo ficaria bem, mas logo não haveria o que comer. Por quanto tempo duraria seu rublinho?

Baryba pôs-se a ir à feira atrás do ganha-pão. Com a desajeitada destreza de um animal de braços compridos, escondendo-se dentro de si mesmo e fitando de esguelha, farejava entre os varais erguidos das carroças, entre os cavalos que mastigavam aveia, entre as camponesas que matraqueavam sem sossego: assim que uma Matriona qualquer dormia no ponto, pronto – Baryba conseguia seu almoço.

Se não deu certo na feira, Baryba corre para o subúrbio de Streltsý. A pé por aqui, rastejando ali, ele imiscui-se por fundos de quintal, eiras cobertas, hortas. O cheiro pinicante do absinto faz cócegas no nariz, mas Deus o livre de espirrar: a dona da casa está lá, lá, mexendo no canteiro, mergulha no verde um lenço vermelho. Baryba apanha batatas, cenouras, cozinha-as em casa, no quintal dos Balkáchin, come queimando a língua, sem sal – e, de alguma forma, fica saciado. Claro que isso não engorda, mas também não mata.

Se não se dá bem, outro dia sem sorte, Baryba fica ali, faminto e, com invejosos olhos de lobo, fita os cães: roem um osso, brincam alegremente com outro. Baryba olha...

■

Dias, semanas, meses. Oh, ele já estava cheio de viver com cães famintos no quintal dos Balkáchin. Baryba ressequiu-se, endureceu, cobriu-se de pelos, enegreceu; de magreza, os cantos da mandíbula e os zigomas assomavam em ângulos ainda mais rígidos, o rosto ficou ainda mais pesado, ainda mais quadrangular.

Precisava fugir da vida de cachorro. Ser gente, viver como gente de algum jeito: tomar chá quente, dormir debaixo de um cobertor.

Havia dias em que Baryba ficava o dia inteiro deitado em seu abrigo, de bruços sobre a palha. Havia dias em que Baryba se alvoroçava o dia inteiro pelo quintal dos Balkáchin, procurava gente, qualquer coisa de gente.

No quintal vizinho, dos Tchebotarióv, já tinha gente desde cedo: coureiros de avental de couro, carreteiros com carroças de couro. Veem um olho girando no buraco da cerca, sacodem os cabos dos cnutes:

— Ei, quem está aí?

— Será que os donos deixaram um caseiro no quintal dos Balkáchin?

Baryba – com saltos de lobo – vai para seu abrigo, para a palha, e deita. Ui, se ele fosse apanhado por esses carreteiros, ele os, ele os...

A partir do meio-dia, no quintal dos Tchebotarióv, facas começam a soar na cozinha, cheira a carne assada. Baryba estremece todo na fenda de sua cerca, e não desgruda dela enquanto não terminam de almoçar.

Quando terminam, é como se ele fosse voar. Terminam, e a própria Tchebotarikha se arrasta para o quintal: vermelha, empacada, não consegue nem andar de tanto que comeu.

— U-uh – range os dentes Baryba, ferro contra ferro.

Nos dias de festa, no quintal dos Balkáchin, subindo uma pequena travessa, badalava a Igreja da Intercessão – e o som deixava Baryba ainda mais bravo. Soava e ressoava, badalava nos ouvidos, repicava...

"Pois quer saber para onde eu vou? Para o mosteiro, para Ievssêi!", ocorreu a Baryba, ao ouvir aquele som.

Ainda criança pequena, depois das surras Baryba corria para Ievssêi. E sempre acontecia de Ievssêi dar-lhe chá com roscas do mosteiro. Ele bebia – e o outro lhe dizia alguma coisa, para consolar:

— Ê, menino! Outro dia o hegúmeno me pegou pelos cabelos, eu até... Ê, meni... Mas está chorando?

Baryba correu alegre para o mosteiro: agora ia deixar os cachorros dos Balkáchin.

— O padre Ievssêi está em casa?

O noviço cobriu a boca com a mão, gargalhou:

— O-ora! Você não o acha nem com galgos: encheu a cara, o padre Ievssêi, passou a semana inteira na farra em Streltsý.

Nada de Ievssêi. É o fim, não há mais para onde ir. De novo ao quintal dos Balkáchin...

3   OS PINTINHOS

Depois do ofício vespertino ou do matutino, o padre Pokróvski alcança Tchebotarikha, balança a cabeça e diz:

— Isso é uma indecência, minha mãe. Precisa caminhar, fazer um passeio. Senão, olhe lá, suas carnes vão transbordar.

Mas Tchebotarikha se estica toda em seu breque, como uma massa, e, comprimindo os lábios, diz:

— Não dá de jeito nenhum, meu pai, o coração *despara*.

E Tchebotarikha segue a rodar pela poeira, grudada ao breque – formando um todo com ele, pesado, flutuante, de molas. Sobre as próprias pernas, sem rodas, ninguém nunca vira Tchebotarikha na rua. Até para o que era mais perto – a sauna dos Tchebotarióv (o marido deixara-lhe um curtume e uma sauna comercial) – ia de breque, às sextas-feiras, o dia das mulheres.

E por isso esse breque, o baio castrado e o cocheiro Urvanka desfrutavam de alta consideração junto a Tchebotarikha. E especialmente Urvanka: cacheado, uma força, um diabo, e todo moreno – era cigano, pelo jeito. Um fuliginoso, atarracado, todo fibroso, como um nó de corda boa. Diziam que ele não era apenas cocheiro de Tchebotarikha. Mas comentava-se debaixo dos panos, tinham medo de falar em voz alta: se você caísse na mão dele, de Urvanka, meu irmão, ele te espancava de um jeito... Bater até deixar a pessoa meio morta era a maior satisfação de Urvanka, pois ele mesmo apanhara muito, fora ladrão de cavalos.

Mas havia também amor em Urvanka: amava os cavalos e as galinhas. Coçava e coçava os cavalos, penteava-lhes a crina com seu pente de cobre e se punha a conversar com eles em uma língua qualquer. Seria verdade que era pagão?

E as galinhas, Urvanka as amava porque, na primavera, eram pintinhos – amarelos, redondinhos, macios. Acontecia de persegui-los por todo o quintal: piu-piu-piu! Rastejava embaixo da carroça de água, deslizava de gatinhas sob o alpendre – e, se pegava, punha na mão e – sua maior satisfação – aquecia o pintinho com seu hálito. E dava um jeito para que ninguém visse a sua fuça nessa hora. Só Deus sabe como ela era. Assim, sem olhar, não dá para imaginar: aquele mesmo Urvanka – e um pintinho. Esquisito!

Para desgraça de Baryba, ele também se apaixonou pelos pintinhos de Urvanka: eram muito saborosos, tomou o hábito de surrupiá-los. Mais um, e agora um terceiro sumiu – Urvanka reparou. Mas onde se enfiaram os pintinhos – sua mente não alcançava. Será que o furão levou?

■

Era depois do meio-dia, Urvanka estava deitado na telega, sob o palheiro. Um calor, dava sono. Os pintinhos também se esconderam embaixo do palheiro, sentaram-se à sombra da paredezinha, fecharam a película dos olhos, cabeceavam.

E os coitadinhos não viam que a tábua de trás fora arrancada, e que, através do buraco, se esticava, na direção deles, um braço. Zás – e um pintinho pôs-se a guinchar, a inchar no punho de Baryba.

Urvanka ergueu-se de um salto, pôs-se a berrar. No mesmo instante pulou a cerca.

— Pega, pega, pega ladrão!

Fuga selvagem, animalesca. Baryba correu, escondeu-se em sua manjedoura, deslizou para debaixo da palha, mas Urvanka encontrou-o ali mesmo. Puxou-o e o pôs de pé.

— Ora, espere para ver o que vou fazer! Pelos meus pintinhos, vou te...

E arrastou-o pelo colarinho até Tchebotarikha: ela que inventasse um castigo para o ladrão.

4   TEVE PIEDADE

A cozinheira, Aníssia focinhuda, Tchebotarikha despedira. Por quê? Por isso mesmo, para que não se achegasse a Urvanka. Demitiu, e agora se danou. Não havia cozinheiras em todo o lugarejo. Teve de contratar Polka – uma garota assim, abatida.

E eis que, quando a Igreja da Intercessão chamou para as vésperas, essa mesma Polka estava limpando o chão, espalhando chá ralo, como Tchebotarikha ensinara. E a própria Tchebotarikha estava sentada lá, em um sofá forrado de cretone, e morria de tédio, olhando para um mata-moscas de vidro: no mata-moscas havia *kvas*[1], e, no *kvas*, as moscas se afogavam de tédio. Tchebotarikha bocejava, fazia o sinal da cruz na boca. "Ó Senhor meu pai, tem piedade..."

E teve piedade: um bater de pés e uma gritaria no saguão, então Urvanka empurrou Baryba para dentro. Baryba ficou tão pasmado – ao ver a própria Tchebotarikha – que até parou de se debater, e apenas os olhos, como os dos ratos, agitavam-se por todos os cantos.

---

1   Refresco fermentado de centeio. [TODAS AS NOTAS SÃO DO TRADUTOR.]

Tchebotarikha ouviu a respeito dos pintinhos – e encolerizou-se, respingando saliva.

— Ergueu a mão para os pintinhos, para os anjinhos de Deus? Ah, celerado, ah, imprestável! Póliuchka, traga a vassoura. Traga, traga, e não quero saber de mais nada!

Urvanka arreganhou os dentes, bateu com o joelho por trás – e num instante Baryba estava no chão. Quis morder, contorceu-se como uma cobra – mas que fazer contra o diabo do Urvanka: ele esticou-o, montou em Baryba, arrancou-lhe imediatamente as calças esburacadas e ficou apenas esperando uma palavra de Tchebotarikha para começar a represália.

Tchebotarikha, de tanto rir, não conseguia dizer palavra, tamanha a gargalhada que lhe acometeu. Com esforço abriu os olhos: por que tudo ficou calmo ali no chão?

Abriu – e o riso titubeou, inclinou-se para mais perto do corpo tenso, de força animalesca, de Baryba.

— Saia daqui, Urvan. Saia de cima, estou dizendo, saia de cima! Deixe-me indagar direito... – Tchebotarikha não olhava para Urvanka, virara os olhos para o canto.

Urvanka apeou devagar, virou-se na soleira, bateu a porta com toda a força.

Baryba ergueu-se de um salto, foi rápido atrás das calças: meu pai, elas eram só farrapos! Bem, o negócio era fugir sem olhar para trás...

Mas Tchebotarikha segurou-lhe o braço com força:

— O senhor, menino, seria filho de quem?

Ela ainda alongava o lábio inferior, em vez de "filho" dissera "milho", ainda se dava importância, mas Baryba farejava outra coisa.

— Do sa-sapateiro... – e logo recordou-se de toda a sua vida, começou a ganir, a uivar. — Por causa do ex-xame meu pai me enxotou, eu mo-orei... nos Bal... Nos Balkáchi-in...

Tchebotarikha ergueu os braços, pôs-se a cantarolar, doce, queixosa:

— Ah, meu orfãozinho, ah, infeliz! Enxotar de casa o próprio filho, hein? E ainda se diz pai...

Cantava e arrastava Baryba pela mão para algum lugar, e Baryba ia, melancólico, submisso.

— ... E você não tem quem te ensine o bem. E o Inimigo... foi ele que mandou: roube, roube o pintinho, não é verdade?

Quarto de dormir. Cama imensa, com um monte de edredons. Uma lâmpada votiva. O ícone e seu caixilho cintilam.

Empurrou Baryba para um tapetinho:

— De joelhos, fique de joelhos. Reze, Anfímuchka, reze. O Senhor é misericordioso, ele perdoará. E eu também perdoarei.

E assentou-se ela mesma atrás, sussurrando furiosamente uma oração. Baryba ficou de joelhos, bestificado, sem se mexer. "Tenho que me levantar, ir embora. Levantar..."

— Mas o que é isso, hein? Ninguém lhe ensinou o sinal da cruz? – Tchebotarikha pegou a mão de Baryba. — Bem, é assim: na testa, no ventre... – e grudou por trás, respirando em sua nuca.

De súbito, inesperadamente para si mesmo, Baryba virou-se e, confrangendo a mandíbula, enfiou fundo a mão em algo macio como massa.

— Ah, você é assim, hein? Então é isso, veja como você é, hein? Bem, pois seja, por você eu peco, por um orfãozinho.

Baryba afundou na massa doce e quente.

Para a noite, Polka armou um leito de feltro no baú da antessala.

Baryba meneou a cabeça: bem, há milagres no mundo. Adormeceu saciado e satisfeito.

5 VIDÃO

Sim, aqui a vida não é como no quintal dos Balkáchin. Tudo de mão beijada, sossego, edredons macios, quartos quentes, aquecidos com palha. O dia inteiro vagabundeando, em doce indolência. Ao crepúsculo, uma soneca deitado ao lado de Vaska, a ronronar sem pejo. Empanturrar-se de comer. Ê, vidão!

Comer até ficar com calor, até suar. Comer desde a manhã até a noite, encher a pança de comida. É essa a organização na casa de Tchebotarikha.

De manhã – chá com leite cozido a fogo lento, roscas de centeio em soro de leite. Tchebotarikha de camisa de dormir branca (já não muito, por sinal), cabeça coberta por um lenço.

— Por que a senhora está sempre de lenço? – diz Baryba.

— Ninguém lhe ensinou? Por acaso uma mulher pode andar de cabeça descoberta? Pois não sou uma rapariga, é pecado. Pois vivi com marido, fui coroada[2]. Sem nada na cabeça só andam as desencaminhadas...

Ou então entabulam uma outra conversa, mais proveitosa à hora da alimentação: sobre sonhos, sobre almanaques de brizomancia, sobre Martin Zadeck[3], sobre crendices e feitiços de amor.

Papo vai, papo vem – olhe, já passa das onze. Hora de merendar. Galantina, sopa de repolho, carne de siluro, ou ainda carpa

---

2   Os noivos são coroados na cerimônia de casamento da religião ortodoxa.

3   Citado no *Ievguêni Oniéguin*, de Púchkin, Martin Zadeck foi, supostamente, um eremita suíço que morreu em 1739, aos 106 anos, deixando escritos com previsões do futuro e interpretações de sonhos, que foram amplamente publicados na Rússia do século XIX.

salgada, tripa assada com mingau de trigo-sarraceno, tripas com raiz-forte, melancia e maçã na salmoura, e sabe-se mais o quê.

Ao meio-dia, não dá nem para dormir nem para nadar no rio: o demônio do meio-dia está lá – pronto para te pegar. Mas, naturalmente, dá vontade de dormir, o impuro seduz, deixa com sono.

Por mero tédio, Baryba vai até Polka, na cozinha: burra, burra, mas ainda assim um ser vivo. Procura lá o gato, o favorito de Polka, e se põe a enfiá-lo numa bota. Guinchos, algazarra na cozinha. Polka fica zanzando como uma desvairada.

— Anfim Iegórytch, Anfim Iegórytch, solte o Vássienka, pelo amor de Cristo!

Anfimka arreganha os dentes, enfia o gato ainda mais fundo. E Polka já suplica a Vássienka:

— Vássienka, ora, não chore, ora, aguente, menininho, aguente! Agora, agora mesmo ele vai te soltar!

O gato grita com voz lancinante. Polka, de olhos arregalados, a trancinha caída para a frente, puxa Baryba pela manga com sua mão fraca.

— Saia, senão te acerto com a bota!

Baryba larga a bota com o gato em um canto e, satisfeito, gargalha – vai ribombar a telega pelos buracos.

■

Jantam cedo, às oito horas. Polka traz a comida – e Tchebotarikha manda-a dormir, para que não incomode. Depois, tira da cristaleira uma garrafinha.

— Prove, Anfímuchka, prove mais um calicezinho.

Bebem em silêncio. A lâmpada chia fininho e fumega. Por muito tempo, ninguém vê.

"Está fumegando. Devo dizer?", pensa Baryba.

Mas as ideias atoladas não se mexem, ele não profere palavra.

Tchebotarikha serve a ele e a si. À luz da lâmpada a se extinguir, todo o rosto dela se esvai numa mancha embaciada. E tudo que se vê é apenas a boca ávida, gritando – um buraco vermelho e úmido. Todo o rosto é boca. E chega cada vez mais perto de Baryba o cheiro de seu corpo suado, pegajoso.

A lâmpada morre longamente, devagar, em angústia. A neve negra da fuligem voa pela sala de jantar. Fedor.

E, no quarto de dormir – a lâmpada votiva, o brilho do ouropel do caixilho. A cama aberta e, no tapetinho, ao lado, Tchebotarikha se prostrava.

E Baryba sabe que quanto mais prostrações, quanto maior seu ardor em expiar os pecados, mais ela irá torturá-lo à noite.

"Queria me enfurnar em algum lugar, deslizar para alguma fresta de barata..."

Mas não há para onde: as portas estão trancadas, a janela está selada pela escuridão.

■

Que dizer, o serviço de Baryba não é fácil. Em compensação, Tchebotarikha, dia após dia, está cada vez mais caída por ele. Adquiriu tamanha força que agora Tchebotarikha só pensa no que mais pode fazer para agradar a Anfímuchka.

— Anfímuchka, coma mais um pratinho...

— Oh, e essa friagem no quintal agora! Anfímuchka, venha, vou botar-lhe um cachecolzinho, hein?

— Ai, Anfímuchka, a barriga está doendo de novo? Que

pecado! Tome, é vodca com mostarda e sal, beba, é o melhor dos remédios.

Botas chiques, relógio de prata com correia de pescoço, galochas novas de borracha – e Baryba anda pelo quintal de Tchebotarikha como um valentão, dando ordens.

— Ei, você, molenga, bronco, onde despejou os couros? Onde mandaram?

Você olha e ele já aplicou uma multa de 2 copeques, o mujique está amarrotando seu gorrinho esburacado e se curvando.

Só de uma pessoa Baryba se mantém a 1 versta de distância: Urvanka. Mesmo contra Tchebotarikha ele se volta, vez ou outra. Aguenta, aguenta, mas às vezes cabe-lhe cada noite... De manhã, tudo fica turvo, fugiria para o fim do mundo. Baryba tranca-se na saleta e ronda, ronda, como numa jaula.

Tchebotarikha senta-se, sossega. Chama Polka.

— Póliuchka, vá dar uma olhada nele. E chame-o para almoçar.

Polka corre de volta, com risinhos:

— Não vem. Brabo, brabo, i-hi, fica andando de um lado pro outro!

E Tchebotarikha espera com o almoço uma hora, duas.

E, se espera com o almoço, se infringe a sagrada hora de almoçar, então quer dizer...

6   NA TABERNA DE TCHURÍLOV

Na condição de feitor, e com pão bom, Baryba engordou. Encontrou-o na rua Dvoriánskaia o carteiro Tchernobýlnikov, um velho conhecido, e logo abriu os braços:

— Nem dá para te reconhecer. Parece um comerciante!

Tchernobýlnikov invejou Baryba: o rapaz estava vivendo bem. Assim, de um jeito ou de outro, Baryba tinha de comemorar, regalar os amigos na taberna: o que custaria a ele, um rico?

Convenceu o sujeito com lisonjas.

Pelas sete, como combinado, Baryba chegou à taberna de Tchurílov. Ora, que lugar alegre, meu Senhor! Barulho, vozerio, luzes. Os criados, de branco, corriam para lá e para cá, vozes bêbadas faiscavam como raios de roda.

A cabeça de Baryba girava, ele ficou pasmo, não encontrava Tchernobýlnikov de jeito nenhum.

Mas Tchernobýlnikov já gritava de longe:

— Ei, comerciante, venha cá!

Os botões de carteiro de Tchernobýlnikov cintilavam. E ao lado dele havia um outro homenzinho. Pequeno, de nariz afilado – não parecia estar sentado na cadeira, mas saltitando num poleiro, como um pardal.

Tchernobýlnikov meneou a cabeça para o pardal:

— Esse é Timocha. Alfaiate. Falador.

Timocha sorriu – acendeu-se uma lâmpada quente em seu rosto pontudo:

— Alfaiate, sim. Remendo cérebros.

Baryba abriu a boca, quis perguntar, mas bateram-lhe no ombro por trás. O criado, de bandeja erguida junto à cabeça, já servia a cerveja na mesa. As vozes berravam, confundiam-se, e acima de todos pairava um – um pequeno-burguês ruivo, atravessador de cavalos, que bradava:

— Mitka, ei, Mitka, cabeça de vento, vai trazer ou não?

E novamente se pôs a cantar:

Por ti, rua larga,
Vou pela última vez...

Timocha ficou sabendo que Baryba era da província, ficou contente:

— Quer dizer que foi aquele pope mesmo que fez a sacanagem com você? Ora, como não, conhe-eço, conheço-o. Costurei para ele. Ele não gosta de mim, um horror!

— Mas por que não gosta?

— Por umas conversas minhas. Outro dia lhe disse: "Como serão nossos santos no outro mundo, no paraíso? São Timóteo, o misericordioso, meu anjo e protetor, ao ver como arderei no inferno, voltará a pegar a maça do paraíso? Isso é que é uma grande misericórdia, isso é que é alma santa! E ele não me ver, não reconhecer – isso ele não pode, está dito no catecismo". Bem, o pope calou a boca, não sabia o que dizer.

— Boa! – Baryba relinchou, retumbou, riu.

— O pope me disse: "Melhor seria se você praticasse boas ações, em vez de tagarelar assim". E eu: "Para que vou praticar boas ações? Melhor fazer o mal. O mal é vantajoso para os meus próximos porque, segundo o Evangelho, pelo meu mal o Senhor Deus irá recompensá-los com o bem centuplicado no outro mundo...". Ah, e o pope praguejou!

— Bem feito para o pope, bem feito para ele – regozijava-se Baryba. Ele teria amado imediatamente Timocha por ter acabado com o pope de forma tão habilidosa. Teria, mas Baryba era duro, de têmpera rija, impermeável ao amor.

Os copos tilintaram na mesinha diante da qual o pequeno-burguês ruivo estava sentado. Um punho terrível, revestido de pelos ruivos, esborcinara a mesa. O pequeno-burguês vociferou:

— E então, diga? E então, diga mais uma vez? Pois bem, e então?

Os vizinhos se ergueram de um salto, amontoaram-se, esticaram o pescoço: oh, amamos os escândalos, são sopa no mel!

Um homenzarrão de pescoço comprido escapuliu da rixa, aproximou-se da mesinha, cumprimentou Tchernobýlnikov. Debaixo do braço, segurava um quepe com cocarda.

— Espantoso... E agora já estão todos se arrastando como carneiros – disse, com voz fina, esganiçada, e inflando os lábios com desprezo.

Sentou-se. Para Timocha e Baryba, nenhuma atenção. Falou com Tchernobýlnikov: um carteiro, de qualquer forma, é um tipo de funcionário público.

Timocha, sem rodeios, explicou em voz alta a Baryba:

— É o genro do tesoureiro. O tesoureiro casou-o com sua última filha, a encalhada, e arrumou-lhe um carguinho como escrivão da tesouraria, bem, e ele se faz de importante.

O genro do tesoureiro parecia não escutar, e falava ainda mais alto a Tchernobýlnikov:

— E depois da inspeção promoveram-no a secretário provincial...

Tchernobýlnikov arrastou as palavras com respeito:

— De pro-o-víncia?

Timocha ficou impaciente – meteu-se na conversa:

— Carteiro Tchernobýlnikov, lembra-se como outro dia o comissário de polícia enxotou chutando naquele lugar... esse mesmo aí, do reservado dos nobres?

— Eu lhe peço... Peço encarecidamente! – disse o genro do tesoureiro, furioso.

Mas Timocha seguiu até o fim:

— Um disse: "...Ah, você não vai!". O outro: "Ah, eu vou!". Bem, palavra puxa palavra: apostaram. Ele entrou no reservado dos nobres. E, nessa hora, o tesoureiro estava jogando bilhar com o comissário de polícia. Nosso almofadinha foi ao sogro: cochichou-lhe no ouvido, como se tivesse vindo a negócios. E ficou de pé ali. E o comissário começou a apontar com o taco, recuou, recuou e, como se não fosse nada, enxotou-o chutando naquele lugar. Oh, Senhor, que gargalhadas!

Baryba e Tchernobýlnikov rebentaram de rir.

O genro do tesoureiro levantou-se e saiu sem olhar.

— Bem, ainda vamos fazer as pazes – disse Timocha. — Não era um mau sujeito. Mas agora tem uma cocarda na testa, e, dentro da testa, tem borra.

7   A LARANJEIRA

Polka, a burra descalça, só tinha uma janelinha na cozinha, e mesmo assim o vidro mofou, floresceu de tão velho. E na janela de Polka havia um frasquinho.

Nesse frasquinho ela plantara – já havia tempo, devia fazer meio ano – uma semente de laranja. E agora, veja, já tinha crescido uma árvore inteira: uma, duas, três, quatro folhinhas, pequetitinhas, lustrosas.

Polka fazia e desfazia na cozinha, batia potes, mas estava sempre indo até a arvorezinha, cheirando as folhinhas.

— Que maravilha. Era uma semente, e agora...

Vigiava, cuidava. Depois de alguém ter dito que era bom para o crescimento, ela começou a regar a arvorezinha com sopa, quando sobrava do almoço.

Uma vez, Baryba voltou tarde da taberna, levantou-se raivoso, bem raivoso, de manhã, engoliu o chá e foi imediatamente para a cozinha, para desafogar a alma. Polka agora não o chamava por outro nome que não fosse patrão: era muito lisonjeiro.

Polka nessa hora estava ocupada junto à janela, junto à amada arvorezinha.

— Cadê o gato?

Polka, sem se virar, não parou o que fazia. Acanhada, respondeu:

— Saiu, patrão. Mas provavelmente está em algum lugar do quintal, onde mais?

— O que você está cozinhando aí?

Ela aquietou-se, intimidou-se, calou-se. Um prato de sopa na mão.

— So-pa? Para regar grama? É para isso que te dão sopa, você é tão burrinha assim? Passe agora para cá!

— Ma-as é uma *aranja*, senhor...

Polka tremeu de medo: ah, e agora?

— Eu te mostro a *aranja*! Regar com sopa, sua burra, hein?

Baryba agarrou o frasquinho com a laranja. Polka caiu no choro. Mas para que ficar perdendo tempo com ela, uma burra? Arrancou a arvorezinha pela raiz, jogou pela janela e pôs o frasquinho no lugar. Muito simples, até.

Polka berrava como louca, faixas sujas de lágrimas sulcavam-lhe o rosto, seu pranto era de mulher:

— *Aranja* minha, queridinha, como vou ficar sem voocêê...

Baryba deu-lhe alegremente um par de pancadas por trás, e ela saiu correndo porta afora, pelo quintal – direto para a adega.

Ele roera umas pedras, e agora a coisa com Polka e a laranja – isso o aliviou imediatamente. Baryba arregaçou os dentes, inebriou-se.

Viu pela janela como Polka baixou à adega. Uma espécie de mó girou-lhe devagar na cabeça, o coração, de repente, deu uma pontada.

Saiu para o quintal, olhou ao redor e esgueirou-se para a adega. Fechou bem a porta atrás de si...

Depois do sol, as trevas: ficou completamente cego. Apalpou as paredes úmidas, tropeçou.

— Polka, cadê você? Onde foi se encafuar, sua burra?

Ouvia-se Polka fungando, choramingando em algum lugar, mas onde...

Bolorento, tumular, úmido. Apalpou com as mãos – batatas, barris. Derrubou uma roda de madeira de cima de alguma bilha.

Lá estava Polka: sentada num monte de batatas, lambuzando-se de lágrimas. Um buraquinho minúsculo em cima – um raiozinho de luz ardiloso, afilado, enfiou-se ali e cortou um pedaço das tranças de Polka, com uma fita feita de trapos, os dedos, a face suja.

— Ânimo, ânimo, não chore, vá se enxugar!

Baryba apoiou-se nela de leve, e ela tombou. Movia-se com obediência, era como uma boneca de pano. Apenas choramingava cada vez mais.

A boca de Baryba secou, sua língua mal se mexia. Inventou qualquer coisa para ocupar a cabeça dela, para distrair do que ele tinha feito:

— Arre, é uma brincadeira, uma *aranja*! E você ainda chora? Em vez de *aranja*, vamos te comprar, olha só, um *erânio*... O *erânio*... é o mais... perfumado...

Polka tremia toda e choramingava, e nisso consistia sua doçura especial para Baryba.

— Certo, ceerto! Chore agora, chore com tudo – proferia Baryba.

■

Mandou Polka embora. Ele mesmo ficou um pouco mais, deitou-se no monte de batatas para descansar.

De repente Baryba abriu um sorriso de orelha a orelha, de satisfação. Disse em voz alta a Tchebotarikha:

— Então, colcha velha, tomou, hein?

E fez-lhe uma figa[4] no escuro.

Saiu da adega, semicerrou os olhos: o sol. Olhou para o galpão: Urvanka mexia-se por lá, de costas para ele.

8   TIMOCHA

Sentaram-se na taberna para o chá. Timocha fitava Baryba com atenção.

— Você é inóspito, estou vendo. Devem ter batido em você, é isso.

— Batiam, claro – riu-se Baryba. Era até lisonjeiro: tinham batido, mas agora, tente se meter.

— Por isso ficou assim, filhote. Sua alma e sua consciência são de galinha...

---

4   Gesto ofensivo na Rússia.

E começou sua cantilena, sobre Deus – não existe, mas resulta que é preciso viver segundo Deus –, sobre a fé, sobre os livros. Baryba não tinha o costume de moer tanta coisa com sua mó, as palavras complicadas de Timocha o faziam penar. Mas ouvia – arrastava-se atrás de Timocha como uma telega pesada. A quem iria escutar, senão Timocha: o sujeito era cabeça.

E Timocha já chegara ao principal:

— Vez ou outra parece que sim: existe. E de novo você se vira, pondera: e de novo não existe nada. Nada: nem Deus, nem terra, nem água, apenas a ondulação dos céus. Apenas aparência, e só.

Timocha virou a cabecinha como um pardal, algo o oprimia.

— Apenas aparência. Chegar a isso, ora! Não, mas conviver com esse nada, olho no olho, alimentar-se de ar... É isso, irmão...

E viu que Baryba já se perdera, ficara para trás, tropeçara. Timocha abanou o braço:

— Ei, para quê! Isso não é para você, que vive em função do ventre... Seu Deus é comestível.

Saíram da taberna. Uma noite de junho, tépida, cheirando a tília, grilos cricrilam na grama. Mas Timocha está agasalhado com um acolchoado, que esquisito!

— Timocha, por que anda como uma mulher malvestida?

— Ah, ora! Não pergunte. Tu-ber-cu-lo-se, irmão. Foi o que o auxiliar de enfermagem disse no hospital. Ficar resfriado, Deus me livre!

"Arre, por isso ele é tão fracote." E de repente Baryba sentiu, com toda a força, o peso de seu corpo robusto de animal. Caminhava firme, satisfeito: era agradável pisar na terra, esmagá-la – assim! Assim mesmo!

Na casa de Timocha, no quartinho com papel de parede esburacado, três crianças, sardentas, de nariz afilado, estavam sentadas à mesa sem pintura.

— Cadê a mãe? – gritou Timocha. — De novo não está.

— Foi ao chefe do *zemstvo*[5], vieram atrás dela – disse timidamente uma menina. E foi ao canto e pôs-se a calçar as botas: era inadequado ficar descalça, tinha chegado um estranho.

Timocha franziu o cenho.

— Traga o *kulech*[6], Fenka. E pegue a garrafa ao sair.

— Mamãe não autorizou a garrafa.

— Mamãe, uma ova. Rápido, rápido! Sente-se, Baryba.

Sentaram-se à mesa. Acima, chiava fininho a lâmpada no abajur de estanho revestido de moscas mortas.

Fenka começou a tirar o *kulech* da terrina e servir em uma gamela para as crianças.

Timocha gritou com ela:

— O que é isso? Está com nojo do pai? A mãe ensinou tudo? Bem, vou ensinar a ela, aqui mesmo, basta chegar! Fica zanzando...

As crianças começaram a sorver da gamela comum, sem vontade, abatidas. Timocha deu um risinho torto e disse a Baryba:

— Veja, vou tentar o Senhor Deus. No hospital dizem que ela é contagiosa, a tísica. Bem, então verei: contagio as crianças ou não? Ele, o Senhor, erguerá a mão contra crianças ingênuas? Erguerá ou não?

Bateram de leve, timidamente, na janela.

---

5 Órgãos administrativos regionais que existiram na Rússia entre 1864 e 1918.

6 Guisado com painço e toucinho.

Timocha apressadamente abriu o caixilho e cantarolou venenosamente:

— Ah, ah, a senhora dignou-se?

E depois, para Baryba:

— Bem, irmão, recolha seus trastes. Não há nada mais para você ver. Aqui a coisa vai ficar séria.

9   DIA DE SANTO ELIAS

A noite que antecede o dia de Santo Elias é especial, e seu toque dos sinos também é especial: na catedral põe-se a mesa, no mosteiro põe-se a mesa, as cozinheiras fazem tortas para o dia seguinte em todas as casas, e, no céu, o profeta Elias prepara trovões. E que céu, antes do dia de Santo Elias: limpo, sereno, como numa isbá lavada para a festa. Todos se apressam para suas igrejas: Deus não permita atrasarem-se para o cântico a Elias, derramarão lágrimas o ano inteiro, como a chuva, que desde sempre é mandada no dia de Santo Elias.

Bem, há quem se atrase, mas não Tchebotarikha: é a primeira beata da Igreja da Intercessão. Veja bem, Urvanka já atrelou os cavalos com antecedência.

Atrelou, caminhou pelo quintal, passou bem em frente à adega. Olhou – a porta estava aberta. Urvanka resmungou:

— Arre, diabos, largaram a porta aberta. As pessoas indo rezar a Deus, e eles nisso aí. Safados!

E apimentou com uma palavrinha mais forte. Quis fechar a porta, mas não. Esperou, deu um risinho.

Foi avisar Tchebotarikha: "Está tudo pronto", disse.

— Só me permita pedir-lhe que saia pela porta dos fundos – e

Urvanka amarrou um sorriso em seu rosto fuliginoso e deu um nó: vá lá adivinhar o que isso quer dizer.

— O que você está aprontando, Urvanka? – disse Tchebotarikha. Contudo, desceu, farfalhando o vestido de seda castanho com florzinhas.

Veio, ofegante, pelos degraus. Passou pela adega.

— Devia ter fechado a porta. Tenho que dizer e mostrar tudo... Tchebotarikha é uma mulher séria, parcimoniosa, imagina se passaria sossegada na frente de uma porta aberta. Ainda que não fosse preciso, fecharia.

— Mas e eles, vai trancá-los?

— Eles quem?

— Como quem? Anfim Iegórytch e Polka. Afinal, eles também precisam ir às vésperas de Santo Elias.

— Está de lorota, seu *conalha*! Nunca na vida vou acreditar que Anfimka e ela...

— Que o trovão de Santo Elias me parta amanhã se estou mentindo.

— Ora, faça o sinal da cruz!

Urvanka fez o sinal da cruz. Ou seja, era verdade.

Tchebotarikha empalideceu e estremeceu, como massa que incha até a borda da travessa. Urvanka pensou: "Vai começar a uivar". Não – lembrou-se, pelo visto, de que estava de vestido de seda. Inchou o lábio com importância e disse, como se nada houvesse:

— Urvan, feche a portinha. Está na nossa hora, na hora de ir à igreja.

— Obedeço, minha mãe.

Estalou o ferrolho, soltou os cavalos, e o famoso breque de Tchebotarikha levantou poeira pela estrada.

■

Tchebotarikha postara-se, como sempre, à frente, junto ao coro da direita. Cruzou as mãos na barriga e cravou os olhos em um ponto, na bota direita do diácono. Um papelzinho grudou na bota, o diácono estava no ambom, na frente de Tchebotarikha, e o papelzinho não dava sossego.

"Aos enfermos e sofredores..." "Ou seja, a mim, sofredora. Ah, Senhor, que canalha é Anfimka!"

Curvava-se para o solo, mas o papelzinho na bota estava lá, dançando diante dos olhos.

O diácono retirou-se – foi ainda pior: o maldito Anfimka não saía da cabeça. E ela cuidou dele, hein?

Só na hora do "Louvai" Tchebotarikha distraiu-se um pouco, quase se esqueceu de Baryba. Não, mas que coisa: a Olgúnia do diácono, que é instruída, está de pé que nem um poste! Esses instruídos querem fazer tudo do seu jeito, não como todos fazem. Nãão, vai ser preciso espinafrar o diácono a esse respeito...

O vigia, de uniforme de soldado reformado, estava apagando as velas da igreja. O diácono levou pão para Tchebotarikha num pratinho: era uma paroquiana exemplar, temente a Deus, pagava bem.

Tchebotarikha puxou-o pela manga e sussurrou em seu ouvido, longamente, a respeito de Olgúnia, enquanto balançava a cabeça.

■

Urvanka fez força, abriu o ferrolho. Baryba saiu de um salto, como se tivesse sido escaldado.

— O chá está servido – disse Urvanka com um risinho.

"Será que ele contou?", pensou Baryba.

Soberba, de vestido de seda, que lhe caía como uma casca de árvore, Tchebotarikha estava sentada e arrancava pedacinhos do pãozinho dado pelo diácono, engolindo-os como pílulas, com muito barulho: quem é que mastiga pão bento?

"Bem, melhor dizer logo", aguardava Baryba, de coração palpitante e doído.

— Deseja talvez que tragam leitinho fervido para o chá? – disse Tchebotarikha, com aparente ternura.

"Está caçoando? Ou será que ela não sabe mesmo?"

— Mas onde ela, a Polka, se encontra agora? Começou a transviar, essa mocinha frívola. Anfímuchka, o senhor deveria ficar de olho nela.

Assim falou Tchebotarikha, simplesmente como se não fosse nada, engolindo o pão aos pedacinhos, catando as migalhas bentas e botando-as na boca.

"Afinal, ela não sabe, pelo santo Deus", convenceu-se, de repente, Baryba. Alegrou-se, abriu seu sorriso quadrangular, relinchou, e contou como aquela tolinha, Polka, regava uma *aranjeira* com sopa.

O sol punha-se cúpreo, ardente: amanhã, Santo Elias trará uma tempestade. Enrubesciam as xícaras e os pratos brancos na mesa. Sentada, Tchebotarikha permaneceu solene, taciturna, e não riu nenhuma vez.

■

Baryba prostrava-se alegremente no quarto, ao lado de Tchebotarikha, e agradecia a santos ignotos: passou, escapou, Urvanka não disse nada!

A lâmpada apagou. Noite abafada, pesada, que antecede o dia de Santo Elias. No escuro do quarto, uma boca ávida, escancarada, sorvedora, e a respiração acelerada de uma fera acuada.

O coração de Baryba parou, círculos verdes remexiam diante de seus olhos, os cabelos colaram na testa.

— Mas o que você tem, ficou doida? – disse, desembaraçando-se do corpo dela.

Mas ela o envolvia como aranha.

— Nããо, queridinho, nããо, amiguinho! Não vai fugir, não!

E, no escuro, atormentava-o com carícias invisíveis, incompreensíveis e malvadas, e ela mesma soluçava: molhou de lágrimas todo o rosto de Baryba.

■

Até o amanhecer. De seu sono de pedra, Baryba ouviu um sino – chamava para as matinas de Santo Elias. No sono, ouviu um cântico e revirou pensamentos petrificados, esforçou-se em discernir.

Mas só acordou quando pararam de cantar. Levantou-se de imediato, de um salto, pronto para tudo. "Eram popes cantando o *molében*[7] na sala!"

Vestiu-se, os olhos grudavam, a cabeça alheava-se.

Os popes já tinham ido embora. Tchebotarikha estava sentada, sozinha, na saleta, no sofá de cretone. Estava outra vez de vestido de seda, que lhe caía como uma casca de árvore, e uma solene coifa rendada.

---

7   Na Igreja ortodoxa, oração de súplica pelo bem-estar dos vivos.

— Dormiu e perdeu o *molében* de Santo Elias, hein, Anfim Iegórytch?

Talvez porque fosse verdade – dormira demais e já era perto do meio-dia –, talvez porque a saleta cheirasse a incenso, Baryba ficou algo desconfortável, nada à vontade.

— Sente-se, Anfim Iegórytch, sente-se, vamos conversar.

Ficou calada. Depois fechou os olhos e fez uma cara que não parecia cara, era como uma torta. Cabeça de lado e, com voz doce:

— Pois bem, nossos pecados são pesados. E não dá para expiá-los. E, no outro mundo, Ele, nosso Pai, há de se lembrar de tudo, ele, nosso Pai, queimará tudo nas chamas de enxofre da *hiena*[8].

Baryba ficou calado. "Para onde ela vai com isso?"

De repente, Tchebotarikha arregalou completamente os olhos e, respingando saliva, pôs-se a gritar:

— Mas por que você, seu *conalha*, fica calado, como se tivesse a boca cheia de água? Ah, acha que eu não sei dos seus namoricos com Polka? Desgraçar a mocinha, seu *conalha* depravado, isso não é nada para você?

Atarantado, Baryba calava e revirava as mandíbulas, pensando:

"E ontem abateram um leitão, deve ser para o almoço de hoje".

Tchebotarikha entrou em ebulição com o silêncio de Baryba. Batia os pés, sentada.

— Fora, fora da *mia* casa! Sua víbora! Aqueci-o no meu peito, esse tinhoso, e ele... Olha isso! Com a Polka! Fez isso comigo, hein?

---

8   Um dos erros de fala de Tchebotarikha no texto. Ela quer dizer "Geena".

Sem entender, sem forças de remexer as ideias roliças, Baryba ficou sentado, como sovado. Olhou para Tchebotarikha. "Arre, como borbulha, como borbulha, hein?"

Recobrou os sentidos quando Urvanka entrou na saleta e lhe disse, com um sorriso de alegria.

— Bem, nada a fazer, irmão, nada a fazer. Raspe-se. De seu, irmão, aqui não tem nada.

E, por trás, enfiou o boné na cabeça de Baryba.

∎

Antes da tempestade de Santo Elias, o sol abrasava. Aguardavam-na – os pardais, as árvores, as pedras. Ressecavam, afligiam-se.

Baryba, atônito, vagava pela cidade, sentando em todos os bancos da rua Dvoriánskaia.

"E agora, que vem depois, hein? E agora? Para onde vou?"

Sacudia a cabeça, e de jeito nenhum conseguia tirar dela o quintal dos Balkáchin, a manjedoura, os cães famintos brigando por osso...

Errou então por ruas secundárias, pela relva verde. Passou pela carroça de água, de cuja roda soltara-se um raio, tilintando. Baryba sentiu que, na verdade, estava mesmo com vontade de beber. Pediu, bebeu.

E, do norte, do mosteiro, já vinha uma nuvem, dividindo o céu em duas metades: uma azul-celeste, alegre, outra azul-escura, terrível. A escura sempre crescia, inchava.

De algum jeito, sem se dar conta, Baryba viu-se sob o toldo da entrada da taberna de Tchurílov. Chovia a cântaros: umas mulheres se apinhavam na entrada, erguendo a barra das saias até a cabeça. Elias ribombava. Ora, tanto faz – derrube, ribombe, despeje!

De alguma forma deu-se que Baryba foi passar a noite na casa de Timocha. E Timocha não se espantou nem um pouquinho, como se todo dia Baryba fosse passar a noite em sua casa.

10 CREPÚSCULO NA CELA

No verão, às quatro da tarde, é a hora de maior marasmo de nosso lugarejo. Nenhuma das pessoas boas bota o nariz na rua – uma quentura de outro mundo. Os contraventos estão todos fechados, dorme-se docemente, de barriga cheia, após o almoço. Apenas uns pequenos redemoinhos, cinzentos demônios meridionais, dançam pelas ruas vazias. O carteiro aproxima-se da cancela, bate, bate. Mas não, não leve a mal: não vão abrir.

Desabrigado, vadio, Baryba vaga nessa hora. Como se não soubesse para onde. Mas as pernas o carregam – para o mosteiro. E para onde mais? De Timocha para Ievssêi, no mosteiro, e de Ievssêi para Timocha.

O muro dentado, recoberto de musgo. Uma casinha, parecendo de cachorro, junto ao portão de ferro chapado. E da casinha sai, fazendo caretas, o beato Arsêntiuchka com uma caneca – e com a dança de São Vito –, o guardião, e recolhe donativos, é persistente.

— Arre, que grudento, descarado!

Baryba deu-lhe uma moeda de 2 copeques e seguiu pelas lápides quentes e brancas, passando pelos túmulos dos cidadãos eminentes, atrás das grades douradas. As celebridades gostavam de ser enterradas ali: para qualquer um é lisonjeiro jazer no mosteiro, assim, dia e noite, hostes de anjos rezarão por eles.

Baryba bateu na cela de Ievssêi. Ninguém respondeu. Abriu a porta.

À mesa, sem batina, apenas de calça branca e camisa, estavam sentados dois: Ievssêi e Innokénti.

Ievssêi chiou encarniçado para Baryba: ch-ch-ch! E, sumarento, voltou a cravar os olhos vítreos, sem pestanejar, em seu copo de chá. E Innokénti, beiçudo, uma mulher de bigodes, ficou petrificado diante de seu copo.

Baryba deteve-se junto ao dintel, olhou, olhou: mas o que eles têm, endoidaram?

No outro dintel estava Savka, o noviço: cabelos sebosos, retos como varas, brações vermelhos de lagostim.

Savka fungou respeitosamente, de lado:

— Fff! Mas veja, uma mosca vai pousar no copo do padre Ievssêi. Ah, não está vendo?

Baryba esbugalhava os olhos sem entender nada.

— Mas veja só? Agora esse é o jogo preferido deles. Apostam lá uns 5, 10 copeques, e esperam, esperam. O padre em cujo copo a mosca cair primeiro – é quem vence.

Savka estava disposto a taramelar com o leigo. Falava, e o tempo todo, por respeito, tapava a boca com a mãozona vermelha.

— Olhe lá, olhe lá, o padre Ievssêi...

Ievssêi, cinzento, sumarento, curvou-se para o copo, arreganhou a boca cada vez mais – e de repente um estrondo: bateu com a mão no joelho:

— Sim senhor! Aí está a queridinha! Meus 5 copeques! – e tirou a mosca do copo com o dedo. — Ora, rapaz, você quase me pregou uma peça. Minha mãe! Estava assustando a mosca.

Chegou mais perto de Baryba, cravou nele os olhos vítreos, resmungou:

— Rapaz, não esperávamos mais vê-lo. Ouvimos dizer que virou um mandrião. Achávamos que a mulher ia esfolá-lo até a morte. Pois Tchebotarikha é uma mulher, vou lhe dizer, voraz!

Fez Baryba sentar-se para tomar chá, terminou de beber do mesmo copo do qual tirara a mosca mãe. Mas que encontro é esse, sem álcool? – Ievssêi pôs na mesa mais meia garrafa de vodca.

Savka trouxe o segundo samovar. Na mesa havia umas moedas, um saltério, roscas, cálices com as bases lascadas.

Innokénti ficou um pouco abalado depois da vodca, seus olhinhos grudavam, volta e meia ele apoiava a cabeça na mesa, segurando-a com seu punho pequeno. De repente, pôs-se a cantar *Luz radiante*, com voz queixosa. Ievssêi e Savka ecoaram. Savka fazia o baixo, tossindo de lado e cobrindo a boca com a mãozona vermelha. Baryba pensou: "Eh, tanto faz!", e também se pôs a uivar, pesaroso.

De repente, Ievssêi interrompeu e berrou:

— Paare! Pare, estou dizendo!

Mas Savka seguia a entoar. Ievssêi lançou-se na direção dele, agarrou-o pela garganta e apertou-o contra o espaldar da cadeira, doido, selvagem. Estrangulava.

Innokénti levantou-se, arqueado, aproximou-se de Ievssêi por trás, com passinhos de velhota, e fez-lhe cócegas no sovaco.

Ievssêi pôs-se a gargalhar, gorgolejou, abanou os braços como um moinho bêbado, e soltou Savka. Depois sentou no chão e entoou:

No mo-onte há um aleijado
Que mato-ou uma pessoa...

Todos calaram, depois ecoaram zelosamente, como antes, *Luz radiante.*

■

Tudo escureceu, tudo se fundia e balançava na cela bêbada. Não acenderam a luz. Innokénti lamuriava-se e amolava a todos, resmungando – uma velhota de bigodes e barba grisalha. Tinha a impressão de estar se engasgando com algo. Estava entalado em sua garganta, e só. Escarafunchava, escarafunchava com o dedo: não adiantava.

— Venha cá, tente você, Sávuchka querido, com o dedinho. Talvez sinta algo.

Sávuchka enfiou e depois enxugou o dedo na aba da batina.

— Não tem nada, reverendo. É tentação do diabo bêbado.

Ievssêi encostou na cama e ficou deitado muito tempo, sem chiar nem piar. Depois se levantou de um salto, de repente, sacudindo a guedelha.

— Pessoal, agora queria dar um pulo em Streltsý. Pela alegria do encontro. Baryba, meu rapaz, o que acha, hein? Só preciso arrumar dinheiro. Talvez com o despenseiro? E então, Savka, hein?

Savka pôs-se a relinchar, invisível junto à porta. Baryba pensou: "Por que não? Talvez apague. Quero esquecer tudo".

— Se devolver amanhã... Tenho pouco dinheiro, o último – disse a Ievssêi.

Ievssêi animou-se, sacudiu-se como um cão alegre, avolumaram-se os olhos vítreos.

— Sim, juro pelo Verdadeiro que amanhã devolvo, eu tenho, só que está escondido, longe daqui.

Os quatro passaram pelos túmulos. A lua meio morta piscava, atrás de uma nuvem. A batina de Innokénti ficou presa na cerca, ele sacudiu, fez o sinal da cruz, virou-se para trás. Os três escalaram o muro, no ponto onde alguns tijolos tinham sido arrancados com esse propósito.

11   O FRASCO DE BROCARD[9]

Outra vez uma tarde pesada, quente, sonolenta. Lápides brancas na vereda do mosteiro. Alameda de tílias, zunido de abelhas.

À frente Ievssêi, de *klobuk*[10] preto, guedelha untada de *kvas*: hoje é a sua vez de ministrar as vésperas. E, atrás, Baryba. Ele segue e vez por outra abre, como um portão, seu sorriso quadrangular.

— Fica mal em você, Ievssêi, esse *klobuk* esquisito, não cai bem. Um barrete de mujique ou um gorro alto de pele, isso cairia melhor.

— Mas eu, rapaz, queria ter sido cadete, só que acabei enchendo a cara sem querer. Daí vim parar no mosteiro. Eh, Ievssêi! Que capitão cossaco de fuça vermelha e nariz azul você teria sido. Ou um escrivão de comarca, bêbado, sem cerimônia com os mujiques. Mas veja onde está, por vontade de Deus...

— E como você dançou bem ontem à noite em Streltsý, hein?

---

9   Henri Brocard (1839-1900) fundou em Moscou, no século XIX, a perfumaria Brocard &Cie.
10 Cobertura de cabeça com véu dos monges ortodoxos.

Viramos monges,
Compramos samovares...

Ievssêi caiu no riso, quis sacudir os ombros. Mas não, nesses trajes femininos, não tinha como. Ontem estava assim: a camisa amarrada na cintura, debaixo dos braços, à moda do campo, calças pintadas de branco com listras azuis, barba ruiva em forma de pá, olhos saltando das órbitas – um verdadeiro silvano do campo, e mestre da dança. As moças de Streltsý riam a bandeiras despregadas!

Chegaram. Baryba esperou um minutinho na porta da velha igreja. Ievssêi saiu, chamou-o com o dedo.

— Ora, venha, rapaz, venha. Não tem ninguém. O vigia também foi para algum canto.

A igreja baixinha, antiga e sábia tem o nome do vetusto Elias. Passara poucas e boas: defendera-se dos tártaros, dizem que nela servira o boiardo Fiódor Románov – como monge Filaret –, que estava de passagem. Velhas tílias olhavam pelas janelas gradeadas.

Mesmo aqui resmunga, faz barulho, não sossega Ievssêi, o capitão cossaco de *klobuk*. Os santos velhos, magros e de olhos grandes se apertam às paredes, fugindo do barbudo e ruidoso Ievssêi, que balança os braços.

Ievssêi ficou de joelhos, apalpou debaixo da mesa do altar.

— Aqui – disse, e trouxe à luz um frasco empoeirado de pomada de Brocard. Abriu, e folheou, umedecendo os dedos com saliva, notas de 25.

"Oh, que diabo! Uma dezena, talvez mais. E para que precisa delas?"

Ievssêi separou uma nota.

— As restantes deixo em memória dos finados, ou então levo tudo às moças da rua Streltsý, para a bebedeira.

As lápides brancas da vereda do mosteiro. Abelhas zunem nas velhas tílias. A canícula pesada faz girar a cabeça ébria.

"E para que precisa delas?", pensa Baryba.

12   O MONGEZINHO VELHO

Num banco de pedra aquecido pelo sol, ao lado da igreja de Santo Elias, está sentado um mongezinho velho, bem velho. Sua sotaina desbotou, ficou verde, esverdeou também a barba grisalha, ficaram musgosas as mãos, o rosto. Jazia em algum lugar, como um tesouro, sob um velho carvalho – desenterraram-no, pegaram e puseram ali, no sol, para que se esquentasse.

— Mas quantos anos você tem, vovô? – pergunta Baryba.

— Ih, querido, esqueci. Mas do seu Tíkhon de Zadónsk[11] eu me lembro. Rezava bem a missa, com fervor.

Baryba fica girando em volta do mongezinho esverdeado, cola-se a ele. Oh, não é à toa!

— Vamos ao templo, vovô, ajudo-o a varrer.

E caminham ambos sob as abóbadas escuras e frescas. O mongezinho arruma carinhosamente sua velha igreja, cochicha com os santos. Acende uma velinha – fica parado, contemplando, tremeluzindo diante dela.

"Com um sopro, apago a velinha e o mongezinho junto", pensa Baryba.

---

11   Santo da Igreja ortodoxa que viveu de 1724 a 1783.

Ele vai atrás do monge: dá uma coisa, segura outra. O monge gostou de Baryba. Hoje o povo virou desrespeitoso, esqueceu-se completamente do velho, não há com quem trocar uma palavra. Mas esse aí...

— Vovô, mas não dá medo andar sozinho de noite na igreja?

— Ih, o que tem? Cristo está com você, vou ter medo dentro dela, da minha querida?

— Vovô, posso vir à noite com você?

O mongezinho diz, severo, de seu buraco:

— Por quarenta anos passei as noites sozinho com ela, sozinho. E ninguém mais vai passar a noite nela. Quem pode saber o que acontece numa igreja, à noite...

Cuide dela, cuide, ciumento. Verdade, quem pode saber o que acontece numa velha igreja à noite?

"Certo, esperarei", e Baryba continua andando atrás dele.

Na véspera de São Tíkhon de Zadónsk, o velho mongezinho se cansou. De gente, havia uma quantidade incontável. Depois, ele e Baryba ficaram arrumando e arrumando, a muito custo terminaram.

O mongezinho olhou todas as portas, verificou todas as fechaduras enferrujadas e sentou-se um minutinho, para descansar um pouco. Sentou e apagou, o decrépito, adormeceu. Baryba esperou, tossiu. Aproximou-se, tocou na manga do mongezinho: estava dormindo. Correu logo para o altar e, ora, apalpou debaixo da mesa. Apalpou, apalpou – encontrou.

O velho mongezinho dormia profundamente – já se habituava a dormir o sono da morte. O velho mongezinho não ouviu nada.

13 A ISBAZINHA DE APRÓSSIA

A rua Dvoriánskaia termina com as últimas lojas empobrecidas e postes de luz. E adiante há a represa de Streltsý, velhos salgueiros ao redor, uma balsa escorregadia, com musgo, as mulheres curvadas batem as roupas, os patinhos mergulham.

Bem junto à represa, no subúrbio de Streltsý, fica a isbazinha de Apróssia. Nada má, quente, seca. Telhado de palha tosqui, janelinhas de estilhaços de vidro desbotado. Mas por acaso Apróssia e o filhinho precisavam de muito? Arrendou o lote a um locatário, e veja, quando há festas o marido manda presentes – 3 rublos, 5. E uma carta:

"E ainda com amor curvo-me em profunda reverência à caríssima esposa Aprossínia Petrovna... E ainda notifico que outra vez nos acrescentaram 3 rublos ao ano. E Iliucha e eu decidimos novamente prolongar nosso período de serviço militar..."

No começo, Apróssia tinha saudades, naturalmente – coisa de jovem –, mas depois se apagou, e ela se esqueceu do marido em serviço militar. Assim, ele se apresentava como um selo numa carta, ou um carimbo: o carimbo dele, o selo dele. E nada mais. E Apróssia se virava, enrijecia, cavava a horta, costurava para o filhinho, lavava para fora.

Baryba alugou um quarto dessa Apróssia. Gostou de imediato: bem cuidado, limpo! Combinaram 4,5 rublos.

Apróssia estava satisfeita: um inquilino respeitável, não um vagabundo qualquer, e com dinheiro, pelo visto. E não muito rabugento ou orgulhoso: dava até para conversar. Agora cuidava de dois: do filhinho e de Baryba. Passava o dia todo em pé – curtida pelo vento, séria, trigueira, peito firme: era boa de olhar.

Sossegado, iluminado, limpo. Baryba descansou do passado. Dormia sem sonhos, tinha dinheiro: de que diacho ainda precisava? Comia sem pressa, firme, e bastante.
"Ora, está bem, agrado-lhe, deve ser", pensava Apróssia.
Baryba comprou uns livrinhos. Assim, de *lubok*[12], ninharias, mas muito divertidos. *Tiapka, o bandido de Lebedian, O monge criminoso e seu tesouro, O cocheiro da rainha da Espanha*. Baryba ficava largado, descascava sementes de girassol e lia. Não se arrastava para lugar nenhum: com o carteiro Tchernobýlnikov e o genro do tesoureiro sentia-se um tanto constrangido: as pessoas agora já tinham tirado tudo a limpo. E para mulher não tinha vontade nem de olhar, depois de Tchebotarikha – a poeira ainda não havia baixado.
Foi passear no campo, lá estavam ceifando. O brocado da tarde no céu, o ouro do centeio a cair submisso, camisas vermelhas suadas, gadanhas a ressoar. Então largaram – foram para as jarras de *kvas*, beberam, gotas no bigode. Ê, trabalharam até se fartar!
Baryba pensou: quero isso. Os braços fortes coçavam, os músculos de mastigação contraíam-se... "E o genro do tesoureiro? E se de repente ele visse?..."
— Tambÿ-ém, que invenção, virar mujique. Que mais, talvez carregar couro na fábrica de Tchebotarikha? Que beleza... – Baryba resmungou para si mesmo, zangado.
Vire-se ou não, é preciso inventar algo: não dá para viver só do dinheiro de Ievssêi, sem fazer nada, não se trata de sabe Deus quantos milhares.

---

12 Folhetos, impressos simples.

Baryba matutou, matutou, e armou um pedido à tesouraria: que o admitissem como escrivão, assistente do genro do tesoureiro. Então usaria um quepe com cocarda – para que o reconhecessem.

O bochorno, ao entardecer, era mortal. Baryba mesmo assim enfiou seu colete de veludo (sobra da vida folgada na casa de Tchebotarikha), o colarinho de algodão, calças "de sair" e foi à Dvoriánskaia: onde, como em nenhum outro lugar, encontraria o genro do tesoureiro.

Lá, naturalmente, caminhava o cabide de pernas longas, magro, lançando a todos um olhar azedo, volteando a bengala. Como se quisesse dizer: "Quem é você? Eu, veja, sou um funcionário público – de quepe com cocarda".

Impingiu um sorriso azedo a Baryba:

— Aah, é o senho-or! Um pedido? Hum-hum.

Animou-se, puxou as calças, arrumou o colarinho. Sentia-se um chefe amável.

— Ora, eu transmito, está bem. Farei o que puder. Ora, como não, como não, um velho conhecido.

Baryba foi para casa e pensou:

"Ugh, eu lhe daria uma bofetada, focinho azedo. Contudo, que dizer? Portou-se com educação. E o colarinho? Do tecido mais verdadeiro e, pelo visto, cada vez é um novo."

14 O VINHO DA ALEGRIA JORROU

O despenseiro Mitrofan farejou, averiguou tudo, o cachorro, sobre a excursão de Ievssêi a Streltsý. Pode ser, claro, que o próprio Ievssêi tenha espalhado, para se gabar. Só que o despenseiro soube de tudo até a última gota: de como Ievssêi saiu dançando só de camisa amarrada debaixo do braço, da canção *Viramos monges*, e da alegre carreira por Streltsý numa sege alugada. O despenseiro, naturalmente, foi ao hegúmeno. O hegúmeno convocou Ievssêi e passou-lhe tamanha descompostura que Ievssêi saiu voando, como se caísse do degrau mais alto da sauna.

Em contrição, Ievssêi foi alocado entre os padeiros. Não ia às missas. No porão da padaria – um calor, como no inferno –, o diabo-chefe, Silanti, peludo e vermelho, ralha com os sovadores e larga no forno, com uma pá, pães de 1 *pud*[13]. Os sovadores, só de camisa branca, com as madeixas presas por um barbante, viram a massa, gemem, esfalfam-se de trabalhar.

Em compensação, Ievssêi dormia como havia tempos não conseguia. E os olhos vítreos pareciam ter se recobrado um pouquinho. Nem tinha tempo de pensar na meia garrafa de vodca.

Tudo ia bem, mas a contrição acabou. Voltou à antiga. Ievssêi rezava a missa, resmungava orações. Novamente o noviço Savka agitava-se diante de sua vista com braços de lagostim, e Innokénti, a mulher de bigodes, cantava.

Savka contou a respeito de Innokénti:

— Outro dia ele, o padre Innokénti, foi à sauna. Lá havia um diaconozinho, alegre, que fora degredado. Assim que avistou o padre Innokénti em seu aspecto natural, gritou: "Meu pai, mas é uma mulher, veja, veja, tem os peitos caídos, quer dizer que já pariu".

Innokénti apertou mais a batina.

---

13 Antiga medida de peso equivalente a 16,3 quilos.

— É um sem-vergonha, esse seu diaconozinho. Por isso maquina essas coisas.

Esse mesmo diaconozinho arruinou Ievssêi. O diaconozinho vinha do mundo livre, entediava-se, como é compreensível, e vagava de cela em cela. Passou de alguma forma pela cela de Ievssêi. Ievssêi e Innokénti estavam sentados diante dos copos, novamente jogando "mosca" – apostando no copo de quem a mosca cairia primeiro. O diaconozinho riu, morreu de rir, largou-se na cama de Ievssêi, balançando os pezinhos, uiuiui (suas pernas eram curtinhas, pequenas, e os olhos, como ginjas).

O diaconozinho ficou de bom humor – e seguiu, e seguiu. Narrou todas as suas anedotas de seminário, era mestre nisso. No começo, discretamente. Depois, já contava respeito do pope, aquele que mandava os confessos pecarem até o fim: ele designava uma penitência de quinze reverências divididas em duas partes – bem, e não havia como contar, sempre resultava um número quebrado. E da monja que foi apanhada no bosque por vagabundos, uns cinco, e que depois disse: "Foi bom, até demais, e sem pecado".

Bem, em suma, regalou a todos. Ievssêi engasgava de rir, batia com o punho na mesa.

— Ah, que diácono! Ora, merece respeito. Pelo visto, temos que lhe oferecer uma bebida. Esperem, padres, hein? Um segundo.

— Onde a tempestade te leva? – perguntou o diácono.

— Atrás de dinheiro, irmão. Ele está bem armazenado, intocado. É aqui, não fica longe. Em um piscar de olhos...

E, de fato – o diácono nem teve tempo de terminar de contar uma nova anedota, e Ievssêi já estava lá. Entrou, apoiou-se no dintel.

— Vamos, ricaço, mostre aí – o diácono gritou, alegre, e aproximou-se de Ievssêi. Aproximou-se. E congelou: Ievssêi já não era Ievssêi. Mole, flácido, esvaíra-se todo: tinham aberto um buraco no flanco, e todo vinho da alegria jorrou, sobrando apenas o odre vazio.

— Mas por que está calado? Aconteceu alguma coisa?

— Roubaram – disse Ievssêi, com uma voz que não era a de Ievssêi, mas baixa, e largou na mesa as duas últimas notas: o ladrão as deixara só de gozação...

Mesmo antes, para dizer a verdade, o juízo de Ievssêi já era débil, mas agora deixou de regular de vez. Bebeu os últimos 25. Vagou bêbado pela cidade e pedinchou moedas de 5 copeques para a bebida de depois da ressaca. Um guarda quis levá-lo à delegacia por conduta ébria na rua – ele esborrachou o nariz do guarda e safou-se para o mosteiro.

De manhã, os amigos e colegas foram até ele: o noviço Savka, o padre Innokénti e o diaconozinho. Puseram-se a exortá-lo: volte a si, o que você tem, se o hegúmeno o puser para fora do mosteiro, que vai fazer, mendigar?

Ievssêi estava deitado de costas, sempre calado. Depois, de repente, pôs-se a fungar, espalhou lágrimas pela barba:

— Mas como, irmãos? Não é pelo dinheiro, não lamento o dinheiro. É que antes, se eu quisesse, sairia a qualquer momento do mosteiro. E agora, querendo ou não... Eu era um homem livre, mas agora...

— Mas quem foi que te ludibriou? – o diaconozinho inclinou-se para Ievssêi.

— Não sabia, mas agora sei. Não é um dos nossos, é um leigo. E parecia um rapaz correto, mas vejam... Foi ele, ninguém mais. Além dele, ninguém sabia onde estava o meu dinheiro.

Savka relinchou:

— Ah, eu sei!

À noite, diante da velinha, à mesa vazia – não tiveram vontade de aquecer o samovar –, julgaram e listaram o que poderia ser feito. Não conseguiram pensar em nada.

15 NA CASA DE IVÁNIKHA

De manhã, depois da missa, veio Innokénti. Trouxe pão bento. Sussurrou:

— Agora eu sei, padre Ievssêi. Lembrei-me. Vamos logo à casa de Ivánikha. Uh, uh, ela é famosa, vai enfeitiçar o ladrão – num instante ele aparece.

Era uma manhã orvalhada, rosada, o dia ia ser quente. Os pardais festejavam.

— Puxa, você me acordou muito cedo – resmungou Ievssêi.

Innokénti andava a passo miúdo de mulher, segurando a batina na altura da barriga.

— Não dá para ser de outro jeito, padre Ievssêi. Ou você não sabe que o feitiço só tem força em jejum?

— Tudo mentira sua, Innokénti. Estamos indo à toa, e é uma vergonha: somos clérigos.

Ivánikha era uma velha alta, grandalhona, ossuda, sobrancelhuda, de sobrancelhas de mocho. Recebeu os monges sem muito carinho.

— De que precisam? Vieram atrás de que feitiço de amor? Ou é *molében*? Seus *molébens* não são para mim.

E seguia ocupada, batendo potes no forno.

— Não é isso, viemos procurar você a respeito... O padre

Ievssêi foi roubado. Você não enfeitiçaria o ladrão? Ouvimos dizer...

∎

O padre Innokénti ficou intimidado com Ivánikha. Queria fazer o sinal da cruz, mas não podia se benzer na frente dela, talvez: ali estava o capeta, até podia se assustar, mas não daria em nada. Como uma mulher faz com a peliça, Innokénti estreitava a batina contra o peito. Ivánikha olhou-o de cima a baixo, fustigando-o com seus olhos de mocho:

— E você está aqui para quê? O roubado foi ele. Vou ficar a sós com ele.

— Mas eu, minha mãe, é que, eu...

Recolheu as abas da batina, dobrando-se e foi embora a passinhos miúdos, rápidos, de mulher.

— Como se chama? – Ivánikha perguntou a Ievssêi.

— Ievssêi.

— Sei que é Ievssêi. Não você, mas esse em quem você pensa: como se chama?

— Anfimka, Anfim.

— Quer pôr o feitiço onde? No vento? Também é bom num avental, se for esticá-lo em ramos de bétula. Mas pode ser na água? Depois ele, o pombinho, deve ser atraído, e tomar um chá feito com essa mesma água.

— Isso, isso, dar o chá para ele, hein? Seria ardiloso, minha mãe, hein?

Ievssêi ficou contente, resmungou, acreditou: essa velha Ivánikha era muito respeitável e severa.

Ivánikha pegou água com uma concha de madeira, abriu a

porta do saguão, botou Ievssêi atrás da soleira, onde ela mesma ficou. Meteu a concha na mão de Ievssêi.

— Segure e ouça. Veja, nenhuma palavra a ninguém, senão tudo vai se virar contra você.

Recitava devagar, de forma muito nítida, baixando na água da concha os olhos de mocho:

— No mar, no *ceano*, na ilha Buian há um bauzinho de ferro.[14] Nesse bauzinho jaz uma faca de aço de Damasco. Corra, faca, até o ladrão Anfimka, pique-o bem no coração, para que ele, o ladrão, devolva o que roubou do servo de Deus Ievssêi, sem esconder nem um grão de pó. Mas, se esconder, que ele, o ladrão, seja varado pela minha palavra como por uma lâmina de aço de Damasco, que ele, o ladrão, seja amaldiçoado nas terras infernais, no monte Ararat, no alcatrão fervente, nas cinzas ardentes, no lodo do pântano, na casa sem teto, no jarro da sauna. Se esconder, que ele, o ladrão, seja pregado no dintel com uma estaca de choupo, mais ressequido que a erva, mais gelado que o gelo, e que morra de morte matada.

— Agora basta – disse Ivánikha. — Dê essa aguinha de beber ao pombinho, dê.

Ievssêi verteu cuidadosamente a água em uma garrafinha, deu 1 rublo a Ivánikha e partiu satisfeito:

"Queridinho, vou lhe servir um chá. Vou lhe desatar a língua!"

---

14 Fórmula popular russa. Buian é uma ilha da mitologia eslava, que aparece e desaparece, na qual vivem três ventos: o Norte, o Leste e o Oeste.

16 INABALÁVEL

Sem mais nem menos, Baryba foi atacado à noite pela febre. Tremeu, contorceu-se, sonhos embrulhados, antinaturais.

Bateram na porta.

— Apróssia?

Nem virou a cabeça, de tão pesada. À porta, pigarrearam, com voz de baixo.

— Savka, é você?

Ele mesmo: os cabelos de vara, os brações vermelhos de lagostim.

— Pede que o visite sem falta. Tem uma baita saudade do senhor, o padre Ievssêi.

Depois chegou mais perto, relinchou:

— Querem dar-lhe de beber um chá enfeitiçado. Mas o senhor, pelo amor de Deus, não tome.

— Enfeitiçado como?

— Sabe-se como: enfeitiçado contra ladrões.

— E-he! – atinou Baryba. A coisa ficou muito engraçada. Aquele burro do Ievssêi! Algo de divertido se crispava em sua cabeça, algo enevoado, que dava pontadas.

Na cela de Ievssêi, uma fumacinha cinza, enfumarada: fora o diaconozinho alegre que acendera.

— Ah, queridos convidados!

E, balançando o traseiro, o diaconozinho pôs uma rosca na mão de Baryba.

Não havia vodca na mesa: tinham decidido deliberadamente não beber, para, com a cabeça mais clara, apanharem Baryba.

— Como emagreceu tanto, Ievssêi? Ou alguém lhe botou um feitiço de amor? – sorriu Baryba.

— A gente emagrece. Não ouviu nada?
— Que afanaram o seu dinheirinho? Ouvi, como não.
O diaconozinho alegre e mordaz deu um pulo:
— Mas como ficou sabendo disso, Anfim Barýbytch?
— Assim: Savka contou. Fiquei sabendo assim.
— Você é um burro, Savka – Ievssêi virou-se, triste.
Sentaram-se para o chá. Um copo, cheio pela metade, estava à parte na bandeja. Solícito, Innokénti encheu o copo com água quente e entregou a Baryba.
Todos cravaram-lhe os olhos e esperavam: bem, agora...
Baryba mexeu, bebericou sem pressa. Ficaram calados, olhando. Baryba sentiu-se esquisito, não aguentou, pôs-se a gargalhar – um estrondo de pedra. Atrás dele, Savka pôs-se a relinchar, e o diaconozinho deu uma risada fininha.
— O que você tem? – Ievssêi olhava, seus olhos eram de peixe, gelatinosos.
Baryba ribombou, rolava para baixo, já não se continha, sua cabeça, com uma névoa verde, dava pontadas. A fogosidade zombeteira provocava, impelia-o a dizer: "Fui eu mesmo. Eu que roubei".
Baryba terminou de beber, mas continuava calado e ria seu riso quadrangular, animalesco.
Ievssêi não parava no lugar.
— Bem, conte logo, Baryba. Para que isso?
— Contar o quê?
— Você sabe o quê.
— Você sempre bota os pés pelas mãos! É sobre o dinheiro, hein? Então lhe digo: Savka me contou. É tudo o que sei.
E Baryba falava em tom deliberado: estou mentindo, mas venha me apanhar.

O diaconozinho pulou na direção de Baryba, bateu-lhe no ombro:

— Não, meu irmão, nenhuma erva mágica o afeta. Você é forte, de ferro fundido.

Ievssêi sacudiu a guedelha:

— Ei, que se dane! Savka, vá atrás de bebida.

Beberam. A cabeça enevoava-se, dava pontadas. A fumacinha do tabaco esverdeava. O diaconozinho dançava uma dança de marinheiro.

■

Ao crepúsculo, Baryba voltou para casa. Na cancela de Apróssia, sentiu, de repente, os joelhos dobrando, os olhos se anuviando. Apoiou-se no umbral, assustado: jamais acontecera nada assim.

Apróssia abriu a porta, olhou para o inquilino:

— Mas que cara é essa? Está passando mal, hein?

Como que em sonho, viu-se na cama. Uma lamparina. Apróssia à cabeceira. Na testa, um trapo molhado com vinagre.

— Meu doente – disse, um pouco pelo nariz, a acolhedora e queixosa Apróssia.

Apróssia acorreu aos vizinhos, obteve pó medicinal para Baryba. À noite, a cabeça nublava e voltava a clarear, e Baryba via Apróssia cochilando numa cadeira, à cabeceira.

No terceiro dia, pela manhã, sentiu um alívio. Baryba estava deitado sob o lençol branco, com sombras cinza e outonais no rosto. Ficara algo mais diáfano, mais humano. "Na verdade, sou um estranho para ela, mas passou a noite sentada aqui, nem dormiu..."

— Obrigado, Apróssia.

— O que é isso, meu doentezinho. É que você está doente.

E inclinou-se para ele. Estava apenas de saia de feitio caseiro e camisa de linho, e relampejaram diante dos olhos de Baryba, de debaixo do tecido ralo, dois pontos agudos e perfurantes dos seios.

Baryba fechou os olhos – voltou a abri-los. Pela janela, fitava o dia incandescente de verão. Em algum lugar reluzia a represa de Streltsý, corpos se banhavam, branquejando...

A pontada na cabeça estava ainda mais incandescente. Inquieto, Baryba moveu as mandíbulas pesadas e puxou Apróssia para si.

— Mas o quê? – ela se espantou. — Mas não vai fazer mal para você? Ora, ora, espere, está na hora de trocar o trapo.

Ela substitui tranquilamente o trapo e deitou-se, solícita e judiciosa, na cama com Baryba.

■

E assim foi. O dia inteiro ela se azafamava, administrava e batia potes, Apróssia, mulher de um soldado de Streltsý. Tinha um filho, e tinha também Baryba, e tratava dele. Este convalesceu, admitimos, rapidamente, mas mesmo assim não é simples dar conta de tudo sozinha.

— Dê um pulinho aqui à noitinha.

— É para ir, está dizendo? Está bem. Você me fez perder o fio da meada. Eu precisava fazer alguma coisa, atrapalhei-me toda. Ah, sim, tirar os ovos das galinhas: senão o maldito furão vai comer de novo.

Corria para o galinheiro. Depois acendia o samovar. Baryba tomava chá sozinho em seu quarto, folheando algo. "Está sempre lendo, está sempre lendo, se fizer isso por tanto tempo vai estragar a vista." Punha o filhinho para dormir. Sentava-se em um banco e fazia o fuso zunir: torcia fios cinzentos de lã para as meias de inverno. De cima, do teto, tombava uma barata preta e gorda. "Bem, deve ser tarde, está na hora." Com a ponta cega do fuso coçava a cabeça, bocejava, fazia o sinal da cruz sobre a boca. Zelosamente, cuspindo na escova, polia as botas de Anfim Iegórytch, despia-se, arrumava tudo cuidadosamente no cantinho do banco e levava as botas a Baryba.

Baryba esperava. Apróssia botava as botas junto à cama e deitava-se.

Saía meia hora depois. Bocejava. Curvava-se dez vezes em prostrações, recitava o pai-nosso e adormecia profundamente: labutara o dia inteiro, afazeres sem fim.

17 SEMION SEMIÓNYTCH MORGUNOV

Certa vez Baryba disse a Timocha:

— Mas que tipo de alfaiate é você? Aqui, na sua casa, não tem costura nenhuma.

E era muito simples saber por quê. Pois Timocha era assim: ora estava bem, e ia bem, ora desandava. E aí, adeus calças do cliente – ele seguramente iria bebê-las. As pessoas conheciam esse seu hábito e receavam passar-lhe trabalho para fazer em casa. Daí ele ia costurar na casa dos clientes. Cerzia para comerciantes, até para senhores – costurava bem, o vigarista. Ademais, era, por assim dizer, "da casa" do advogado Semion Semiónytch Morgunov. Assim Morgunov se referia a ele: "Meu alfaiate da corte".

Timocha raramente usava botas: na maioria das vezes, estavam penhoradas. E ia à casa de Morgunov de galochas velhas de borracha e, debaixo do braço, embrulhados em papel, sapatos brancos de brim. Na antessala, impreterivelmente descalçava as botas, calçava os sapatos brancos – e estava pronto. E tinha umas conversas extraordinárias com Morgunov: sobre Deus, sobre os santos, sobre como tudo no mundo é apenas aparência, e como é preciso viver. Timocha via Morgunov como um homem inteligente. E ele era assim mesmo, Semion Semiónytch Morgunov.

Morgunov, aliás, não era seu sobrenome real, mas uma espécie de apelido, era assim que caçoavam dele na rua. Bastava olhar para ele, e na hora você dizia: é mesmo um Morgunov[15].

O semblante de Semion Semiónytch era descarnado, escuro, como uma pintura de ícone. Os olhos, enormes e negros. E aparentavam ser algo perplexos, algo desavergonhados – eram grandes demais. Só tinha olho na cara. E piscava-os constantemente: pisca, pisca, como se ele se envergonhasse de seus olhos.

Mas como assim, os olhos? Ele parecia pestanejar de corpo inteiro, esse Semion Semiónytch. Assim que saía à rua, começava a mancar da perna esquerda – bem, era assim, piscava com tudo, com todo o seu ser.

E como os comerciantes gostavam dele, por sua astúcia!

— Semion Semiónytch, o Morgunov? U-hu, um batuta, uma praga! Meu irmão, esse aí chega lá. Liso que nem peixe ensaboado. Veja, veja como ele pisca, hein?

---

15 Do verbo *morgat*, piscar.

Virou então costume que ele se encarregasse de todos os negócios obscuros dos comerciantes: letras de câmbio, ou – melhor ainda – insolvências. E, de um jeito ou de outro, chegava ao tribunal e conseguia. E, por isso, pagavam-lhe bem.

∎

E eis que Timocha levou Baryba até Morgunov. Já estava na hora.
Era um outono meio canhestro: a neve caía, a neve derretia. E com a neve derretia o dinheirinho de Baryba e Ievssêi. Chegou a resposta da tesouraria: tinham recusado, os diabos, sabe-se lá por quê, o que mais eles queriam? Bem, então Baryba precisava arranjar um empreguinho que fosse. Afinal, queria comer.

Semion Semiónytch puxou Timocha e perguntou, a respeito de Baryba:

— E esse aí, quem seria?

— Esse é uma espécie de ajudante meu: eu costuro, falo, e ele escuta. Afinal, sem ajudante não dá, não vou falar sozinho.

Semion Semiónytch retiniu, riu-se.

"Bem, quer dizer que está de bom humor: o negócio está bem encaminhado", pensou Timocha.

— Mas e antes, qual era a sua ocupação? – Morgunov perguntou a Baryba.

Baryba titubeou.

— Ele providenciava a diversão na casa de uma viúva respeitável – ajudou Timocha, esgaravatando a costura com a agulha.

Morgunov voltou a retinir: era uma ocupação, não havia o que dizer.

E Timocha prosseguiu, impassível.

— Não há nada de especial. Uma transação comercial. Agora,

tudo aqui, por força dos tempos, é transação comercial, só vivemos assim. O comerciante negocia arenque, a rapariga negocia o ventre. Cada um na sua. E no que, digamos, o ventre é pior do que o arenque, ou o arenque é pior do que a consciência? É tudo mercadoria.

Morgunov ficou absolutamente alegre, pestanejava, retinia, batia no ombro de Timocha. Depois ficou sério de repente, como um ícone, severo, os olhos prestes a engolir.

— Pois bem, quer ganhar algum? – perguntou a Baryba. — Encontrará trabalho. Pois preciso de testemunhas. O seu ar é imponente, poderá servir, ao que parece.

18 DE TESTEMUNHA

E assim Baryba começou a servir de testemunha para Morgunov. Uma coisa sem maiores complicações. À noite, Morgunov punha-se a apontar a Baryba: é assim, veja, não se esqueça, Vassíli Kuriakov, filho do comerciante, o gordo, ele apenas foi o primeiro a levantar a mão. Mas o primeiro a golpear foi o pequeno-burguês, o que é ruivo, pois sim, o ruivo. E você estava junto à cerca do jardim, e viu tudo com os próprios olhos.

E de manhã Baryba estava postado diante do juiz de paz, lambido, sério, soltando por vezes um risinho: tudo aquilo era muito esquisito. Contou zelosamente, como Morgunov indicara. O filho de negociante Vassíli Kuriakov triunfou, o pequeno-burguês foi para a cadeia. E Baryba recebia uns 3, 5 rublos.

Semion Semiónytch só sabia elogiar Baryba:

— Você, irmão, é muito consistente e também obstinado, troncudo. Ninguém o faz perder o tino. Logo vou botá-lo também diante do criminal.

E começou a levar Baryba consigo para a cidade vizinha, onde ficava o Palácio de Justiça. Arrumou para Baryba uma sobrecasaca comprida, como as dos comerciantes. Com essa sobrecasaca, Baryba vagava por horas pelos corredores do palácio, bocejando e aguardando preguiçosamente sua vez. Depunha de forma calma e capaz – e nunca se confundia. Acontecia de o promotor ou o defensor tentarem fazê-lo perder o prumo, mas não havia como: obstinava-se, não cedia.

Baryba ganhou bem em um testamento. O comerciante Igúmnov morreu. Era um homem honrado, tinha família, esposa, filhinha. Mantinha um comércio de peixe, e todos o conheciam na cidade, pois entre nós a abstinência de carne é fortemente observada. As mãos desse Igúmnov estavam cheias de verrugas. Diziam que era por causa do peixe: picadas de escamas.

Igúmnov vivia, graças a Deus, como todos. E, na velhice, aventurou-se em uma história: fogo no rabo. Pegou-o de jeito a professora da filhota, ora, para simplificar: a governanta. Botou mulher e filhinha quintal afora. Cavalos, vinhos, convidados, um mar de bebidas.

Apenas diante da morte o velho voltou a si. Chamou esposa e filha, pediu perdão e redigiu um testamento no nome delas. E o primeiro testamento havia ficado com a madame, aquela mesma governanta, e naquele documento tudo era deixado para ela. Bem, começou o processo. Naturalmente, Semion Semiónytch foi convocado:

— Semion Semiónytch, queridinho. É preciso provar, sem falta, que ele não estava em seu juízo quando escreveu o segundo testamento. Apresente testemunhas. Não pouparei dinheiro para isso.

Semion Semiónytch e Baryba pensaram, matutaram. Baryba revirou, remexeu e lembrou-se: vira certa feita Igúmnov, o falecido, sair correndo da sauna no inverno e desabar na neve. A coisa mais comum entre nós. Mas apresentaram de um jeito como se ele tivesse corrido pelas ruas, no inverno, fora de si. E acharam mais testemunhas, pois, de fato, muitos tinham visto a cena.

E quando Baryba depôs no tribunal, proferiu tudo de forma tão correta e firme, como se estivesse colocando uma pedra fundamental, que ele mesmo acreditou. E nem piscou os olhos quando a viúva de Igúmnov, de lenço preto, parecendo uma freira, fitou-o de forma muito fixa. E a madame, depois do julgamento, semicerrou os olhos para ele:

— O senhor é o meu benfeitor.

Deu-lhe a mãozinha para beijar e disse: "Venha algum dia". Baryba ficou muito satisfeito.

19 TEMPOS

— Nããо, até nós não chega – disse Timocha, triste. — Imagine. Moramos numa espécie de cidade de Kítej[16], no fundo do lago: não ouvimos absolutamente nada, sobre a cabeça, a água turva e sonolenta. E lá em cima tudo arde, tocam os sinos de alarme.

Pois que toquem. A respeito disso, falavam assim:

— Pois eles que enlouqueçam lá na Babilônia. Viveremos na maior calma.

---

16 Cidade mitológica na região de Níjni Nóvgorod que, no século XIII, teria submergido no lago Svetloiár para escapar da invasão tártara.

E de fato: basta ler os jornais para enlouquecer. Considere quantos anos viveram temendo a Deus, venerando o tsar. E daí ficam como cachorros que se soltaram das coleiras, Deus me perdoe. E como foi que, de uns amanteigados viscosos, foram nascer uns valentões desses?

Bem, entre nós ninguém tem tempo de se ocupar dessas ninharias: precisamos dar de comer à criançada, pois há crianças a não mais poder, em todos os cantos. Por tédio, ou sabe-se lá por quê, nosso povo é ardorosamente fértil. E, por esse motivo, é também econômico, devoto e sério. Cancelas com tranca de ferro, cães que correm acorrentados nos quintais. Para deixar um estranho entrar em casa, perguntam três vezes à porta: quem é, por que veio? Em todas as janelas foram colocados gerânios e figueiras. Assim a coisa é mais segura: ninguém espia pela janela. Entre nós, gostam de calor, aquecem estufas, no verão andam de coletes, saias e calças forradas de algodão – não se acha gente assim em outro lugar. E desta forma vivem, nem mal nem bem, cozendo no calor, como estrume. E é melhor assim: veja a criançada, como saíram uns pimpolhos rechonchudos.

Timocha e Baryba chegaram à casa de Morgunov. Morgunov estava sentado, com um jornal.

— Ora, despacharam um ministro, ouviram falar?

Timocha sorriu, acendendo uma lamparina alegre:

— Ouvimos, como não? Estávamos andando pela feira, ouvi uma conversa: "Estou com muita pena dele: ganhava 20 mil por ano. Muita pena".

Morgunov até tremeu de rir:

— São todos assim, os nossos: 20 mil... muita pena... Oh, vocês me matam!

Calaram-se, farfalharam os jornais.

— E também a nossa Aniutka Protopópova foi presa em Píter[17], terminou os estudos – lembrou Baryba.

Morgunov aferrou-se a isso imediatamente, e se pôs a bulir – sabia qual era a ideia que Timocha fazia das mulheres: ligar-se a elas em coisa séria era a mesma coisa que misturar marmelada na sopa de repolho...

— Como visita, uma mulher, aqui ou ali, ainda vai, é possível admitir. Mas, dentro de casa, nem, nem... – Timocha ameaçava com o dedo ressequido. — Se entrar em casa, danou-se. A mulher, meu irmão, lança raízes, como a bardana. E não há como arrancar. E você fica todo recoberto de bardana.

— Bardana! – Baryba riu com estrondo.

Mas Morgunov bateu o punho, berrou com voz antinatural:

— Dá nelas, Timocha, assim mesmo! Profetiza mais, rei da Judeia!

"Por que está fazendo fita, por que está berrando?", pensou Baryba.

Verdade que Semion Semiónytch gostava de fazer fita. Era um homem insincero, fingido, sempre piscando, espreitando com segundas intenções. E os olhos – talvez lascivos, talvez de mártir.

— Cerveja para nós, cerveja, cerveja! – berrou Semion Semiónytch.

A cerveja foi trazida, em uma bandeja, por Dachutka, garota de olhos claros, fresca como erva logo depois da chuva.

— É nova? – Timocha disse, sem olhar para Morgunov.

---

17 São Petersburgo.

Morgunov trocava-as quase todo mês. Loiras, morenas, magras, cheinhas. Morgunov era igualmente carinhoso com todas:
— E daí? São todas iguais. A verdadeira, de qualquer forma, não se acha.

Regado a cerveja, veja só, Timocha puxou seu assunto favorito, sobre Deus, e começou a assediar Morgunov com perguntas ardilosas: se Deus pode tudo, e não quer mudar a nossa vida, onde está o amor? E como ficam os justos no paraíso? E onde Deus enfiaria esses assassinos de ministros?

Morgunov não gostava de falar de Deus. Era zombeteiro, desabusado, mas nisso ficava vivamente ensombrecido, como o diabo com o incenso.

— Não ouse me falar de Deus, não ouse me falar de Deus.

E dizia baixinho, mas dava medo ouvir.

Timocha ficava satisfeito, ria-se.

20 VÉSPERAS ALEGRES

Na Quaresma, todos andam raivosos, e, por causa da comida ruim: carpa com *kvas*, *kvas* com batata. Mas, quando chega a Páscoa, todos ficam subitamente bons, com os nacos suculentos, os licores, as *nastóikas*[18], os sons dos sinos. Ficam bons: ao mendigo, em vez de 1 copeque, dão 2; à cozinheira, na cozinha, mandam um pedaço do *kulitch*[19] dos patrões; se Michutka derruba *nastóika* na toalha limpa, não é vergastado, por causa do feriado.

---

18 Bebida alcoólica preparada em infusão com frutas.
19 Bolo russo de Páscoa semelhante ao panetone.

Compreende-se que algo tocava também a Tchernobýlnikov quando ele ia pelas casas, entregando cartões-postais desenhados e cumprimentando os proprietários pelo feriado. Aqui davam 25 copeques, ali, até 50. Tchernobýlnikov juntou dinheiro e levou à taberna de Tchurílov os amigos Timocha, Baryba e o genro do tesoureiro.

Timocha desbotara-se para a primavera, ia depenado como um pardalzinho de outono, cambaleava ao vento – mas metia-se em brios, punha-se animado assim mesmo.

— Você deveria se tratar, Timocha, meu Deus – afligia-se Tchernobýlnikov. — Veja como está.

— Para que me tratar? Tanto faz, vou morrer. E, para mim, seria até curioso, morrer. Pois é isso: a vida inteira mofei neste lugarejo, sem ir a lugar nenhum, e agora vou viajar para países ignotos, com bilhete gratuito. Bem agradável.

Timocha sabia rir de si mesmo.

— Então não devia beber assim, faz mal para você.

Não, isso era impossível. Ele não ficava para trás, e bebia, segundo seu antigo hábito, cerveja com vodca. E tossia o tempo todo em seu lenço de chita: tinha arrumado um lencinho que era um saco, todo de aniagem.

— E isso – dizia – é para não escarrar no chão em lugar sagrado.

Soaram as vésperas. O velho Tchurílov passou a prata da mão direita para a esquerda e fez o sinal da cruz, muito piedoso e solene.

— Ei, Mitka, pegue! – gritou Tchernobýlnikov.

Os quatro saíram. Alegrava-se o sol da primavera, os sinos dançavam. Não dava vontade de se separar, de dividir o grupo.

— Ei, adoro as vésperas da Páscoa – Timocha semicerrou os olhos. — É dança, não missa. Vamos todos juntos, hein?

Baryba convidou-o a ir ao mosteiro, já que era tão perto:

— E depois das vésperas o levarei para tomar chá com um monge que eu conheço: um excêntrico.

O genro do tesoureiro sacou o relógio:

— Não dá, de jeito nenhum, prometi chegar para o jantar, e na casa do tesoureiro não admitem atrasos.

— Oh, que dó: não admitem! – Timocha riu, tossiu, procurou o lenço: não estava lá. — Esperem, rapazes, perdi o lenço lá em cima. Vou pegar.

Abanou os bracinhos, levantou voo – um pardalzinho.

Os sinos soavam alegres, o povo, bem-vestido, ia para as alegres vésperas da Páscoa.

— Espere aí, estão berrando lá em cima... O que é isso? – Baryba ficou com as grandes orelhas de morcego em pé.

O genro do tesoureiro fez uma careta.

— Provavelmente uma briga, de novo. Não sabem se portar em lugar público.

Cr-rec! – quebraram um vidro lá em cima, seus pedaços caíram com estrondo. E silenciou de repente.

— O-ho – Tchernobýlnikov apurou o ouvido –, não, aí tem coisa...

E de repente, aos trambolhões, vermelho, desgrenhado, saiu, ofegante, Timocha.

— Eles... lá em cima... mandaram. E todos... de mãos ao alto, parados...

Tr-rac, tr-rac! – matraqueou em cima.

O genro do tesoureiro esticou o pescoço comprido e parou por um segundinho, olhando para cima com um olho só, como um peru olharia para um falcão. Depois se pôs a gritar com voz fina e queixosa: estão a-ti-ran-do! E deu no pé.

E na escada botas pateavam, rugiam, precipitavam-se todos para baixo.

— Ih-ih-ih! Pega-a...

E de novo: tr-rac, tr-rac.

Por um segundo, na porta, diante de todos, surgiu um rosto vermelho sem olhos.

"Esse deve ter fechado os olhos de medo", foi a ideia que cintilou.

E ele, o sem-olhos, já estava na travessa oposta, já sumira. E em seguida, de lá de cima, todos se derramaram como bêbados – selvagens, desenfreados, como cães de caça.

— Peega! Não soolta! É-é-é esse!

Agarraram alguém lá embaixo, junto à entrada, atacaram, apertaram, bateram – e mesmo assim rugiam: peega, como se simplesmente precisassem deitar aquilo garganta afora.

Baixando a cabeça como um carneiro, Baryba abriu caminho adiante. Por algum motivo, aquilo era necessário, sentia com todas as entranhas que era necessário. Apertou a mandíbula férrea, nele remexia-se algo ancestral, animal, sequioso, bandoleiro. Estar com todos, urrar como todos, bater em quem todos batiam.

No chão, na roda, jazia um rapazola – moreninho, de olhos fechados. O colarinho da camisa estava rasgado de um lado, no pescoço havia uma pinta preta.

O velho Tchurílov estava no centro da roda e dava pontapés no flanco do rapazola. Sua barba séria estava toda emaranhada, a boca, torta – onde fora parar toda a sua devoção?

— Levaram! Ah, diabos! Um deles fugiu, fugiu com 100 rublos! Hein, diabos?

E voltou a dar pontapés. Às suas costas, punhos suados estendiam-se na direção do deitado, mas não ousavam: roubaram de Tchurílov, ou seja, ele era o proprietário, por isso cabia a ele bater.

De algum lugar emergiu de repente Timocha, bem debaixo do nariz do velho Tchurílov – saltou vermelho, raivoso, e crivou-o de censuras, numa saraivada, abanando os braços:

— O que é isso, velho senil, pagão, vilão? Quer matar o moleque por 100 rublos? Será que já matou? Veja, parou de respirar. Diabos, animais, será que uma pessoa não vale 100 rublos?

O velho Tchúrilov primeiro ficou pasmado, depois arreganhou os dentes:

— O que foi, está mancomunado com eles? Defensor! Veja, irmão. Você também puxa umas belas conversas na taberna, as pessoas ouvem. Peguem-no, cristãos!

Chegaram mais para perto, mas titubearam: afinal, Timocha era dos nossos, e aqueles não eram. Assim, devia ser à toa que o velho...

O pequeno-burguês de fuça vermelha, o ruivo atravessador de cavalos, pusera punhos de algodão por causa do feriado. Na rixa, os punhos escorregaram, e os pelos ruivos assomavam entre a manga e o branco do tecido, as mãos enormes ficaram ainda mais terríveis.

Aquelas mãos esticaram-se até Timocha e o enxotaram de leve da roda. O pequeno-burguês ruivo disse:

— Chispe, chispe enquanto dá, defensor. Nós nos viramos sem você.

E diligentemente pôs-se a revistar o rapazola moreno, revirando-o como se fosse um pedaço de carne.

■

Não dava mais para ir ao mosteiro – alguém ainda estaria disposto a isso? Baryba passou a noite inteira na casa de Timocha. Tchernobýlnikov chegou mais tarde. E contou:

— Quer dizer, eu estava andando pela Dvoriánskaia. E num banco junto ao portão eu ouvi, estavam sentados, contando: "E Timocha os ajudou, o alfaiate, um homem perdido".

— Burros – disse Timocha. — Fofoqueiros. E Tchurílov, o vilão, o diabo, bem que merecia. O que são 100 rublos para ele, vai morrer? E eles, pode ser que estivessem há dois dias sem comer.

Silenciou e acrescentou:

— Bem, e será que vai chegar até nós? E se chegar, meu Deus, eu mesmo me enfio no redemoinho. Se acabarem comigo, bem feito, tanto faz – só me resta meio *verchok*[20] de vida.

21 AS PREOCUPAÇÕES DO COMISSÁRIO DE POLÍCIA

Pois bem, desgraça pouca é bobagem. Mãos ao alto – justo onde? Na nossa cidade! Agora, as preocupações do comissário de polícia Ivan Aréfitch não tinham tamanho.

Veio muita gente da capital da província, todo um tribunal militar – e tudo por causa de um moleque pilantra. O presidente, um coronel magro de cabelo à escovinha, sofria do estômago. Como Ivan Aréfitch penou com ele! Não podia comer isso, não podia comer aquilo – ora, pura desgrama.

---

20 Antiga medida russa equivalente a 4,4 centímetros.

Da primeira vez em que chegaram os hóspedes indesejados, Ivan Aréfitch preparou um café da manhã maravilhoso: garrafas na mesa, caixas abertas, pernil, *kulebiaka*[21]. E o coronel chegou a ficar verde de raiva. Espetava o garfo aqui e ali, cheirando:

— Parece muito gorduroso.

E desanimava, não comia. Mária Petrovna, a mulher do comissário, padecia muito:

— Ah, pelo amor de Deus, coronel, por que o senhor não come? – "Ora, ora, agora ele deve passar um sabão no meu Ivan Aréfitch", pensava.

Em compensação, o promotor era um amor. Redondinho, carequinha, rosado como um leitão. Ia à sauna pelo menos duas vezes por semana. Sempre rindo, às gargalhadas, e servindo-se com dois pedaços de tudo:

— Passe aqui mais uma *kulebiaka*, minha mãe. Sabe, na Rússia só em lugares mofados como o seu lugarejo é que se sabe fazer torta à moda antiga...

E à noite, no gabinete do comissário, sobre a escrivaninha ardiam velas (ele nunca na vida as acendera), havia papéis abertos. Ivan Aréfitch baforava seu canhão de *papirossa*[22] e afastava a fumaça para o lado: Deus não permita que a fumaça atinja o coronel.

O coronel leu os papéis e fez uma careta ácida:

— Então vamos perder tempo só com esse moleque, sendo que não vamos arrancar dele nem meia palavra? É terrivelmente ofensivo. Mas para isso o senhor é comissário, para saber encontrar.

---

21 Torta recheada de peixe, ovos, cogumelo, cebola e arroz ou trigo-sarraceno.
22 Cigarro de boquilha de cartão.

■

Sentado na cama, Ivan Aréfitch descalçava as botas e importunava a mulher.

— Não sei o que pensar, Macha. Dar-lhes mais, um é pouco. Mas de onde vou tirar, se fugiram? Ah, e não vá se esquecer: amanhã, ao meio-dia, sirva ao coronel aveia com leite, cozida direitinho, e uma garrafa de *narzan*[23]. Oh, tenho medo dele, só espero que não desconte em mim, é raivoso!

Mária Petrovna anotou:

— Aveia... *narzan*... É o seguinte, Ivan Aréfitch, você devia se aconselhar com Morgunov. É um finório, consegue tudo o que quer. Meu Deus, tente!

Ivan Aréfitch botou isso na cabeça e dormiu um pouco mais tranquilo.

■

Na praça em frente à polícia, diante dos muros amarelos descascados, fica a feira. Varais de carroças erguidos e atados, cavalos com sacos de aveia amarrados no focinho, bacorinhos guinchando, barris de repolho azedo, carroças de feno. Batem palmas, regateando; apregoam sonoramente; as telegas rangem; o cocheiro do *zemstvo*, de colete, tenta a sorte com uma sanfona.

E, no gabinete do comissário, conduziam o interrogatório. O comissário, com angústia, auscultava dentro de si: na barriga,

---

23 Água mineral do Cáucaso.

um rosnado surdo. "Ah, Senhor, não aconteceu a semana inteira, mas agora, ao que parece, de novo..."

O velho Tchurílov entrou, sério, de sobrecasaca comprida, completamente encanecido. Fez o sinal da cruz:

— Como foi? Assim, vamos por ordem...

Contou, limpou-se com um lenço de chita. Parou, pensou: "Seria bom queixar-me do atrevido do Timocha. A chefia, ao que parece, é boa".

— Tem mais, Excelência, aqui há o alfaiate Timocha, um homem perdido, um atrevido. Interveio em favor do moleque, desse mesmo que atirou. E eu lhe disse: o que foi, você é um deles? E ele, na frente de todo o povo, disse...

Liberaram o velho. O promotor enxugou as mãozinhas moles e suadas, abriu o botão inferior do uniforme e disse baixinho ao coronel:

— Hum. Esse Timocha... O que acha?

Do lado de fora da janela regateavam, gritavam, rangiam. O coronel não aguentou:

— Ivan Aréfitch, mas feche a janela! Minha cabeça vai estourar. Que modos são esses, uma feira bem na frente do gabinete?!

Ivan Aréfitch, na ponta dos pés, fechou a janela e chamou:

— O próximo.

O genro do tesoureiro narrava languidamente, com afetação. O promotor perguntou:

— Então quer dizer que ele voltou à taberna e depois saiu correndo de novo? A-hã? Bem, e o lenço? O senhor, aparentemente, mencionou um lenço. Ele voltou atrás de um lenço?

O genro do tesoureiro recordou o lenço vermelho e escarrado de Timocha, fez uma careta ácida e disse, fanhoso, com enfado:

— Que lenço? Não me lembro de lenço nenhum.

Para ele, era até indecoroso se lembrar desse lenço.

Baryba, com o faro calejado, seguia as perguntas do promotor. E, quando chegou ao lenço, disse com segurança:

— Não, não havia nenhum lenço. Disse simplesmente: tenho um assunto lá em cima.

Quando liberaram Baryba, o promotor bebericou chá frio e disse ao coronel:

— Deseja redigir uma ordem de prisão para esse Timocha? Para mim, todos esses depoimentos... Sei que às vezes o senhor é demasiado cuidadoso, mas neste caso...

As tripas do coronel contraíam-se, reviravam-se, e ele pensava: "O diabo é que sabe! Essa mulher do comissário, uma burra gorda, faz tudo gorduroso, à moda provinciana..."

— Estou dizendo, coronel...

— Ah, pare, por Deus! Redija o que quiser. Estou com uma dor de barriga horrível.

22 SEIS NOTAS DE 25

Quando levaram Timocha, ninguém nem se espantou.

— Faz tempo que estava procurando.

— Era mestre em soltar a língua. Um irreverente! Falava de Deus como quem fala do lojista Averian.

— E metia o nariz em todo lugar, onde não devia, julgava tudo. Bancava a santa protetora, afligia-se por todos.

E Morgunov disse:

— Cabeças assim, entre nós, não se seguram por muito tempo no pescoço. Mas Baryba e eu sobreviveremos.

Deu um tapinha nas costas de Baryba e fitou-o com seus

olhinhos de ícone, talvez com desprezo, talvez com carinho: quem iria decifrá-lo? Era um fingido.

Nesse mesmo dia, à noite, Semion Semiónytch foi convidado à casa do comissário Ivan Aréfitch – para uma xícara de chá. Este suplicou, pelo Cristo Deus:

— Guie esse seu... como ele se chama... para o caminho da verdade. Pois bem, esse Baryba. Para que, no tribunal, diga algo mais preciso. Pois eu sei que ele é o seu especialista, mas que seja, que seja, é gente nossa. Meu Deus, torceram-me o pescoço, esses aí da capital da província, quero me livrar deles – botar uma pá de cal. E esse coronel, com seus caprichos: isso não lhe serve, aquilo ele não quer...

Regatearam, chegaram a seis notas de 25.

— Bem, não é uma questão de pouco ou não. E para esse... como se chama... dá para arrumar um empreguinho na polícia para esse Baryba. O que seria melhor? Bem, escrivão, *uriádnik*[24]...

E no dia seguinte, com uma cerveja Kronenbourg, Morgunov se aproximou de Baryba com todo tipo de abordagem, bajulando-o. Baryba sempre hesitava.

— Mas éramos como amigos, é muito estranho, incômodo.

— Ei, meu caro, você e eu vamos nos constranger ou pensar em alguma coisa? Se nos prendermos a algo, estamos acabados. É como no conto de fadas: olhou para trás, morreu de medo. Então é melhor não olhar. E o julgamento ainda está longe. Se você se sentir mal com isso, terá tempo de dar para trás.

---

24 Patente inferior de polícia de distrito na Rússia tsarista.

"É verdade, o diabo que o carregue, e tem essa tísica... E ainda se conseguir um empreguinho... Afinal, vou passar a vida inteira a pão e *kvas*?" E Baryba disse em voz alta:

— É apenas pelo senhor, Semion Semiónytch. Se não fosse... de jeito nenhum.

— Se não fosse eu... Pois sei, querido, que sem mim você não seria esse tesouro. Nem carne, nem peixe. E agora...

Calou-se. Depois, de repente, inclinou-se para o ouvido de Baryba e cochichou:

— E você não sonha com demônios? E eu os vejo toda noite. Toda noite, entende?

23 A FORMIGUINHA IRRITANTE

Concordou, foi até o comissário de polícia, e o comissário deu-lhe um monte de dinheiro, fez umas promessas... Assim Baryba devia ficar contente. Mas algo o irritava, incomodava. Um mosquito pequenino, uma formiga, enfiara-se dentro dele, e rastejava lá, rastejava, e não havia como capturar, como esmagar.

Baryba deitou-se para dormir e pensou:

"Amanhã à tarde. Quer dizer, tem ainda um dia inteiro até o julgamento. Se quiser, posso dar para trás. Sou senhor de mim mesmo."

Dormia e não dormia. E parecia sempre matutar no sonho uma ideia que não pensara até o fim.

"Sim, e só lhe resta meio *verchok* de vida."

E voltou a sonhar com a província, com os exames, com o pope enfiando a barba na boca.

"Vou levar bomba de novo, pela segunda vez", pensou Baryba.
E pensou até o fim:
"E era um cérebro, o Timocha, para dizer a verdade."
— Por que "era"? Como assim, "era"?
Arregalou completamente os olhos na escuridão e não conseguiu mais dormir. A formiga irritante rastejava, afligia:
— Por que "era"?

24 ADEUS

Já era tarde, meio-dia, quando Baryba acordou em seu quartinho, em Streltsý: tudo ao redor estava iluminado, claro, e revelou-se de modo muito simples tudo o que ele devia fazer no julgamento. Era como se, de tudo que o afligira à noite – nada nunca tivesse existido.

Apróssia trouxe o samovarzinho, pão branco, e postou-se à soleira. Mangas arregaçadas, mão esquerda sob o cotovelo direito, e, na mão direita, sua cabeça simplória. Ouvir Anfim Iegórytch, ouvi-lo, ficar parada assim, espantando-se, suspirando queixosamente, meneando a cabeça com compaixão.

Baryba terminou de tomar chá. Apróssia entregou a sobrecasaca a Anfim Iegórytch e disse:

— Está tão alegre hoje, Anfim Iegórytch. Vai receber dinheiro?

— Vou – disse Baryba.

No julgamento, Timocha não se abalava, estava animado, girava a cabecinha, seu pescoço era comprido, fininho, tão fininho que dava medo de olhar.

E o rapazola moreno estava completamente esquisito: arrefecera todo, como se todos os seus ossos de repente tivessem se tornado moles, derretido. E caía para o lado. Volta e meia a escolta endireitava-o e apoiava-o na parede.

Baryba falava com segurança e clareza, mas se apressava, para ir embora dali o mais rápido possível. Quando terminou, o promotor perguntou:

— Por que antes o senhor se calou? Quanto material precioso.

O tribunal preparava-se para sair quando Timocha, de repente, ergueu-se de um salto e disse:

— Sim. Bem, então adeus a todos!

Ninguém respondeu.

25 DE MANHÃ, NO DIA DE FEIRA

De manhã, no alegre dia de feira, diante da cadeia, diante das repartições públicas – guinchos de bacorinhos, poeira, sol; cheiro de carroças de maçã e cavalos; emaranhado, grudado no alarido da feira, um som de sinos – em algum lugar, vai uma procissão, pedindo chuva.

O comissário de polícia Ivan Aréfitch, de uniforme meio esverdeado e com seu canhão de *papirossa,* saiu com ar satisfeito ao pátio de entrada e disse, fitando a multidão com severidade:

— Os criminosos receberam o castigo da lei. Ad-vir-to-os...

A multidão tranquila de repente farfalhou, balançou: como se um vento tivesse passado por uma floresta.

Alguém tirou o chapéu e fez o sinal da cruz. E nas fileiras de trás, longe do comissário, uma voz disse:

— Pulhas, diabos!

— Está falando de quem, isso é a respeito de quem, hein?

Ivan Aréfitch virou-se abruptamente e partiu. E, de súbito,

na frente do pequeno alpendre, era como se acordassem. Subitamente, todos se puseram a rezingar, ergueram os braços, cada um queria ser ouvido. O pequeno-burguês ruivo sacudia amplamente os braços.

— Mentira, não enforcaram – disse, convicto. — Uma coisa impensável: como é possível enforcar alguém vivo? Por acaso ele vai deixar, um vivo? Lutará com unhas e dentes... Que um vivo se deixe pendurar pelo pescoço, por acaso isso é concebível?

— Pois é isso, a educação, os livros – disse um velho comerciante. — Timochka era inteligente demais, esqueceu Deus, foi isso...

O pequeno-burguês ruivo olhou com raiva para o velho, de cima para baixo, e viu que das orelhas deste cresciam pelos longos e grisalhos.

— Devia se calar, está com o pé na cova – disse o ruivo. — Veja, já tem pelo crescendo na orelha.

O velho virou-se, zangado, e, saindo da multidão, murmurou:

— Proliferam uns por aí... Acabou a vida antiga no lugarejo, perturbaram, isso sim.

26 BOTÕES CLAROS

Uma túnica branca, ainda não lavada nenhuma vez, botões como pequenos sóis prateados, faixas douradas nos ombros.

"Mãe santíssima! Mas será verdade? O quintal dos Balkáchin e todo o resto – e agora, eu, Baryba, de dragonas?"

Apalpou: sim, estavam lá. Ou seja: era verdade.

Da porta com a tabuleta do notário, saiu o carteiro Tchernobýlnikov, com seu saco. Deteve-se, examinou. Bateu continência, brincando:

— Senhor *uriádnik*.

E Baryba enrijeceu-se de orgulho. Levou desleixadamente a mão à viseira do quepe.

— Foi promovido há tempos?

— Pois veja, três dias. Só hoje a túnica ficou pronta. Atualmente, é uma trabalheira fazer um uniforme.

— Im-por-tan-te! Ou seja, é da chefia? Bem, é uma honra.

Despediram-se. Baryba seguiu adiante: era preciso apresentar-se ao comissário naquele dia. Caminhava radiante, satisfeito consigo, com o sol de maio, com as dragonas. E sorria o seu sorriso quadrangular.

Na cadeia, Baryba deteve-se, perguntou ao sentinela:

— Ivan Aréfitch está?

— Não tem ninguém, saíram por causa de um assassinato.

E o sentinela, do qual outrora Baryba se escondera ao roubar na feira, bateu continência polidamente.

Baryba ficou até contente pelo fato de o comissário ter saído por causa de um assassinato: passearia ao sol com a túnica nova, todos bateriam continência para ele. "Ê, é bom viver neste mundo! E que burro – por um triz não recusei!" As mandíbulas de ferro se comprimiram – roeria agora os pedregulhos mais duros, como acontecera na província.

— E-he! É isso! Essa é a hora de ir à casa de meu pai. O velho burro me expulsou, que me veja agora.

Passou pela frente da taberna de Tchurílov, pela frente das lojas vazias do mercado, pela calçada de tábuas apodrecidas, depois já completamente sem calçada, por uma vielinha – pela grama.

Junto à porta revestida de oleado escangalhado – ei, velha conhecida! – ele se deteve por um minutinho. Quase amava o pai. Ê, que dizer?, beijaria agora todo o lugarejo: como não beijar, quando estava vestindo pela primeira vez a túnica com as dragonas, com os botões claros.

Baryba bateu. O pai saiu. Uh-uh, irmão, como envelheceu! Cerdas grisalhas na face, óculos baixados no nariz, olhou longamente. Reconheceu, não reconheceu, quem sabe – calou-se.

— O que deseja? – resmungou.

Arre, que zangado. Bem, não reconheceu, estava claro.

— Ora, não reconhece, velho? Mas me expulsou, lembra-se? Contudo, agora, veja. Fui promovido há três dias.

O velho assoou o nariz, enxugou os dedos no avental e disse calmamente:

— Ouvi falar de você, ouvi, como não? A gente boa fala.

Voltou a fitar calmamente por cima dos óculos.

— De Ievssêi, do monge. E do alfaiate também.

De repente, as cerdas grisalhas saltaram no queixo.

— E do alfaiate, como não? Como não?

E de repente o velho se sacudiu inteiro e se pôs a guinchar, salivando:

— Fo-ora da minha casa, fora, seu biltre! Eu lh-he disse para não ousar entrar na minha soleira. Caia fo-ora, fora!

Atônito, Baryba arregalou os olhos e ficou parado por muito tempo, sem conseguir entender de jeito nenhum. Depois de ter mastigado tudo, virou-se em silêncio e retirou-se.

■

A rua já enturvava. A brisa do crepúsculo bafejava pela janela.

Na taberna de Tchurílov, em uma mesinha, de pernas abertas, mão no bolso, Baryba estava sentado, tendo já entornado bastante. Balbuciava pelo nariz:

— Ora, que se dane. Perdeu o juízo. Que se da-ne...

Mas algo já se assentara no fundo, algo turvo. Não era um dia alegre de maio.

No cantinho oposto a Baryba instalaram-se em uma mesinha três caixeiros da lojas de tecidos: um, curvado, contava algo, os outros dois escutavam. E de repente todos os três explodiram, derramaram-se. Devia ser algo muito curioso.

— A-ah, é assim? A-ah, você é assim? Então dou neles, eu m-mostro a todos... – Baryba balbuciava pelo nariz.

Seus olhos se incharam, a boca quadrangular arreganhou-se de raiva, tensionaram-se os músculos maxilares de ferro.

Os caixeiros voltaram a estridular alegremente.

Baryba de repente tirou a mão do bolso e bateu com a faca no prato – golpes bêbados, tropicantes.

O criado, Mitka – o cabeça de vento –, chegou de um salto, curvou-se, sorriu com a face virada para os caixeiros e, com a outra virada para o senhor *uriádnik*, exprimiu respeito. Os caixeiros esticaram o nariz e escutaram.

— O-ouça. D-diga a eles que e-eu não lh-hes p-permito rirem. E-eu não... Agora, entre nós, é estritamente proibido riir... Não, e-espeere, eu mesmo diigo!

Oscilante, imenso, quadrangular, opressor, ele se levantou e, ribombando, avançou na direção dos caixeiros. Não parecia uma pessoa caminhando, mas uma estela tumular ressuscitada, a absurda estela de pedra russa.

Os ilhéus ¹⁹¹⁷

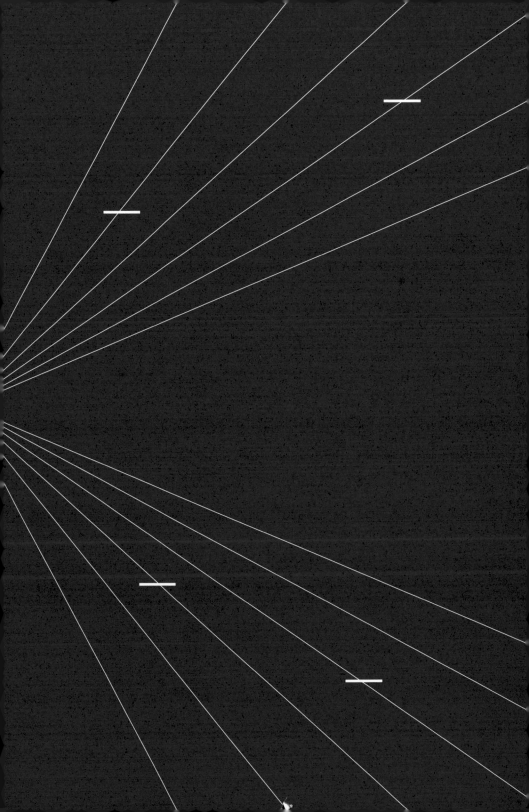

1 CORPO ESTRANHO

O vigário Dewley era, evidentemente, aquele mesmo Dewley, orgulho de Jesmond e autor do livro *Preceitos da salvação coercitiva*. Os horários, estabelecidos segundo o *Preceitos*, estavam pendurados nas paredes da biblioteca de Mr. Dewley. O horário do período de recebimento de comida; o horário dos dias de penitência (duas vezes por semana); o horário de desfrute ao ar livre; o horário de dedicação à beneficência; e, por fim, entre outros, o horário que, por discrição, não tem título, e se refere especialmente a Mrs. Dewley, a quem foram reservados os sábados de cada terceira semana.

Nos primeiros tempos, acontecia de Mrs. Dewley sair dos trilhos e tentar se sentar nos joelhos do vigário em um dia não marcado, ou dedicar-se à beneficência em hora insólita. Mas a cada vez Mr. Dewley, com um ofuscante sorriso dourado (tinha oito coroas nos dentes) e seu tato característico, explicava:

— Minha querida, isso, naturalmente, é um desvio ínfimo. Mas a senhora se lembra do segundo capítulo do meu *Preceitos*: a vida deve ser uma máquina harmoniosa e, com inevitabilidade mecânica, conduzir-nos ao objetivo férreo. Mecânica, entende? E se o trabalho for interrompido ainda que por uma pequena roda... Bem, a senhora entende.

Mrs. Dewley, naturalmente, entendia. Voltava a ficar longamente sentada à janela com um livro. Vivia, angustiava-se entre os capítulos de um romance. Um ano depois, no espelho, via com espanto uma nova ruga junto aos olhos: como será possível, em um ano? Neste dia, e no seguinte, não conseguia ler. À janela, em terrível expectativa, olhava para as ruas, para as pessoas que desciam do bonde vermelho, para as nuvens rápidas, inchadas.

E Mr. Dewley, consultando o relógio, ocupava-se de penitência, atividade física, beneficência – e ficava contente: a máquina trabalhava de forma muito harmoniosa e precisa.

Infelizmente, nenhuma máquina está a salvo de avaria se um corpo estranho for parar em suas rodas. Assim aconteceu, certa vez, também com a máquina do vigário Dewley.

Isso foi em um domingo, em março, quando Mr. Dewley voltava para casa, depois do serviço matinal na igreja de Saint-Enoch. Bicicletas zumbiam, Mr. Dewley fazia uma careta devido aos sons importunos, ao sol claro demais, ao alarido intolerável dos pardais.

Mr. Dewley já atravessara a rua na direção de sua casa quando, de repente, de trás de uma esquina, irrompeu um automóvel vermelho. O vigário se deteve e, segundo o hábito, botou as mãos para trás e mexeu os dedos, como se estivesse contando: um, dois, três. E, no "três", viu: diante do veloz automóvel vermelho caminhava devagar um indivíduo. Provavelmente esse "devagar" não durou mais do que meio segundo, mas foi exatamente assim: ia devagar, e o vigário teve tempo de gravar na memória os imensos sapatos quadrados, caminhando como um trator de carga, devagar e inabalável.

O automóvel vermelho berrou mais uma vez, os sapatos quadrados relampejaram no ar de forma muito estranha – e o automóvel parou. E imediatamente parou a rua inteira. Cabeças se apinhavam e se esticavam: sangue. Um *bobby* anotou com sangue-frio o número do automóvel. Um *gentleman* ruivo saiu do meio do público e investiu contra o chofer, gritando e agitando os braços de tal modo que parecia ter pelo menos quatro.

— Levem para a casa! – gritou o de quatro braços. — De quem é essa casa? Levem...

Só então o vigário Dewley caiu em si, e respondeu a si mesmo: "a casa é minha", pegou os sapatos quadrados e se pôs a ajudar a transportar o ferido de modo a evitar aquela porta. Mas a manobra não teve sucesso.

— *Hello*, Mr. Dewley! – gritou o *gentleman* de quatro braços. Vossa Reverendíssima permite, naturalmente, levá-lo à sua casa?

O vigário exibiu, contente, quatro dentes de ouro:

— Ah, O'Kelly, é o senhor? Mas é claro, levem. Esses automóveis são simplesmente um horror! O senhor sabe de quem é?

Mas O'Kelly já estava em algum lugar lá dentro, e, diante do vigário, balançavam-se as solas quadradas e mortas do amante de passeios sob automóveis. O vigário vinha atrás e, com angústia, dobrava os dedos:

— Almoço. Duas páginas de comentário ao *Preceitos*. Meia hora no parque... Visita aos doentes...

Tudo aquilo ruíra. A grande máquina do vigário Dewley parara. No quarto de hóspedes, o tapete cinza-claro estava manchado de sangue e, na cama, vazia por anos, instalara-se um corpo estranho.

Agora deveria vir um médico. A hora do almoço – meio-dia e um quarto – já passara havia tempos, e o vigário, na biblioteca, quebrava a cabeça com um cronograma temporário. Se, de fato, tudo fosse adiado por três horas, o jantar ocorreria às onze da noite, e a visita aos doentes, à uma da manhã. A situação era absurda e sem saída.

Quando o senhor vigário estava ocupado na biblioteca, era, por óbvio, severamente proibido entrar lá. E se Mrs. Dewley agora estava batendo na porta, provavelmente sucedera algo especial:

— Entenda, Edward, isso é inconcebível... – as faces de Mrs.

Dewley ardiam. — O médico está lá, e Campbell não quer se despir, fale com ele. Isso é inconcebível!

— Quem é Campbell? Aquele de cima? – o vigário ergueu as sobrancelhas em triângulo.

"Aquele de cima" – Campbell – jazia agora de olhos abertos.

O médico lavara os cabelos claros manchados de sangue. A cabeça estava bem, mas saía sangue pela boca, havia lesões internas, e Campbell recusava-se com obstinação a tirar o paletó.

— Ouça, assim o senhor pode... Deus sabe o quê. Afinal, o doutor precisa saber o que acontece... - Mr. Dewley olhava com ódio para o queixo pesado, quadrado de Campbell, que sacudia teimosamente: não.

— Ouça, o senhor está, no fim das contas, em casa alheia, e obriga todos nós a esperar... - Mr. Dewley sorriu, arregaçando o ouro dos oito dentes malévolos.

O queixo se contorceu. Campbell empalideceu ainda mais:

— Está bem. Concordo, se é assim. Só que essa *lady* deve sair.

Vigário e médico desabotoaram o paletó de Mr. Campbell. Sob o paletó, revelou-se um peitilho engomado e, logo depois, um corpo imenso, ossudo. Camisa não havia. Incrível, mas era mesmo assim: camisa não havia.

— Eh? - o vigário ergueu as sobrancelhas, de modo interrogativo e indignado, e olhou para o médico. Mas o médico estava ocupado: apalpava com cuidado o flanco direito do paciente.

Embaixo, na sala de visitas, o vigário lançou-se sobre o médico.

— E então? Como ele está?

— Hum... Escuso-me: nada bem... - o médico abotoava e desabotoava a sobrecasaca. — Duas costelas, e pode ser algo pior. Escuso-me. Em três dias vai se esclarecer. É preciso apenas não movê-lo do lugar.

— Como não mo... – quis gritar Mr. Dewley, porém de imediato abriu o sorriso dourado: — Pobre jovem, pobre, pobre...

A noite inteira Mr. Dewley vagou pelos aposentos, ininterruptamente, sentindo-se um trem que descarrilara e despencara de rodas para o ar em um aterro. Mrs. Dewley fora para algum lugar com gelo e toalhas, Mrs. Dewley estava ocupada. O trem tombado estava abandonado a si mesmo.

Às onze e meia, o vigário Dewley foi dormir – ou, talvez não tanto dormir, mas, antes do sono, explanar suas considerações a Mrs. Dewley. Contudo o leito de Mrs. Dewley ainda estava vazio.

Isso acontecia pela primeira vez em dez anos de vida conjugal, e o vigário estava perplexo. Estava deitado, cravando os olhos, fixos como os de um peixe, no vazio branco da cama vizinha, criando formas naquele vazio. Era meia-noite.

E deu-se algo muito estranho: a Mrs. Dewley criada no vazio – o negativo de Mrs. Dewley – teve sobre o vigário um efeito que a Mrs. Dewley corpórea jamais tivera. Precisava agora mesmo, sem demora, transgredir um dos horários – sem demora ver e apalpar Mrs. Dewley...

O vigário ergueu-se e chamou – ninguém respondeu: Mrs. Dewley estava ocupada, lá, no leito do doente – talvez moribundo. O que poderia objetar ao cumprimento do dever da misericórdia?

O relógio tiquetaqueava. O vigário estava deitado, com as mãos postas em cruz sobre o peito com todo o zelo, como recomendava no *Preceitos da salvação coercitiva* – e tentava se convencer de que dormia. Mas, quando o relógio bateu as duas, o autor do *Preceitos* ouviu-se proferindo algo absolutamente impróprio a respeito "daqueles descamisados". Aliás, a justiça exige assinalar que de imediato o autor do *Preceitos* dobrou mentalmente o dedo e marcou a lamentável ocorrência na coluna "Quarta-feira, das 9 às 10 da noite", onde estava escrito: penitência.

2   O PINCENÊ

Mrs. Dewley era míope e usava pincenê. Era um pincenê sem armação, de lentes ótimas, com um brilho frio de cristal. O pincenê fazia de Mrs. Dewley um exemplar magnífico das *bespectacled women* – mulheres de óculos –, cuja mera visão poderia fazer pegar um resfriado, como uma corrente de ar. Mas, se formos falar com franqueza, foi exatamente essa corrente de ar que em seu tempo conquistou Mr. Dewley: ele tinha seu modo de ver as coisas.

Fosse como fosse, era absolutamente certo que o pincenê era um órgão indispensável e, talvez, fundamental de Mrs. Dewley. Quando gente que conhecia pouco Mrs. Dewley (claro que forasteiros) falava dela, fazia-o assim:

— Ah, Mrs. Dewley... aquela – de pincenê?

Pois sem pincenê era impossível imaginar Mrs. Dewley. E, contudo...

Na balbúrdia e anarquia do dia em que o corpo estranho invadiu a casa do vigário – nesse dia histórico –, Mrs. Dewley perdeu o pincenê. E agora ela estava irreconhecível: o pincenê era uma carapaça, a carapaça caíra – e perto dos olhos entrefechados havia uns raiozinhos novos, os lábios um pouco abertos, o ar entre desorientado e beatífico.

O vigário, definitivamente, não reconhecia Mrs. Dewley.

— Ouça, minha cara, você devia se sentar e ler. Assim não dá.

— Mas não consigo sem pincenê – esquivava-se Mrs. Dewley, e voltava a acorrer ao doente, lá em cima.

Provavelmente porque ela estava sem pincenê, Campbell não sentiu nenhuma corrente de ar em sua presença, e, quando sua situação começou a se emendar, tagarelou com ela de bom grado, por longo tempo.

Aliás, "tagarelar", para Campbell, significava uma velocidade de não mais do que dez palavras por minuto: ele não falava, mas rastejava, balouçava como um trator bastante carregado sobre rodas largas.

Mrs. Dewley sempre tentava tirar dele algo a respeito do incidente com o automóvel.

— Eu... Sim, eu vi, é claro... – as rodas rangeram. — Mas eu estava absolutamente convicto de que ele pararia, aquele automóvel.

— Mas e se ele não pôde parar? Ora, e se simplesmente não pôde?

Pausa. Lento e pesado, o trator bambeou – sempre reto, sem se afastar uma polegada da rota:

— Ele devia ter parado... – Campbell franziu a testa, perplexo: como não podia se ele, Campbell, estava convicto de que pararia! E diante disso, da convicção de Campbell, o que significava a incontestabilidade das costelas quebradas?

Mrs. Dewley arregalou os olhos e fitou Campbell. Em algum lugar lá embaixo suspirava o trem tombado do vigário. O crepúsculo afluía, submergia o leito de Campbell, e logo, na superfície, flutuava – assomando de debaixo do cobertor – apenas o teimoso sapato quadrado (Campbell não concordou em tirar os sapatos de jeito nenhum). Com convicção quadrada, Campbell falava, girava, e tudo nele era incontestável e firme: no céu, o Deus legítimo; a maior nação da Terra eram os britânicos; o maior crime do mundo era tomar chá deixando a colherinha na xícara. E ele, Campbell, filho do finado Sir Harold Campbell, não podia trabalhar como simples operário, ou pedir, a quem quer que fosse – isso não estava claro?

— ... Pagamos a dívida de Sir Charles, meu bisavô. Meu avô pagou, depois meu pai e eu. Eu tinha que terminar de pagar, vendi a última propriedade e paguei tudo.

— E passou fome?

— Pois eu já disse, está claro, eu não podia... – Campbell calou-se, ofendido.

E Mrs. Dewley – ela estava sem pincenê – curvou-se mais e viu: o lábio superior de Campbell fazia um bico ofendido, de modo infantil. Queixo teimoso e lábio ofendido: aquilo era tão ridículo e tão... Era de pegar e acariciar:

"Oora, queridinho, não precisa ser tão ridículo..."

Mas, em vez disso, Mrs. Dewley perguntou:

— Espero, Campbell, que hoje o senhor esteja melhor. Não é verdade que hoje o senhor já consegue mover os braços livremente? Pois esperemos o que o doutor vai dizer amanhã.

Pela manhã veio o médico, de sobrecasaca, tímido e dócil como um coelho.

— Ora, a natureza, a natureza é o mais importante. Escuso-me: o senhor tem uma natureza magnífica... – balbuciava o médico, olhando para baixo, para a maleta com os instrumentos, e, assustado, derrubou-a no chão quando, com ruído e estrondo, invadiu o aposento o advogado O'Kelly.

Graças aos cabelos irlandeses ruivos de O'Kelly e à quantidade de seus braços a se agitarem, o quarto subitamente tornou-se colorido e barulhento.

— Ora, e então, Campbell, já se refez? Ora, claro, claro. Pois vocês, ingleses, têm a cabeça feita de um material especial.

Resultado do boxe. O senhor lutou boxe? Um pouco? Mas ora, mas ora...

Depois de ter produzido cor e barulho, só bem no fim O'Kelly reparou que seu colete estava aberto, e que viera, na verdade, a negócios: o proprietário do automóvel estava pronto para pagar sem demora 40 libras a Campbell.

Campbell não estava nem um pouco surpreso:

— Oh, eu estava convicto...

Apenas pediu papel e caneta e, em um envelope estreito de Mrs. Dewley, de um azul frio, escreveu um endereço.

Dois dias depois, chegou a resposta. E quando Campbell leu, Mrs. Dewley voltou a se lembrar do pincenê: de repente, carecia agora do pincenê, revolvia o aposento, inquieta, pela décima vez.

— Espero que tenham lhe escrito algo de bom. Vi uma letra de mulher... – Mrs. Dewley revolvia com empenho o armarinho de remédios.

— Oh, sim, de minha mãe. Escrevi-lhe sobre o dinheiro. Agora ela vai poder se arranjar de maneira decente.

Mrs. Dewley bateu a porta do armarinho:

— O senhor não vai acreditar como estou contente, estou terrivelmente contente por ela! – Mrs. Dewley estava de fato contente, isso era evidente, em suas faces outra vez havia rubor.

Na hora do desjejum, Mrs. Dewley, olhando para algum lugar além do vigário – talvez para as nuvens –, de repente deu um sorriso inesperado...

— ... A senhora está de bom humor hoje, minha cara... – o vigário exibiu duas coroas de ouro. — Provavelmente seu paciente por fim se restabeleceu?

— Oh, sim, o doutor acha que ele pode ir embora no domingo...

— Mas que magnífico, mas que magnífico! – o vigário reluziu

o ouro de todas as suas oito coroas. — Por fim voltaremos a viver uma vida regrada.

— Sim, oportunamente. – Mrs. Dewley franziu o cenho. — Mas quando ficará pronto meu pincenê? Não seria possível no domingo?

3   OS *GENTLEMEN* DOMINICAIS

No domingo, em Jesmond, as soleiras das portas, como sempre, foram raspadas até ficar de um branco ofuscante. As casas eram vetustas, fuliginosas, mas as faixas brancas das soleiras reluziam como os dentes postiços dos *gentlemen* dominicais.

Os *gentlemen* dominicais, como se sabe, eram confeccionados em uma das fábricas de Jesmond e, no domingo de manhã, apareciam nas ruas em milhares de exemplares – junto com a edição de domingo da *Revista da Paróquia de Saint-Enoch*. Todos com as mesmas bengalas e as mesmas cartolas, os *gentlemen* dominicais de dentes postiços passeavam respeitavelmente pelas ruas e cumprimentavam seus sósias.

— Que tempo maravilhoso, não é verdade?

— Oh, sim, ontem estava consideravelmente pior...

Depois os *gentlemen* ouviam a prédica do vigário Dewley sobre o fariseu e o publicano. Regressando da igreja, como que por milagre encontravam a própria casa entre milhares de casas idênticas, com selo de fábrica. Almoçavam sem pressa, conversando sobre o tempo com a família. Cantavam hinos com a família e aguardavam a noite, para saírem de visita com a família.

De manhã, deixando o médico perplexo, Campbell acordou e dirigiu-se à casa da mãe. Mrs. Dewley passou o dia inteiro sentada à janela de sempre. Não era possível ler; de qualquer forma, o pincenê não ficara pronto para o domingo.

"Ora, não é nada, logo terminam, e voltaremos a viver uma vida regrada", pensou ela, com as palavras do vigário; olhou pela janela, nuvens rápidas e inchadas corriam, era preciso correr atrás delas – era mesmo preciso –, não conseguia desviar os olhos.

— Ouça, minha cara, já temos visitas... – o vigário entrou correndo, esfregando as mãos. Seu humor estava excelente: logo recomeçaria a vida regrada.

Mrs. Dewley foi a algum lugar, onde falou do tempo com damas azuis e rosa, e as nuvens continuavam a correr e engordar. E o vigário reluzia o ouro de suas oito coroas, desenvolvia entre o rosa e o azul as ideias do *Preceitos da salvação coercitiva* – o que, no barômetro dele, significava o máximo. Em suma, aquilo não estava perfeitamente claro? Se a vontade isolada – sempre criminosa e desordenada – fosse substituída pela vontade da Grande Máquina do Estado, então, com inescapável mecânica – entendem? –, mecânica... E mecanicamente assentiu em resposta uma cabeça redonda como uma bola de futebol.

A campainha estalou. As nuvens se adensaram, formaram uma penumbra na antessala – e das nuvens saiu Campbell. Estava bem barbeado (o queixo se tornara ainda mais quadrado) e de smoking, ainda que gasto. E, atrás dele, apareceu mais alguém na entrada.

E quando esse alguém apareceu, Campbell anunciou:

— Minha mãe, Lady Campbell.

Todos se viraram e se calaram simultaneamente, como se tivesse ocorrido algo de constrangedor ou desagradável, embora não tivesse havido nada disso. Pois, se fossem falar do vestido de noite de Lady Campbell, seria o seguinte: era um vestido normal, de seda cinza, só um pouquinho fora de moda. Mas todos ficaram calados.

Lady Campbell entrou devagar, uma rédea invisível puxava o tempo todo a sua cabeça para cima. Cabelos grisalhos amarelados, no decote do vestido cinza moviam-se ombros terríveis, de múmia, e ossos, ossos... Salientava-se como a carcaça de um guarda-chuva velho, quebrado pelo vento.

— Estou muito contente por termos tido a oportunidade... – começou o vigário, respeitoso. — Esse incidente com o automóvel serviu... – o vigário examinava o rosto dela: era o mais comum possível, mas havia algo...

— Meu finado marido, Sir Harold, sempre se posicionava contra automóveis... – a rédea invisível puxou a cabeça ainda mais para o alto. — Em seus movimentos demasiado rápidos, via neles definitivamente algo de mal-educado...

Era uma observação muito sutil: exatamente – mal-educado. O vigário esfregou as mãos:

— Em total acordo com a senhora, cara Lady Campbell: mal-educado!

Sim, era evidente: estavam destinados a serem amigos... O vigário esquadrinhou-lhe o rosto: não, não parecia ter nada de especial. Fora apenas uma impressão.

— Estou muito, muito contente por Mrs. Dewley ter ficado tão amiga de meu filho. Não é verdade que é muito agradável olhar para eles? – Lady Campbell sorriu.

E de imediato o vigário entendeu o que era – os lábios. De um rosa-pálido, finíssimos e extraordinariamente compridos, como vermes, retorciam-se, agitavam os rabinhos para cima e para baixo.

Mrs. Dewley estava falando animadamente de algo, e inclinou o rosto para perto de Campbell: estava sem pincenê.

— O pincenê ainda não está pronto, sabe... – tartamudeou o vigário, desconcertado; – o verme deslizou direto para ele, que retrocedeu, pensando no que dizer. — Sim... Mr. Campbell lhe contou da proposta de entrar na firma do advogado O'Kelly. Claro que nem Deus sabe como será, mas, no começo...

— Oh, a necessidade, é claro, força a aceitar. Mas... O'Kelly! Pois já vivo aqui há um ano... – Lady Campbell sorriu, o verme se esticou, apontando suas sinuosidades para a presa.

O vigário já estava calmo. Novamente era o autor do *Preceitos da salvação*, e exibia benevolamente as coroas de ouro:

— ... A única esperança é a influência favorável do meio. Não quero atribuir isso a mim, mas a senhora sabe: os paroquianos de Saint-Enoch são de uma elevação excepcional, e espero que, aos poucos, mesmo O'Kelly...

— O'Kelly? Ora, não é verdade que é terrível? – preocuparam-se as damas azuis e rosa, e a cabeça redonda de futebol meneou ainda mais rápido. A cabeça de bola de futebol pertencia a Mr. McIntosh, e Mr. McIntosh, como era notório, sabia de tudo.

— O'Kelly? Como não: nos bastidores do Empire... E as datilógrafas? Mas como não! Quatro datilógrafas... – Mr. McIntosh, como uma bola, quicava de um canto a outro – de smoking e saiote escocês azul-amarelo-verde –, quicava com os joelhos nus. Mr. McIntosh ocupava o posto de secretário da Corporação dos Sineiros[1] Honorários da paróquia de Saint-Enoch e, consequentemente, era especialista em questões de moral... — Sabem, gente como esse O'Kelly, eu... – empolgou-se McIntosh. Mas, infelizmente, seu veredicto não foi pronunciado: o acusado

---

1 Em russo, a palavra "sineiro" também pode significar "mexeriqueiro".

compareceu em pessoa, e as sentenças do tribunal de questões morais são sempre proferidas à revelia.

— Estávamos falando do senhor agora mesmo – o vigário exibiu dois dentes dourados ao advogado.

— Devem ter *dewleyado* consideravelmente, não? – riu-se O'Kelly: introduzira o emprego do verbo *dewleyar*, e o verbo toda vez desgostava o vigário.

— Se não tivesse se atrasado, caro O'Kelly, teria se certificado pessoalmente. Porém, quanto à pontualidade, o senhor não tem salvação...

— Atraso-me pontualmente: isso já é pontualidade. – O'Kelly sacudiu o topete ruivo. Como sempre, estava despenteado, o paletó parecia uma penugem, tinha um botão solto, de forma absolutamente imprópria. As azuis e rosa se cutucaram, o verme de Lady Campbell se mexeu – e talvez só quem não visse nada fosse Mrs. Dewley.

— ... Pois bem, amanhã o senhor se muda para os seus aposentos, quer dizer que hoje é sua última noite em nossa casa... – Mrs. Dewley encolhia os ombros gelados: provavelmente resfriara-se.

Campbell ficava em silêncio, as pernas obstinadamente abertas. Mrs. Dewley olhou para o espelho em frente – para arrumar o penteado –, um ouro cintilou em seus cabelos, o ouro das últimas folhas. Estremeceu e riu:

— Sabe de uma coisa: faz de conta que o senhor ainda está doente e eu, como sempre, venho aplicar-lhe uma compressa à noite.

— Mas se não estou doente? – Campbell franziu a testa, perplexo: o trator de carga só sabia andar sobre pedras, as rodas pesadas vacilavam com o "faz de conta".

Sentaram-se para jantar. McIntosh demorou bastante: era uma operação muito complexa – sentar-se de forma a não amarrotar seu saiote azul-amarelo-verde. Sentaram-se, Mr. McIntosh meneou a cabeça de bola de futebol, compenetrado:

— Em suma, é um grande mistério a comida, não é verdade?

Aquilo fora dito de forma maravilhosa: mistério. O grande mistério transcorria em silêncio, e apenas o canto em que O'Kelly estava sentado era ruivo, colorido e barulhento. O'Kelly contava de Paris, de uma mala inflável comprada em Paris especialmente para burlar as leis inglesas.

— ... Pois, com uma dama, e sem bagagem, não é permitido entrar em nossos hotéis. Então você saca do bolso, enche – *pufff...* –, e eis uma mala magnífica. No fim das contas, o papel que a lei desempenha não é o mesmo que o papel de seus vestidos, senhoras? Ah, desculpe, Vossa Reverendíssima...

O vigário ergueu as sobrancelhas triangulares e olhou para o relógio já pela enésima vez: no horário do domingo, na coluna "sono", havia o número 11. E, além disso, aquele O'Kelly....

O mistério concluiu-se. Os *gentlemen* dominicais apressaram-se para casa, com suas esposas.

Ao se despedir de Campbell na porta de seu dormitório, Mrs. Dewley sorriu mais uma vez – a vela de sua mão tremeu:

— E então, compressa?

— Não, já estou bem, então, para que compressa? – A vela iluminou o incontestável queixo quadrado de Campbell.

Mrs. Dewley virou-se rapidamente e foi para o seu quarto. O vigário já estava dormindo, de gorro de dormir de flanela, com as mãos em cruz sobre o peito.

De manhã, ao desjejum, o vigário viu Mrs. Dewley já de pincenê – ficou positivamente contente:

— Pois bem, agora volto a reconhecê-la!

4 A RAÇA DE INTELECTO MAIS ELEVADO

O escritório do advogado O'Kelly ficava no primeiro andar de um prédio antigo. Na parede grossa de pedra, uma porta ferrada com um martelo, uma escada ascendente escura de pedra e uns degraus descendentes, que davam para fora, para a travessa do Sapateiro John. A travessa – um desfiladeiro estreito entre prédios – podia ser cruzada no máximo aos pares, e acima, entre os muros, havia uma faixa azul de céu. No antigo prédio vivera outrora o sapateiro John, amante da liberdade, apoiador obstinado da heresia de Lutero, e que por isso fora queimado. Agora Mr. Campbell trabalhava lá.

No primeiro aposento, quatro senhoritas datilografavam em máquinas Underwood. O'Kelly conduziu Campbell à primeira, e apresentou:

— Minha esposa, Cecily, o Cordeirinho.

De cabelos de linho e boquinha minúscula, ela era de verdade como um cordeirinho de Páscoa, amarrado com uma fitinha. Campbell apertou-lhe a mão com cuidado.

Depois O'Kelly apresentou-o às três restantes, e sobre cada uma disse, igualmente sério e sucinto:

— Minha esposa. Minha esposa. Minha esposa.

Campbell ficou parado, de mão estendida, franziu a testa, dorido, e dava para ouvir o trator pesado bufando, sem forças para sair do lugar. Minha esposa, minha esposa, minha esposa... Olhou para O'Kelly: não, O'Kelly estava absolutamente sério.

— Ouça, por acaso o senhor não sabia? Pois sou maometano – O'Kelly veio em sua ajuda.

Campbell desfranziu a testa, aliviado: agora era evidente,

havia uma premissa menor, e também a maior – um silogismo completo. Tudo tornou-se quadradamente simples.

— Oh, sempre guardei respeito para com todas as religiões estabelecidas – começou Campbell, sério. — Todas as religiões estabelecidas...

O'Kelly, vermelho, por um minuto segurou o riso, depois rebentou e, depois dele, todas as quatro esposas.

— Ouça, Campbell... Oh, não posso! Mas o senhor é um... Oh, Senhor, só faltava essa: meu Deus, ele acreditou! Oora, pombinho, vou lhe ensinar rapidinho a detectar mentiras...

— Mentiras? – Campbell ficou desesperadamente atônito. — Mentiras?

Aquilo era incompreensível, fosse como brincadeira, fosse como verdade – pura e simplesmente incompreensível, como pode ser incompreensível, inimaginável, o infinito do universo. Campbell ficou parado, morto, com as pernas petrificadas – abertas.

— Ouça, Campbell, falemos a sério... – O'Kelly ficou sério, como acontecia sempre que não falava a sério. — Não se esqueça que nós, os advogados, somos a raça de intelecto mais elevado, e por isso é nosso privilégio mentir. É claro como o dia: os animais não têm noção de mentira; se o senhor for parar em meio a ilhéus selvagens, eles também dirão apenas a verdade, enquanto não conhecerem a cultura europeia. *Ergo*[2]: não seria isso sinal...

Tudo era absolutamente assim. Porém Campbell estava convicto, de forma incontestável, quadrada, de que não devia ser assim e, por isso, tinha na cabeça um autêntico tumulto. E já

---

2 "Logo". Em latim no original.

não ouvia as palavras de O'Kelly, apenas coçava desesperadamente a testa com a mão: como um urso coçando abelhas que tivessem se grudado...

Na sala de recepção, aguardava o advogado uma jovem *lady*, com o cabelo cortado como um rapaz, fumando um cigarro:

— Ah, ah, Didi! Filhinha, está aqui faz tempo? Mrs. Didi Lloyd, nossa cliente. Divórcio... – O advogado virou-se para Campbell, viu sua testa pensativa – e voltou a desatar a rir. — Eu lhe disse: contraia primeiro um matrimônio probatório, mas ela é desobediente... Não ouviu falar de matrimônio probatório? Ora, como não, como não, a *bill* passou no Parlamento dia 31... pois sim, 31 de março.

Mrs. Didi Lloyd era risonha – seus lábios tremiam.

Campbell voltou a ficar atônito – crer ou não crer, mas O'Kelly já colocara os papéis diante dele.

— ... Sobraram meras ninharias. Arrume-as.

Campbell curvou-se, muito formal: os modos de rapaz, o cigarro e as pernas cruzadas de Mrs. Didi Lloyd não eram de seu gosto. Sentou-se com os papéis, e O'Kelly perambulava atrás, cobrindo o colete de cinzas e ouvindo com atenção.

Um papel é algo definido. O nevoeiro na cabeça de Campbell se dissipou, pela estrada batida o trator arrastava a carga de forma rápida e convicta. O'Kelly estava radiante, batia no ombro de Campbell:

— Mas o senhor é muito bom! Bem que eu sabia... Um cavalo de tiro daqueles...

Passavam clientes. O'Kelly já começava a bocejar: estava na hora de jantar.

— E então: ao restaurante? E de lá – ao teatro? Não pode? Ora, basta...

Lady Campbell esperava com o jantar, em casa. Mas O'Kelly, como sempre, encontrou argumentos revirados e inesperados, de modo que não dava para ser de outro jeito – e Campbell, obediente, foi.

Depois de uma garrafa de Romanée, no teatro, Campbell sentiu: estava muito alto – acima de todos – e leve. Raramente sentira-se tão leve – aquilo era muito confortável e engraçado, ele ria de tudo que acontecia no palco, como se tivesse 5 anos...

Aliás, todos também assistiam com a mesma alegria, e riam como se tivessem 5 anos. Era muito divertido: um senhor de nariz postiço e uma matrona gorda dançavam *two-step*, depois brigavam por um *shilling* que tinham achado, e o senhor de nariz acertava a bochecha da matrona, com os tambores da orquestra marcando o ritmo. Depois uma garota, iluminada por uma luz alternadamente verde e framboesa, tocava Mozart ao violino. Depois uma de preto, esbelta, flutuava devagar – dançava na penumbra...

Uma volta – e Campbell assombrou-se: reconhecera o corpo esbelto de rapaz, os cachos cortados... Não, não podia ser! Mas ela já estava atrás da tela – uma tela fortemente iluminada –, e sua sombra gradualmente despia-se de tudo, de forma habituada, sem pressa, meias, ligas, malha: era sua próxima dança – em vermelho.

— Mrs. Didi Lloyd? – perguntou Campbell, sem despregar o olho da tela.

— Mrs.... – voltou a provocar O'Kelly. — Mas claro – é Didi.

Com curiosidade, de soslaio, O'Kelly olhou para Campbell, que se precipitava adiante: agora mesmo o trator de carga arrancaria, direto e reto, passando por cima do que estivesse na frente...

Didi terminou a dança vermelha – Campbell, por fim, recobrou fôlego, e foi algo tão barulhento, das profundezas, que ele mesmo se assustou, e mirou ao redor. Do camarote da direita, no escuro, algo brilhou para ele.

— E então, tolinho, gostou, ao que parece. – O'Kelly riu-se.

Já vestida – de casaco e chapéu –, Didi abriu caminho pelo corredor, na direção deles. Sentou-se ao lado de O'Kelly e, sufocando de rir, contou-lhe algo no ouvido.

Era constrangedor que agora ela estivesse vestida, e depois se revelou: ria alto demais. Campbell retrocedeu, levantando o queixo, e sentou-se ereto, incontestável, ouvindo obstinadamente o concerto de um instrumento estranho: uma corda esticada em uma vassoura.

Todas as luzes se acenderam. Didi virou-se para Campbell:

— Ouça, Campbell, é verdade o que O'Kelly diz, que o senhor nunca – que o senhor nunca... – tomou a mão de Campbell e, com um pequeno lápis dourado, pôs-se a escrever algo no punho da camisa dele.

"E se minha mãe....", Campbell lembrou-se dos lábios finíssimos e retorcidos, e voltou a olhar ao redor, como se Lady Campbell pudesse estar lá.

Mas, em vez de Lady Campbell, ele viu, no camarote da esquerda, Mrs. Dewley. As lentes de seu pincenê pareciam brilhar com um brilho frio na direção de Campbell. Mas isso, evidentemente, era só o que parecia: brilhando na direção de Campbell, Mrs. Dewley não o cumprimentou. Não, evidentemente ela não o tinha visto.

5 SOBRE O PUG DE PORCELANA

O pug de porcelana habitava o nº 72, nos aposentos mobiliados de Mrs. Aunty. Lá os inquilinos se mudavam a cada semana – toda vez que chegava uma nova *revue* ao Empire. Sempre pairavam nuvens de fumaça de tabaco; à noite, alguém chapinhava e gargalhava no banheiro; as corrediças dos dormitórios ficavam abaixadas até o meio-dia. Mas o pug de porcelana Johnny não se perturbava nem um pouco com isso e, do alto da prateleira da lareira, contemplava a vida com seu eterno sorriso de entendido, de sangue-frio. O pug Johnny pertencia a Didi – e vice-versa: Didi pertencia ao pug Johnny. Eram amigos inseparáveis. Portanto, era ainda mais lastimável que Campbell, de alguma forma, imediatamente, e sem nenhum motivo visível, tivesse travado más relações com Johnny.

— Ouça, Campbell, por que o senhor não gosta do meu Johnny? Veja, é tão adoravelmente feio. E é tão fiel. E com ele pode-se fazer o que se quer...

Sobre os joelhos de Campbell havia uns papéis abertos: uma tarefa muito difícil – convencer Didi a aceitar o dinheiro que tão amavelmente oferecia-lhe Mr. Lloyd, o ex-marido. A testa de Campbell estava aflitivamente contraída.

— ... Mr. O'Kelly diria que a senhora deve aceitar o dinheiro. E eu não entendo por que...

— Ouça, Campbell, e o senhor não acha Johnny parecido com Mr. O'Kelly? Ambos são igualmente feios e queridos, e tão inteligentes, e sorriem igual. Mas venha sentar-se aqui, do meu lado, sim?

Ereto e inflexível como um Buda, Campbell se sentou no tapete e olhou zangado para Johnny. Mas era verdade: o pug e

O'Kelly eram parecidos como duas gotas d'água. Balouçando devagar, arrastando uma carga no riso, Campbell gargalhou, cada vez mais retumbante, e Didi já estava falando de outra coisa – mas ele não sossegava de jeito nenhum.

Deu-se que Johnny tinha algo de byroniano: em suma, era uma criatura profundamente desiludida, por isso sorria um sorriso eterno. Diante de Johnny haviam posto um livrinho em marroquim branco – uma das poucas preciosidades que Didi jamais penhorara –, e Johnny lia, devagar e triste. A luz da lareira tremeluzia nos móveis – as lâmpadas ainda não estavam acesas; no chão, os papéis esquecidos branquejavam; o queixo quadrado de Campbell reluzia vermelho. Johnny lia...

Campbell voltou a si, ergueu-se de um salto do tapete, zangado:

— Mas de qualquer forma preciso dizê-lo a Mr. O'Kelly: por que a senhora não quer aceitar o dinheiro?

O livrinho branco voou para o canto, o traço negro das sobrancelhas de repente riscou o rosto de rapaz de Didi – ela gritou:

— Porque eu – eu traí Mr. Lloyd, não entendeu? Por que traí? Porque o tempo estava bom – e, por favor, raspe-se com seus papéis! Johnny é dez vezes mais inteligente, ele nunca pergunta...

Pela manhã, no escritório, Campbell queixava-se: fazia boca de ofendido, com um bico, como uma criança:

— Ela simplesmente não escuta... Sempre com seu pug...

O'Kelly soltou um risinho – como um pug:

— Ah, o senhor... Campbell, como o senhor é! Hoje à tarde, arraste-a para cá: ela e eu vamos nos acertar para valer...

A tarde estava muito calma. Solenes e silenciosas, agradando o olhar, postavam-se no cercado as árvores podadas a zero – fileiras de soldadinhos de madeira. Provavelmente, era algum feriado, ou simplesmente um serviço especial para crianças: a igreja de Saint-Enoch soava, retinia os sinos um por um, na mesma e única ordem – giravam, giravam sempre uma manivela –, e, em filas solenes, caminhavam crianças de cabelo cortado e colarinho branco.

Campbell e Didi se detiveram – deixaram passar a procissão. Passou a última fila de colarinhos brancos e, de trás da esquina, assomou o vigário Dewley, acompanhado de Mrs. Dewley e do secretário dos Sineiros Honorários, McIntosh. O vigário caminhava como um chefe militar, conduzia o exército de colarinhos brancos para a salvação, por um caminho matematicamente exato. Dobrava os dedos devagar, atrás das costas – contava algo.

Campbell sentia-se um tanto desconfortável: não estivera na casa de Dewley desde aquele domingo, era preciso fazer algo... era preciso ir e dizer...

— Desculpe – é só um minutinho... – Campbell deixou Didi na cerquinha da igreja e balouçou devagar na direção de Dewley.

Abrindo as pernas obstinadamente e olhando para os sapatos quadrados com embaraço, Campbell desculpou-se: estava extremamente ocupado com o advogado, de modo que não tinha tempo em absoluto... O pincenê de Mrs. Dewley brilhou cristalino, o vigário reluziu os dentes de ouro e olhou de soslaio na direção de Didi: ela estava postada junto à cerquinha e brincava com a bengala de Campbell.

— Tarde magnífica! – reconheceu Campbell, contente. Franziu-se dorido. Pausa...

McIntosh socorreu. Era um homem universalmente reconhecido como original e compenetrado. Naquele minuto, olhava atentamente para os próprios pés:

— Sempre penso: que coisa grandiosa é a civilização. Por exemplo: a calçada. Não, pense: a calçada!

E, de repente, uma risada sonora – todos se viraram com horror: aquela jovem pessoa com a bengala estava rindo. Aquela jovem pessoa sempre era risonha: agora apoiava-se na bengala e sacudia, sacudia de tanto rir, sacudia os cachinhos aparados...

Depois, em suma, não houve nada de especial: simplesmente Mrs. Dewley virou-se e olhou para aquela jovem pessoa – ou, mais precisamente, não para ela, mas para a cerquinha da igreja na qual a pessoa estava encostada. Mrs. Dewley olhava como se aquela pessoa fosse de vidro, completamente transparente.

Didi ruborizou-se, quis dizer algo – o quê, claro, era absolutamente improvável –, mas apenas deu de ombros e foi com rapidez para algum lugar...

E depois Mrs. Dewley amavelmente estendeu a mão a Campbell – sua mão parecia tremer, ou, talvez, fosse a mão do próprio Campbell que tremesse.

— Até a vista, Mr. Campbell. De qualquer forma, esperamos vê-lo em breve... – e Mrs. Dewley prosseguiu para a igreja.

Aquilo era inaudito... as orelhas de Campbell ardiam, com toda a velocidade de seu peso ele correu atrás de Didi, mas ela parecia ter sido tragada pela terra: não estava em lugar nenhum...

Ao entardecer, no final do serviço religioso, Mrs. Dewley estava sentada com o vigário na sala de jantar e batia na lombada de um livro:

— E então, e sua salvação coercitiva? Viu para onde Campbell está indo? No seu lugar, eu...

O vigário ergueu as sobrancelhas triangulares: positivamente, não reconhecia Mrs. Dewley, antes ela não se interessava em absoluto pelo *Preceitos da salvação*. O vigário esfregou as mãos: era um bom sinal, era magnífico...

— Está certa, minha cara: preciso me ocupar disso. Claro, claro.

E, no nº 72, a lareira cobria-se de cinzas, o último calor contorcia-se, tremelicava sob as cinzas. Didi estava deitada no tapete com Johnny, seu pug de porcelana. A fuça feia do pug estava toda molhada. Na soleira, Campbell estava de pé, franzindo-se doridamente: fora dizer a Didi que seu comportamento era estranho, no mínimo. Mas eis que não havia palavras, ou algo estava atrapalhando, apertando lá na garganta. Em suma, aquilo era um absurdo...

Campbell tentou formar um silogismo.

6 O ROSTO DA PESSOA CIVILIZADA

Como se sabe, uma pessoa civilizada deve, dentro do possível, não ter rosto. Ou seja, não é que não deva ter em absoluto, mas assim: como se tivesse e não tivesse rosto – para que não salte aos olhos, como não salta aos olhos um vestido feito por um bom alfaiate. Escusado dizer que o rosto de uma pessoa civilizada deve ser absolutamente o mesmo das outras (civilizadas) e, claro, não deve alterar-se em nenhuma circunstância da vida.

Naturalmente, as mesmas circunstâncias devem ser atendidas pelas casas, árvores, ruas, pelo céu e por todo o resto do mundo, para que este tenha a honra de ser chamado de civilizado e decente. Por isso, quando os dias gelados e cinzentos passaram, e de repente o verão irrompeu, e o sol tornou-se revoltantemente intenso, Lady Campbell sentiu-se chocada.

— Isso é positivamente.... Deus sabe o que é isso! – os vermes de Lady Campbell se remexiam, assomavam, mas o sol inculto, incivilizado, continuava da mesma forma a arreganhar a boca inteira. Então Lady Campbell fez a única coisa que lhe restava: baixou todas as gelosias e instaurou no aposento uma luz mais pacífica e decorosa.

Lady Campbell e o filho ocupavam agora três aposentos: dois dormitórios em cima e uma sala de jantar embaixo, de janelas para a rua. Tudo agora estava como Deus mandava.

Aquele incidente com o automóvel, Lady Campbell o entendia como evidente misericórdia divina. Não, quer dizer: Deus não abandona gente decente.

E eis que, agora, tudo era como convinha: o tapete, a lareira, sobre a lareira, o retrato do finado Sir Harold (o mesmo queixo quadrado dos Campbell), uma mesinha de madeira vermelha junto à janela e, na mesinha, um vaso para os cravos dominicais. Em todas as casas do lado esquerdo da rua avistavam-se vasos verdes, do direito, azuis. Lady Campbell estava do lado direito, por isso, em sua mesinha, havia um vaso azul.

Dentro do possível, Lady Campbell tentava restaurar a ordem que havia na época do finado Sir Harold. Pela manhã, apertava-se em um espartilho, saía para o jantar de vestido de noite. Comprara, por 5 *shillings*, um pequeno gongo de cobre, e assim, como a velha doméstica não sabia tocá-lo, era sempre a própria Lady Campbell quem o fazia: tirava o gongo da parede da sala de jantar, entrava no corredor, tocava – e voltava para a sala de jantar. Ainda que almoçasse sozinha – Campbell estava no escritório –, tocava assim mesmo: o que importava era a ordem.

Infelizmente, quem servia almoço e jantar não era um lacaio, mas a velha Mrs. Taylor, trêmula e vetusta. E para que a coisa ficasse ao menos um tiquinho decente, Lady Campbell pôs-se a persuadir a velha que servisse o jantar de luvas brancas.

— Mas que extravagância é essa! Você lava a mão, lava, e isso ainda é pouco para eles... – a velha se ofendia, e até choramingava, porém, por 2 *shillings* por mês, finalmente concordava.

Agora estava tudo em ordem, e Lady Campbell convidou O'Kelly para jantar: para que visse que não estava lidando com uma qualquer.

Houve muitos preparativos. Na mesa havia flores e garrafas. A velha Taylor lavou suas luvas brancas. E apenas O'Kelly...

É difícil crer – mas O'Kelly apareceu para o jantar... de fraque. O jantar inteiro foi um fracasso. O verme de Lady Campbell revirava-se, remexia-se.

— Estou tão contente, Mr. O'Kelly, que o senhor esteja se sentindo em casa. Aliás, pela conformação de seu rosto, o smoking...

O'Kelly pôs-se a rir.

— Oh, oh, quanto à minha aparência, tenho uma opinião elevada: ela é excepcionalmente feia, mas é excepcional, e isso é tudo.

Baixinho, gordo, arquejava de calor, esfregando o rosto com um lenço colorido. O topete ruivo desgrenhava-se, seus quatro braços deslocavam-se incessantemente, respingava molho no colete e tagarelava sem parar. Sim, em suma, Wilde também era feio, mas destacava sua feiura, e todos acreditavam que era bonito. E ademais: a feiura destacada – e a viciosidade destacada – deviam conferir harmonia. A beleza está na harmonia, no estilo, seja a harmonia do feio ou do bonito, a harmonia do vício ou da virtude...

Mas daí O'Kelly notou: a rédea invisível puxou a cabeça amarela de Lady Campbell, o malvado verme rosa-pálido remexeu-se e rastejou. O'Kelly titubeou – e o verme rosa-pálido também parou. Falar de Wilde em sociedade! E se dessa vez Lady Campbell poupou O'Kelly, foi exclusivamente em consideração ao filho...

Com mãos trêmulas nas luvas brancas, a velha Taylor botou na mesa licor e café. A respeito desse licor, Lady Campbell ponderara bastante. Mas, no final das contas, resolveu adiar o restauro de seus sapatos por um mês. Sem licor não podia passar de jeito nenhum, era como passar sem o gongo ou as luvas de Mrs. Taylor.

Por duas vezes Lady Campbell empurrou o licor para O'Kelly – e por duas vezes O'Kelly serviu-se de uísque escocês. Tudo isso junto – o topete colorido, o licor, os braços de O'Kelly a se deslocarem no ar – irritou Lady Campbell. O verme mordeu:

— O senhor, contudo, é original: é a primeira vez que vejo alguém tomar uísque com o café.

"Original" – para Lady Campbell, isso soava como "pessoa incivilizada", mas Mr. O'Kelly era, pelo visto, muito casca-grossa. Por um segundo calou-se, alegre – era alegre até ao se calar –, e depois pensou em voz alta:

— ... Num calor desses, seria bom me exibir só de saiote escocês!

Com essas palavras, recordou-se e contou: certa vez, andava por Paris com um amigo escocês, e os meninos parisienses, no final das contas, não aguentaram, aproveitaram o momento e ergueram o saiote escocês, para ver se debaixo dele havia algo como calças, ou...

Lady Campbell não podia mais – não podia. Irada, levantou-se, foi até a porta e chamou a gata Milly, de um branco cândido:

— Milly, vamos embora daqui... Milly, aqui a senhora não tem o que fazer – vamos embora daqui, seu leite está no corredor.

Mas a mimada Milly, pelo visto, não se opunha a ouvir as histórias de O'Kelly: ela miou e obstinou-se. Lady Campbell se curvou – salientaram-se as clavículas e omoplatas, mais alguns ossos, toda a carcaça de guarda-chuva quebrado. Com Milly debaixo do braço, Lady Campbell prosseguiu pela porta.

Majestosa e terrível em seu decote de múmia, reapareceu apenas quando O'Kelly ribombava na antessala, procurando sua bengala (que não trouxera). Junto com O'Kelly, Campbell também saiu.

O céu estava pálido, encolhido, encurvado, como ocorre no crepúsculo, depois de um dia quente. Campbell contraiu-se: um pouco pelo frio, um pouco pelas inevitáveis conversas sobre decência e indecência que teria amanhã com Lady Campbell. Encolheu-se, e mesmo assim foi com O'Kelly para lá – para o n° 72. Principalmente, concordava em absoluto com Lady Campbell: nos aposentos mobiliados de Mrs. Aunty, tudo era indecoroso, tudo era-lhe alheio, rude, e estorvava, como estorvaria uma pedra no meio do asfalto das ruas de Jesmond – mesmo assim, ele foi.

"Já que O'Kelly vai... Eu preciso ter contato com ele...", tranquilizava-se Campbell.

No n° 72, como de hábito, a lareira estava acesa. Didi estava sentada no tapete, junto ao fogo: secava, depois de ter lavado, os cabelos cacheados, com corte de rapaz. No chão, estavam espalhadas as folhas de uma carta – acima delas, o pug Johnny sorria.

O'Kelly por pouco não pisou nas folhas – inclinou-se e ergueu-as.

— Não toque nisso! – gritou Didi com raiva. — Estou lhe dizendo, não toque nisso! Não ouse tocar! – as sobrancelhas se uniram sobre o intercílio, o rosto de rapaz desapareceu: era um rosto de mulher, queimado por um fogo escuro.

O'Kelly sentou-se em um pufe baixinho e pôs-se a taramelar:

— Isso não é bom, não é bom, filhinha. Lady Campbell acabou de nos incutir que o rosto de uma pessoa decente deve ser imutável, como... como a eternidade, como a Constituição britânica... E a propósito: ouviu dizer que no Parlamento foi apresentada uma *bill* para que o nariz de todos os britânicos seja de comprimento igual? Pois sim, é a única dissonância, que, naturalmente, deve ser eliminada. E então seremos iguais, como... como botões, como os automóveis Ford, como 10 mil exemplares do *Times*. Grandioso, no mínimo...

Didi não riu. Continuava segurando as folhas e, com a mesma firmeza, as sobrancelhas, unidas como dedos entrelaçados.

Campbell tampouco riu: algo nele acumulou-se, acumulou-se, pressionou, transbordou – e ele se levantou. Dois passos na direção de Didi, e perguntou, com um tom indevido:

— Que carta é essa? Por que não pode ser tocada? Isso... isso... – disse, e ouviu a si mesmo com perplexidade: não era ele, mas quem?

E Didi escutou por um segundo, com perplexidade. Depois suas sobrancelhas se separaram, ela caiu no tapete e sufocou de rir:

— Oh, Campbell, sim, o senhor, ao que parece... Johnny, meu puguezinho, você sabe, esse Campbell... esse Campbell...

7 O VOLANTE QUEBRADO

Finalmente ele terminou – o caso do divórcio –, e sobre Didi agora ninguém tinha direito, excluindo, é claro, o pug de porcelana Johnny.

Festejaram o acontecimento a três: O'Kelly, Didi e Campbell. Jantaram em um reservado, beberam, O'Kelly subiu na cadeira e fez brindes, abanou uma quantidade de braços, a cabeça colorida, girando. Para casa, de qualquer forma, não tinham vontade de ir: decidiram ir ao boxe.

O táxi voava como um louco – ou assim parecia. Nas curvas, adernava, e algumas vezes Campbell queimou-se nos joelhos de Didi. O táxi voava...

— E sabem – lembrou-se Campbell –, já sonhei algumas vezes que estava em um automóvel e o volante estava quebrado. Passava por cercas, pelo que viesse pela frente, e o principal...

E o que era o principal, não conseguiu contar: já tinham entrado no salão. O leque íngreme de bancos estava cheio até o teto. Campbell voltou a se sentir apertado e quente, queimava-se, e era como se o táxi continuasse voando.

"Não devia beber tanto..."

— Ouça, Campbell, está pensando em quê? – gritou O'Kelly. – Veja: o sargento Smith, campeão da Inglaterra. Lembre-se: Smith! Veja lá!

Dos dois cantos opostos do tablado retangular eles vinham a passos lentos. Smith – alto, com uma minúscula cabeça loira: como se fosse um adorno pequeno e desnecessário nos ombros enormes. E Borne, de Jesmond, com o maxilar para a frente: o ar de um assassino inveterado.

— Bravo, Borne, bravo, Jesmond! Sargento Smith, bravo!

Todas as vinte fileiras de bancos pateavam, assobiavam e borbulhavam, a serpente revirada vinte vezes movia-se e transbordava – e, de repente, enrijeceu e esticou a cabeça: no tablado, o juiz tirara o cilindro.

O juiz, fitando por baixo da viseira grisalha das sobrancelhas, anunciava as condições:

— *Ladies* e *gentlemen*! Vinte rounds de três minutos, meio minuto de descanso depois de cada round, de acordo com as regras do marquês de Queensberry...

O juiz deu o sinal. Smith e Borne aproximaram-se lentamente. Borne estava de calção de banho preto, Smith, de azul-celeste. Sorriram, deram-se as mãos: para mostrar que tudo que aconteceria seria apenas uma diversão de pessoas civilizadas, que respeitavam uma à outra. E imediatamente Borne exibiu o maxilar e pôs-se a girar em torno de Smith.

— Dá nele, Jesmond! Isso é que é *punch*! – gritaram de cima, quando Borne imprimiu uma mancha vermelha no peito do campeão da Inglaterra.

A serpente de vinte anéis enroscava-se cada vez mais apertado, respirava com mais pressa, e Campbell viu: Didi movia-se e esticava-se para a frente, e ele também se esticava, tomado pelos anéis da serpente.

O juiz das sobrancelhas de viseira soou o intervalo. Preto e azul – ambos esticaram-se em suas cadeiras, cada um em seu canto. Bocas largamente abertas – como peixes descartados –, apressavam-se para, em meio minuto, engolirem o máximo de ar. Os assistentes agitavam-se, borrifavam-lhes água na língua, sacudiam as toalhas.

Passou meio minuto. Novamente se atracaram. Smith aproveitou um segundo – e um punho pesado acertou Borne no nariz, de cima para baixo. Borne escondeu o rosto sob a axila de Smith e se pôs a girar com ele – para salvar o rosto dos golpes. Do nariz de Borne saía sangue, tingindo o calção azul de Smith; os corpos nus rodavam e debatiam-se. E, cada vez mais convulsiva, a serpente se esticava – para absorver o cheiro de sangue, pateavam e urravam de forma inarticulada.

— ... Beije a axila dele, Borne, é um lugarzinho muito saboroso! – gritou uma voz penetrante de menino.

Didi – vermelha, perturbada – segurava a manga de Campbell. Campbell se afastou do tablado e olhou para ela – com narinas ainda avidamente dilatadas e o queixo quadrado ferozmente avançado. Era outro, e Didi pareceu-lhe algo pequena. E... o que ela queria perguntar? – esqueceu-se.

— Mas veja! – gritou O'Kelly.

Terminou. Borne cambaleava com os golpes, e devagar, devagar, suas pernas amoleceram, derreteram como cera – e ele desabou com estrondo.

Jesmond fora derrotada – Jesmond urrou:

— Trapaça! Ele bateu quando Borne já estava caindo...

— Abaixo Smith! Foi irregular, nós vimos!

Smith estava de pé, meneando a cabecinha pequenina, e sorria: esperava que sossegassem.

— ... E ainda sorri! Que descaramento! – Didi ardia e tremia. Virou-se para Campbell, beliscou-lhe o cotovelo de forma mordaz e meiga. — Se eu fosse como o senhor, agora mesmo iria lá e bateria nele...

Campbell fitou-lhe os olhos por um segundo – e o automóvel ensandecido arrancou e partiu.

— Está bem, eu vou – e avançou para a tribuna.

Aquilo era impensável, *não podia ser*, o próprio Campbell não acreditava, mas não conseguiu se deter: o volante estava quebrado, buzinava, passava pelo que viesse pela frente e... aquilo era medonho ou bom?

— Ouça, não foi para valer... Campbell, ficou doido? Impeça-o, impeça-o, O'Kelly!

Mas O'Kelly apenas sorria em silêncio, como Johnny, o pug de porcelana.

O juiz anunciou que Mr. Smith amavelmente concordava com cinco rounds contra Mr. Campbell, de Jesmond. No tablado, surgiu o tronco imenso e branco de Campbell – Jesmond urrou em triunfo.

Mr. Campbell, de Jesmond, era mais alto e mais pesado que Smith, e mesmo assim, desde o primeiro round, ficou claro que aquela sua extravagância era absolutamente insana. Sempre a sorrir da mesma forma, Smith assestava-lhe golpes no flanco e no peito – os baques surdos apenas soavam com estrondo na cúpula. Mas Campbell mantinha-se muito firme, abrindo obstinadamente as pernas petrificadas e exibindo o queixo com teimosia.

— Veja, O'Kelly, ele vai matá-lo, isso é terrível... – Didi empalidecia, sem tirar os olhos, e O'Kelly apenas sorria em silêncio, com sorriso de entendido.

No terceiro round, todo manchado de vermelho e sangue, Campbell ainda se aguentava. No silêncio uma voz exaltada gritou, lá de cima:

— Mas que fuça: é puro ferro fundido!

Fungaram no salão. Didi olhou ao redor, indignada, mas já havia novamente silêncio: começara o quarto round. Neste round, logo no começo, Campbell caiu.

Didi ergueu-se de um salto, de olhos bem abertos. O juiz fitou debaixo da viseira grisalha das sobrancelhas e contou os segundos:

— Um, dois, três, quatro...

No último segundo – o nono –, Campbell teimosamente se

levantou. Recebeu mais um golpe – tudo se pôs a rodopiar, a rodopiar, e a última coisa que viu foi o rosto pálido de Didi.

■

Campbell lembrava-se vagamente: levaram-no a algum lugar, Didi chorava, O'Kelly ria. Depois lhe deram algo de beber, ele adormeceu e acordou no meio da noite. A lua brilhava na janela, e na cara de Campbell, o feio pug Johnny dava um risinho.

O aposento de Didi. À noite, no aposento de Didi... Delírio? Depois, devagar, em meio à neblina, pensou:

"Verdade, não dava para me levar para casa – daquele jeito..." A língua estava seca, tinha uma vontade terrível de beber.

— Didi! – chamou Campbell, tímido.

Do sofazinho ergueu-se uma figura de pijama preto:

— Ora, finalmente! Campbell, querido, estou tão contente, fiquei com tanto medo... O senhor pode me perdoar? – Didi sentou-se na cama, tomou a mão de Campbell em suas pequenas mãos ardentes. Cheirava a matíola.

Campbell fechou os olhos. Não havia Campbell – havia apenas uma mão, que Didi segurava: essa mão, em algumas polegadas quadradas, reunia tudo o que fora Campbell – e absorvia, absorvia, absorvia.

— Didi, pois eu fui... porque... porque... – a garganta apertou, era um peso tamanho que não dava para sair do lugar.

Didi curvou-se, séria, menina-mãe:

— Ridículo! Eu sei. Não precisa dizer...

Picou Campbell com dois gumes macios – uma pontada rápida nos lábios – e já se retirou, ficou apenas o cheiro de matíola, como ocorre em tempo de seca, acre e adocicado.

Por toda a noite, o pug de porcelana vigiou Campbell com seu risinho e impediu-lhe de pensar. Campbell franzia a testa com aflição, revolvia a mente. Lá, em caixinhas quadradas, estavam dispostos todos os objetos conhecidos, e em uma, íntima, jaziam juntos: Deus, a nação britânica, o endereço do alfaiate e a futura esposa – Mrs. Campbell –, parecida com o retrato da mãe de Campbell na juventude. Tudo isso eram exatamente objetos, firmes e incontestáveis. O que estava acontecendo agora não entrava em nenhuma caixinha: consequentemente...

Mas o volante estava quebrado: Campbell seguia e seguia, por cima do "consequentemente" e por cima de tudo que viesse pela frente...

De manhã, Campbell acordou – Didi já não estava, mas ficara o seu cheiro, e o pijama preto jazia na cadeira. Campbell levantou-se com dificuldade, enfiou seu smoking da véspera. Olhou longamente para o pijama e conteve-se, depois se pôs de joelhos, olhou para a porta e afundou o rosto na seda preta – na matíola.

Didi chegou fresca, fogosa, com os cachos úmidos despenteados.

— Didi, pensei a noite inteira – Campbell abriu as pernas com firmeza. — Didi, você devia ser minha esposa.

— O senhor acha? Devia? – Didi sacudiu-se de rir. — Ora, que foi, se eu devia... Apenas deite-se, pelo amor de Deus, o doutor mandou que ficasse de cama... Pelo amor Deus... Assim mesmo...

8 AZUIS E ROSA

O boxe fora no sábado e, na segunda-feira, o nome de Campbell já resplandecia no *Estrela de Jesmond*:

CASO EXTRAORDINÁRIO
NO BOXING HALL!
Boxeador-aristocrata

O estrado em que ainda na semana passada vimos o negro Jones pela primeira vez ostentou a aparição de um boxeador da alta aristocracia, ainda que de família empobrecida...
 Mister Campbell (filho do finado H. D. Campbell), com espantosa tranquilidade, recebeu golpes de ferro de Smith, até que finalmente, no quarto round, caiu, vítima de sua intervenção irrefletida. Mr. Campbell foi levado inconsciente. Entre os amigos de Mr. Campbell, destacava-se por sua toalete a estrela do Empire, D***.

Nesse dia, a vida em Jesmond fervilhava. Do tempo, quase não falavam – Campbell era o senhor das mentes, falavam apenas do escândalo de Campbell. Detinham-se perto da casa da velha Taylor e olhavam pela janela dos Campbell, como se esperassem algum sinal, mas o sinal não se manifestou. Então foram até Lady Campbell e, com ar contente, exprimiram-lhe condolências.
 — Ah, que horror, que horror! Mas ele padeceu tanto que não podia ser trazido à sua casa?
 O verme de Lady Campbell se contorceu.
 — Pobre Lady Campbell! A senhora foi privada até da possibilidade de visitá-lo! Pois *àquela* casa a senhora não vai, não é verdade?
 — E depois, *aquela* mulher! Querida Lady Campbell, nós entendemos...
 O verme de Lady Campbell enroscava-se e chiava a fogo lento. Azuis e rosa contemplavam; depois, por algum motivo, rodaram perto da casa do vigário Dewley – com faro fino, farejaram

algo ali; depois foram *àquela* casa, e pacientemente fitaram a janela de cortinas baixas, mas as cortinas não se levantaram...

Aliás, no que se refere à casa do vigário Dewley, azuis e rosa se enganaram; o que aconteceu lá foi mera ninharia. No desjejum, Mrs. Dewley estava lendo o jornal e casualmente derrubou a xícara de café – afinal, isso pode acontecer a qualquer um. O principal era que a toalha tinha sido estendida apenas no sábado – e só ao sábado seguinte, de acordo com o horário, correspondia uma nova. Não é de espantar que o vigário tenha ficado de mau humor, e ele escreveu um comentário ao *Preceitos da salvação*, enquanto Mrs. Dewley ficou sentada à janela, olhando para os bondes vermelhos. Depois se dirigiu-se *àquela* casa, perguntou algo à empregada e voltou sem tardar – talvez após ter recebido a resposta de que *aquela* mulher se encontrava com Mr. Campbell, ou de que Mr. Campbell estava significativamente melhor. Mas isso, claro, são apenas suposições – a única coisa certa era que, às doze e três quartos, em ponto, Mrs. Dewley estava em casa e, às doze e três quartos em ponto, começou o almoço: claramente, tudo corria bem.

Tudo corria de acordo com os horários e, à tarde, na casa do vigário, sucederam as habituais reuniões de segunda-feira da Corporação dos Sineiros Honorários da paróquia de Saint-Enoch e da redação da revista da paróquia. Havia algumas rosa e azuis; havia o imutável McIntosh, de saiote azul-amarelo-verde; Lady Campbell não foi.

Todos estavam sobre brasas, na língua de todos estava o nome de Campbell, Campbell. Mas não dava para discutir muito com o vigário: diante dele, havia a lista de questões a submeter à discussão – dezessete parágrafos –, e não, não deixaria passar nenhuma.

— Senhores, peço atenção: agora a questão mais séria...

Era a questão do aumento da rentabilidade da *Revista da Paróquia de Saint-Enoch*. O vigário acabara de adquirir para a revista a série "Aventuras parisienses de Arsène Lupin". Em consequência, é claro, a tiragem aumentaria, mas por enquanto era necessário suprir as despesas, eram necessários anúncios, anúncios e anúncios.

— Mr. McIntosh, esperamos sua ajuda.

Mr. McIntosh comerciava roupa de baixo feminina, tinha ligações maravilhosas. Rapidamente deu três endereços e, com empenho, procurou mais.

— Bah! – lembrou-se. — E os artigos de borracha de Scribbs?

O vigário ergueu as sobrancelhas: aqui havia uma circunstância séria.

— Mr. McIntosh, lembre-se: nós garantimos a qualidade do que recomendamos. A *Revista da Paróquia de Saint-Enoch* não pode...

— Oh, eu garanto os artigos de Scribbs... – retrucou, inflamado, o secretário da Corporação dos Sineiros Honorários. — Eu, pessoalmente...

Mas o vigário deteve-o – com o movimento ligeiríssimo, borboleteante de mãos com o qual, durante o sermão, representava a ascensão das almas justas ao céu. Os artigos de Scribbs foram aceitos; o vigário anotou os endereços correspondentes...

Tarde, quando já tinham desistido de esperá-la, chegou Lady Campbell... Como sempre, a cabeça era puxada para cima por uma rédea invisível, apenas a cara era ainda mais de múmia, e os ossos salientavam-se ainda mais agudos – a carcaça de um guarda-chuva quebrado pelo vento...

Como as pombas de Deus voando atrás de grãos, rosa e azuis cercaram Lady Campbell: e então? E como?

O verme ficou imóvel, esticado – e por fim, a custo, estremeceu:

— Só penso numa coisa: o que diria meu finado marido, Sir Harold...

Levou o olhar para cima – para a morada de Deus e para Sir Harold –, e dos olhos brotaram as duas lagrimazinhas permitidas pelo códex, recebidas sem demora pelo lenço de cambraia.

As duas lagrimazinhas foram honradas com um profundo silêncio. Afastada de todos, Mrs. Dewley amassava e alisava um envelope azulado. Calavam-se: o que inventar, e como ajudar?

E de repente emergiu a cabeça de bola de futebol de McIntosh: estava, como sempre, imutável.

— Senhores, isso é duro, mas devemos pedir ao vigário que faça um sacrifício. Todos que ouviram o sermão inspirado do vigário no serviço de domingo entenderão que apenas corações de pedra poderiam... Senhores, devemos pedir ao vigário que vá *àquela* casa, e estou convicto, estamos convictos...

— Estamos convictos! – secundaram rosa e azuis.

Antes de responder, o vigário fez uma pausa e assoou o nariz, o que constava em seu comentário como: agitação sincera. Como não? Estava sempre pronto para fazer um sacrifício. Entretanto, se nem isso ajudasse – então seria preciso...

Mrs. Dewley amassava e alisava o envelope fino, encolhia os ombros gelados: provavelmente resfriara-se. Como se sabe, em tempo quente isso é especialmente fácil.

Ao redor, rosa e azuis borboleteavam, bicavam.

9 ESTÁ BEM, SENHOR

Didi levantou-se mais tarde que de costume – já passava do meio-dia, ela cantarolava algo e penteava, diante do espelho, os desobedientes cachos de rapaz. Trajava seu pijama preto favorito: corpete aberto até a cintura, fechado de leve por um cordão entrelaçado e, detrás do entrelaçado, rosa. Nesses trajes, e de cabelos cortados – menina-menino –, era como um pajem medieval: por causa deles, damas severas esqueciam-se facilmente de seus cavaleiros, e de muito bom grado lançavam uma escada de corda do balcão da torre.

No quarto vizinho, Campbell revirava-se pesadamente: três dias antes, liberara-se o aposento ao lado do de Didi, e pelo terceiro dia ele estava morando lá, ou melhor: voava para algum lugar, em um automóvel ensandecido, voava por cima do que viesse – voava como que em sonho. Aliás, logo tudo aquilo acabaria. Bastava ganhar mais 30 libras, e então seria possível alugar uma daquelas mil casinhas iguais – e teria novamente solo firme sob os pés.

— Queridinho Johnny – Didi conversava com o pug de porcelana –, por favor, não se zangue comigo se eu me casar um pouquinho. Afinal, você não me conhece? Bem, então cale-se, e sorria, e agora...

Bateram no nº 72. Devia ser Nancy, da nova *revue*.

— Nancy? Entre.

A porta rangeu. Didi saiu de trás do pequeno biombo e viu o vigário Dewley. Ergueu as sobrancelhas perplexas e triangulares, emitiu um "ah!" de indignação e recuou para a saída, pelo corredor.

— Escuso-me extraordinariamente. Achei que, uma vez que

já são mais de doze, quando todos já... – pegou a maçaneta da porta, mas Didi apanhou a mesma maçaneta.

— Não, não, por favor, não se constranja, pelo amor de Deus, sente-se. Esse é meu traje matinal costumeiro, não é verdade que é um corte muito gracioso? Ouvi falar tanto do senhor, estou muito contente que o senhor, por fim...

Como não, era preciso fazer o sacrifício até o fim: o vigário sentou-se, tentando não olhar para o traje matinal costumeiro.

— Veja... *Miss?*... Hum... Didi... Vim com o encargo de uma mãe infeliz. A senhora, naturalmente, não sabe o que é ter filhos...

— Oh, Mr. Dewley, mas eu tenho... Esse é meu único, Johnny, e eu o amo tanto... – Didi achegou o pug às sobrancelhas triangulares erguidas do vigário Dewley. — Não é verdade que é muito gracioso? Uh, uh, Johnny, sorria! Beije-o, Mr. Dewley, não tenha medo, não tenha...

Os frios lábios sorridentes de Johnny colaram-se aos lábios do vigário. E, fosse consequência do inesperado, fosse consequência de sua polidez inata, o vigário respondeu ao beijo de porcelana de Johnny.

— Oh, como o senhor é querido! – Didi estava em êxtase, porém o vigário tinha uma opinião absolutamente diferente. Ergueu-se de um salto, indignado:

— Virei à casa da senhora... da senhorita... quando não estiver de tão bom humor. Não estou nada disposto...

— Oh, Mr. Dewley, parece que eu, infelizmente, estou sempre de bom humor.

— Nesse caso...

Mr. Dewley dirigiu-se ao quarto vizinho – o de Campbell. Lá o terreno era mais favorável. Campbell ouviu todo o discurso de Mr. Dewley, enrugava a testa com esforço e assentia: sim,

sim. Aliás, nem podia ser diferente: o discurso do vigário era tão lógico, e arrastava Campbell consigo, como que sobre trilhos – o vigário triunfava...

Mas, na última estação, inesperadamente, veio o descarrilamento, Campbell pulou da cadeira.

— Mr. Dewley, peço-lhe não se exprimir assim a respeito... a respeito de Didi, que pedi que fosse minha esposa.

— E-esposa? – Mas o vigário imediatamente se recompôs: — Mas, afinal, esse tempo todo o senhor não concordou comigo, Mr. Campbell?

— Sim, concordei – assentiu Campbell, sombrio.

— Então onde está a sua lógica, Mr. Campbell?

— Lógica? – Campbell franziu-se, enxugou a testa e, de repente, curvando a cabeça como um touro, investiu direto contra o vigário. — Sim, esposa! Eu disse: minha esposa... Sim! E desculpe, eu... quero ficar sozinho, sim?

— Ah, é assim? Está bem, senhor! – o vigário saiu com as sobrancelhas bem erguidas, o que, de acordo com a rubrica, significava: indignação fria.

10   FERRO ELÉTRICO

Já era junho. As árvores dos parques, infelizmente, tinham perdido seu decoroso aspecto podado: os oleandros floresciam, irrompiam com toda a força, onde calhasse, em absoluta desordem. À noite os pássaros punham-se a cantar, sem levar absolutamente em conta que às dez as pessoas decentes iam dormir. As pessoas decentes batiam as janelas, zangadas, e assomavam em seus gorros brancos de dormir.

Aliás, é preciso reconhecer: o elemento anárquico já se fazia presente em Jesmond, e esse elemento aprovava inteiramente o que ocorria. As pessoas conseguiam evitar o olhar vigilante dos guardas do parque e, depois das dez, ficavam nos arbustos, escutando o canto dos pássaros. Os arbustos viviam intensamente a noite inteira, remexiam-se, sussurravam, e a lua passeava a noite inteira sobre o parque, com um monóculo no olho, e olhava para baixo com a ironia bonachona do pug de porcelana.

Tudo isso provocou uma doença estranha: os arbustos, o calor, a lua, os oleandros – tudo junto. Didi punha-se caprichosa e queria não se sabia o quê, e Campbell se perdia.

— Calor. Não posso... – Didi abriu mais um botão da blusa, e diante de Campbell balouçaram, ritmadas: ondas brancas, de cambraia, e mais outras, rosadas, e mais outras, barulhentas e vermelhas, na cabeça de Campbell.

Campbell tentou ocupar Didi com algo interessante:

— ... Sabe, Didi, na King Street vi ontem, em uma janela, um ferro de passar elétrico. Um encanto, e por não mais do que 10 *shillings*. Acho que já podíamos começar a ir atrás dos utensílios.

Mas mesmo a isso Didi reagiu com muita languidez. Não, ao que parecia, ela estava doente.

Baixou as corrediças. Deitou-se na cama.

— Veja, Campbell, estou com calor. Aqui mesmo, está vendo? Não, mais no fundo: aqui... – e punha a mão de Campbell ali.

E Campbell novamente recolhia-se todo nas poucas polegadas quadradas da mão, e ouvia, ao longe, de algum lugar: o sangue se agitava em batidas regulares e, mais um minuto, prorromperia para fora...

Mas Campbell, graças a Deus, tinha novamente o volante nas mãos, e dirigiu firmemente para a casinha pequenina com o ferro elétrico. Campbell tirou a mão.

— Sim, parece que é calor. Isso não é nada, simplesmente o tempo...

Na lareira, o pug Johnny, e na janela, a lua de monóculo, sorriam com um sorriso igual. Campbell levantou-se, zangado, e virou o nariz de Johnny para a parede.

— Não, por favor, por favor... Melhor dá-lo para mim — Didi esticou os braços.

A lua mergulhou nas nuvens leves de cambraia, ofuscou-se e imediatamente voltou a sorrir e, em resposta, o rosto de Didi tremeluzia e alterava-se a cada segundo, as sobrancelhas uniam-se e voltavam a se separar, ela pensava, pensava... Mas em que pensar agora? À frente, tudo era quadrado e firme: a casinha pequenina, a soleira de um branco reluzente, o vaso para os cravos dominicais – verde ou azul.

— Johnny, meu pequeno Johnny — Didi abraçava o pug de porcelana. — Beije-me, Johnny. Assim... mais. Mais! Mais!

Beijava o pug, e este ficava cada vez mais quente, ganhava vida. Sufocava-o com seu perfume – seco com a falta de chuva, adocicado e acre de matíola. Afogava o focinho engraçado de Johnny em ondas brancas e rosa, chamava-o de nomes estranhos.

E Campbell ficava sentado, em silêncio, obstinadamente exibindo à lua o queixo de pedra – estava muito parecido com o retrato do finado Sir Harold.

O'Kelly, agora, vinha raramente, mas, se vinha, era sempre o mesmo: sonolento, desabotoado, malvado e alegre. Campbell contou-lhe, sério:

— Já tenho 20 libras. Com mais 30 – 50 – já será possível comprar toda a mobília...

— E sem mobília não dá, de jeito nenhum? – sorriu O'Kelly.

— Oh, não, é claro que não dá – respondeu Campbell, impassível e sério. — Ademais, não há motivo para rir: o que há de engraçado nisso? Tudo é absolutamente lógico.

— Ora, Campbell, meu querido, é preciso levar a lógica com jeito, senão ela o carrega.

E sabe Deus por que O'Kelly contou de sua tia Eva: na velhice, perdeu o juízo e começou a ter medo de beber, para não ingerir algum bacilo. Não ingeriu bacilo nenhum, e morreu de sede muito rápido.

Aos poucos, Didi começou a prestar atenção, as sobrancelhas separavam-se devagar, o pajem risonho acordava devagar. O'Kelly aproximou-se da lareira, pegou o pug Johnny.

— Mas como se parece comigo, hein? Basta olhar para ele, e eu poderia me barbear sem espelho...

As sobrancelhas se separaram de todo – Didi gargalhava.

— Isso é simplesmente genial, se foi mesmo invenção sua. Mas admita: foi sua mesmo, ou não? Admita! – ela sacudiu O'Kelly, a cabeça dele balançava, desamparada, do bolso caíam embrulhos.

— A-ha, pistache? A-ha, ostras? E champanhe, tem?

Mas como não teria. E, no tapete verde, começou um alegre piquenique. O'Kelly engolia as ostras e devorava os ingleses. Oh, mas esses ingleses!

— ... São justos como... como ostras, e sérios como botas impermeáveis. Meu Deus – os ingleses! Comeria todos eles com sumo de limão, assim, assim... A-ha, estamos fervendo?

De mansinho, a porta se abriu e apareceu Nancy. Ela era

meio irlandesa, por isso O'Kelly cumprimentou-a de forma especialmente calorosa. E, além disso, ela...

Nancy estava só de camisa rosa-pálida, com uma toalha úmida na mão. Com ar inocente, percorreu todos os aposentos e avisou:

— Por favor, não saiam para o corredor, vou tomar banho...

Aquilo era magnífico, até Campbell riu. E ele especialmente: todos já tinham parado, só ele se lembrava e voltava a desatar o riso – o trator pesado embalara, não havia como pará-lo.

Envolta na toalha, Nancy concordou com benevolência em tomar parte no piquenique, antes do banho. O'Kelly fazia espuma e transbordava, sem limites. Didi sacudia os cachos cortados, uma menina-menino travessa, esticava os lábios, imitando o modo como o vigário Dewley beijara o pug.

E, novamente, todos já tinham esquecido, se calado, mas Campbell lembrou-se e riu. E quando já estava sozinho em seu aposento, quando todos tinham se separado, ele voltou a se lembrar e rir.

Tudo era silêncio. Noite abafada, não dava para respirar, a noite cobria desde a cabeça, como um acolchoado. Não, não dava para dormir...

Didi tirou da cômoda o pug frio. Beijava-o até ele ficar quente, vivo.

E Campbell sonhou com o ferro elétrico: enorme, reluzente, deslizava e alisava tudo, e não sobrava nada – nem casas, nem árvores, apenas algo plano e liso, como um espelho.

Campbell contemplava e pensava: "Pois são apenas 10 *shillings!*...".

11 QUENTE DEMAIS

O vigário Dewley não perdia uma oportunidade de inculcar na consciência de Jesmond seu *Preceitos*. Em um sábado, pronunciou-se em um *meeting* do Exército de Salvação. Se o Estado ainda fica estagnado na obstinação e negligencia suas obrigações, então nós, nós – cada um de nós – devemos empurrar os próximos pela senda da salvação, empurrar com escorpiões, empurrar como escravos. Pois estarão melhor como escravos do Senhor do que como filhos livres de Satã...

O discurso foi formidável, e a seção de Jesmond do Exército de Salvação resolveu lançar-se à tarefa sem demora, no dia seguinte mesmo.

Foi num domingo – brilhante, ensolarado, quente. Às oito e meia da manhã, o Exército de Salvação partiu do quartel-general. Com bandeiras, hinos e tambores de combate, vinte guerreiros do Exército de Salvação marcharam pela cidade, a passo regular. E, em cada porta, uma oficial comprida e severa, de chapéu azul orelhudo, parava e batia a aldrava:

— O Senhor Cristo chama à igreja!

— *Hello!* O Senhor Cristo chama... *Hello, hello!* – batia até que lá dentro acordassem e começassem a fitar com cara perplexa.

A igreja de Saint-Enoch hoje estava cheia. O vigário voltou para casa feliz e extenuado. Seguia-o respeitosamente o secretário da Corporação dos Sineiros Honorários McIntosh, balançando a cabeça, admirado: que eloquência, que autêntica energia!

— Pois bem, caro McIntosh, hoje é a sua vez – o vigário despediu-se dele. — É um dever árduo, mas ainda assim um dever.

Mr. McIntosh foi passear. Escolheu para seu passeio um lugar não muito pitoresco: a rua em que estavam localizados os aposentos mobiliados de Mrs. Aunty. Pelo visto, às vezes passavam-lhe pela cabeça fantasias estranhas.

E o vigário, após ter almoçado, sentou-se na poltrona. Estava muito quente. Através das facetas superiores da vidraça, espalharam-se pela sala de jantar pequenos reflexos de sol. O vigário contemplou: sóis cômodos, foscos e portáteis. Sentado ali, pôs-se a cochilar: estava previsto nos horários do domingo. Mesmo no sono seu rosto conservava uma expressão de polidez rebuscada: tudo estava pronto para, a qualquer momento, ele abrir os olhos e dizer: que tempo maravilhoso, não é verdade?

■

Claro que o Exército de Salvação tampouco poupou os aposentos artisticamente mobiliados de Mrs. Aunty, e pôs em alvoroço os habitantes ao raiar do dia. Os habitantes não tinham dormido o suficiente, batiam as portas com estrondo maior que o necessário e chapinhavam no banheiro mais ruidosamente que o necessário.

Didi saiu para o café da manhã de sobrancelhas contraídas. Ao desjejum, com alguma perplexidade, como se o visse pela primeira vez, examinou Campbell com atenção, embora ele fosse o mesmo de sempre: imenso, sólido e incontestável.

Para conseguir mais rápido as 30 libras que faltavam, Campbell agora levava trabalho particular para casa. Logo depois do café, desabotoou os punhos da camisa e dirigiu-se ao seu aposento, para a tarefa.

De sobrancelhas unidas, Didi ficava sentada ao lado e acariciava o pug. O sol erguera-se e batia impertinente na janela. Campbell levantou-se e desceu as corrediças.

— Mas eu quero sol – Didi ergueu-se de um salto.

— Ora, minha cara, a senhora sabe que estou trabalhando para que possamos começar mais rápido a comprar os móveis, e além disso...

Didi riu-se de repente, não acabou de ouvir e foi para o seu aposento.

Botou o pug na lareira, fitou-lhe a fuça fascinantemente feia.

— O que acha, Johnny?

Johnny claramente achava a mesma coisa. Didi pôs-se a prender apressadamente o chapéu...

E dez minutos depois, alvoroçado pelo brilhante êxito de seu passeio, McIntosh estava diante de Mrs. Dewley:

— Precisamos ir a Sandy-Bay – salientou misteriosamente o "precisamos".

O pincenê de Mrs. Dewley fulgurou, opaco, por um segundo.

— O senhor, o senhor está convicto?

Mr. McIntosh apenas deu de ombros, ofendido, e consultou o relógio:

— Temos sete minutos até o trem.

Na pressa, Mrs. Dewley acertou com a manga o pincenê, e o pincenê caiu. Mrs. Dewley prendeu o pincenê com mais firmeza e novamente se tornou Mrs. Dewley. Agora podia ir.

... Não havia como se salvar do sol nem em Sandy-Bay: cegava, o sangue fervia, e fervia e batia a ressaca branca e espumosa.

O'Kelly e Didi estavam deitados na areia ardente. Provavelmente devido ao sol, as têmporas de Didi pulsavam e, provavelmente devido ao sol, O'Kelly buscava as palavras com dificuldade.

— Quente demais. Vamos tomar banho – Didi se ergueu.

A areia estava amarelo-pálida com a canícula. Ondas de um verde-jaspe, com orlas de um branco cândido, sibilantes.

Saltitavam sobre as ondas cabeças com toucas laranja, rosa e violeta. Sol e risos abafados pelas ondas.

A água refrescava, não dava vontade de sair. Didi dizia a si mesma:

"Não, vamos só tomar um banho – e logo depois voltaremos para casa…"

Mas as ondas levavam cada vez mais longe. Corriam, arrastavam, rodopiavam, e era tão bom não resistir, não pensar, submeter-se.

Acima da água era visível apenas a cabeça de O'Kelly – sua cabeça feia e risonha de pug. Gritava algo que mal se ouvia no barulho das ondas:

— … a noite inteira… está bem?

Didi escutara ou não? Meneava a cabeça…

Quando, depois do banho, entraram no café para almoçar, O'Kelly avistou, atrás de uma das mesinhas, Mrs. Dewley, e, com ela, a cabeça compenetrada de McIntosh. O'Kelly correu até ele:

— O senhor? Que ventos o trazem aqui? Estou tão contente, Mrs. Dewley, por a senhora ainda não ter se calcificado de vez…

— Calcificado?

— Sim, acabei de contar… à minha dama. Em alguns anos, um viajante curioso encontrará na Inglaterra pessoas calcificadas, imóveis, calcários em forma de árvores, cães, nuvens… Se até lá não houver um terremoto ou algo do gênero…

O pincenê de Mrs. Dewley brilhou frio. Com um risinho, olhou para um pacotinho estranho com uma alça: O'Kelly agitava animadamente o pacotinho.

— Essa é a sua famosa mala inflável, Mr. O'Kelly?

O'Kelly ficou um pouco constrangido – por um quarto de segundo.

— Oh, a senhora sabe: um bom caçador não sai sem arma. Simplesmente por hábito... Então, vão às cinco? Espero que nos encontremos no trem, se eu não me atrasar.

— Seria um grande prazer – as lentes de Mrs. Dewley cintilaram.

A falta de pontualidade de O'Kelly era bem conhecida: claro que ele se atrasou para o trem das cinco.

12 O NASCIMENTO DE CAMPBELL

O calor baixou de súbito, pairava um nevoeiro lácteo, úmido. À noite, ouvia-se em especial: nos peitoris das janelas, estalavam incessantemente gotas distintas, marcando, como relógio, um prazo estabelecido.

E quando este prazo chegou – e isso ocorreu exatamente no dia de aniversário de Campbell –, foi recebida uma carta com um envelope estreito, de um azul frio. A carta não tinha assinatura.

"Prezado Senhor, sendo Vossos amigos, não podemos deixar de informar-Vos de que Mr. K. e Mrs. D. que o Senhor conhece, fazem mau uso da Vossa confiança, algo de que o Senhor terá oportunidade de se certificar de forma fidedigna."

O envelopezinho estreito e azulado era conhecido e, após ter refletido, Campbell se lembrou. Tudo aquilo era muito simples e claro: a mais pura invencionice, disso Campbell estava incontestavelmente convicto.

E mesmo assim, quando foi ao escritório, havia um mal-estar: como se tivesse bebido uma xícara de chá e visto, no fundo, uma mosca, e tivesse tirado a mosca, e mesmo assim... E podia ser que aquilo fosse simplesmente por causa do nevoeiro: sufocante como algodão, e uns passos soavam estranhamente abafados, como se alguém estivesse andando atrás, sem parar.

No escritório, O'Kelly recebeu Campbell com barulho e alegria – estava ainda mais barulhento e colorido do que sempre. Deu-se que O'Kelly não se esquecera de que hoje não era um dia comum, mas o aniversário de Campbell, e lhe preparara um presente, mas qual – revelar-se-ia só à noite. E depois Cecily – com um sorriso de cordeirinho da Páscoa – levou a Campbell um buquê de lírios brancos. Campbell ficou tocado.

E quando voltou para casa, aguardava-o mais um presente: a própria Didi – ela própria! – propôs-lhe irem às lojas e começarem as compras. E a mosca de Campbell desapareceu sem deixar traços.

— O ferro... – Campbell ficou radiante. — Não, primeiro o ferro, e depois...

— O ferro é pesado, tem que deixar para o fim, para não ficar arrastando-o o tempo todo – Didi replicou racionalmente.

Porém Campbell insistiu – compraram o ferro, e Campbell arrastava-o com alegria, e não estava nada pesado: era leve como uma peninha, palavra de honra.

As luzes se acenderam, o nevoeiro se adensou. Era o dia de nascimento de Campbell – um verdadeiro nascimento, iniciava-se uma vida nova. E Jesmond, no nevoeiro, também era nova – uma cidade nunca vista, desconhecida. Os passos soavam de forma rara, alegre – como se alguém atrás pisasse de forma obsessiva e vigilante.

E Campbell ainda queria impreterivelmente comprar roupa de baixo para Didi. Ela recusava, mas Campbell não queria nem ouvir: era o dia de seu aniversário.

— Para a sua esposa?

— Não... Quer dizer... – Campbell sorriu constrangido para o caixeiro.

Camisolas e shorts transparentes, de seda – o corpo, atrás delas, deveria ser róseo. Dava alegria e vergonha revirar e examinar tudo aquilo junto com ela, com Didi. A cada coisa nova que compravam, Didi se tornava mais sua esposa.

As orelhas de Campbell ardiam, e ele reparou: Didi escondia o rosto. Campbell riu-se.

— Ora, Didi, seja corajosa: olhe para mim... – Queria ver se ela também tinha uma doce vergonha. Mas Didi não mostrou o rosto.

À noite, apareceu O'Kelly, com um monte de pacotes, acompanhado de Mrs. Cecily.

— ... Para que seja como na arca de Noé – explicou O'Kelly. Virou-se para a lareira e ergueu os braços: em cima da lareira, ao lado do pug Johnny, o ferro resplandecia, brilhante. — Do lado de Johnny? – olhou para Didi com reproche.

Depois se virou para Campbell:

— Então está decidido: "sou seu para sempre", não é verdade, Campbell? No que se refere a mim, sou simplesmente estúpido: nunca consegui entender como é possível amar a mesma e única pessoa todo dia – como é possível ler o mesmo e único livro todo dia? No fim das contas, isso deve deixar analfabeto...

Nesse dia o champanhe teve um efeito estranho sobre Didi: ela se sentou à mesa, tirou umas folhas de papel de carta do bloco e, com prazer, rasgou-as em pedacinhos minúsculos. Cecily ficou corada com o vinho, e lutava com O'Kelly por causa do quarto botão: três botões da blusa ela deixava abrir, já o quarto...

— Não, isso é indecente – respondia Cecily, com fisionomia séria e inocente de cordeirinho da Páscoa.

— Mas por que justo o quarto é indecente? – gargalhou O'Kelly.
— Por que pode três?
Didi ainda continuava a rasgar o papel. O'Kelly tirou-lhe o bloco de notas e pediu silêncio. O principal, aquilo para o que queria chamar a atenção dos ouvintes, era o papel de carta pautado. Em Jesmond, ninguém escrevia cartas em outro papel, e aquilo era muito bom, pois as pautas eram os próprios trilhos, e o pensamento, em Jesmond, devia se mover exatamente sobre os trilhos, e de acordo com os horários mais rígidos. A sabedoria da vida residia nos números, e por isso ele saudava a moral dos três botões da adorada Cecily. E como ele, O'Kelly, e ninguém mais, era a Serpente que seduzira Campbell a sair dos trilhos da paróquia de Saint-Enoch, então...

O'Kelly sacou um cheque de 50 libras e estendeu a Campbell:
— ... Para que amanhã mesmo o senhor possa comprar todos os ferros que faltam...

E como Campbell hesitasse, O'Kelly acrescentou:
— Um empréstimo, obviamente. E exijo que amanhã mesmo – agora mesmo – o senhor assine uma letra de câmbio em meu favor. Então?

Aquilo era bom, de girar a cabeça: queria dizer que amanhã mesmo... As mãos de Campbell tremiam, a voz também:
— Não sei falar como o senhor, O'Kelly... Mas o senhor entende... O senhor é o meu único amigo, o qual... o único...

Aquilo já era absolutamente disparatado – Didi caiu na gargalhada e, de modo cada vez mais alto e ruidoso, perdeu as estribeiras e, entre lágrimas:
— Não ouse aceitar, Campbell! Não ouse aceitar dinheiro dele! Não ouse, eu não quero, não quero!

Aliás, logo ela se acalmou e sossegou. Provavelmente, aquilo era só um capricho: as razões pelas quais não queria, Didi não podia dizer.

— Veja só o seu champanhe – Campbell disse a Mr. O'Kelly, em reproche carinhoso. O'Kelly saiu de braços dados com Cecily, o cordeirinho da Páscoa.

O dia do aniversário de Campbell terminara – amanhã começaria uma nova vida: amanhã procuraria uma casinha pequenina.

13 AVENTURAS NEBULOSAS

Outra vez Didi prometeu passar na casa de Mr. O'Kelly depois do teatro, e O'Kelly correu pelas lojas de flores para procurar *Easter lylies*: Didi gostava tanto delas. Flor estranha, branca como porcelana, de uma única pétala imensa, desleixadamente enrodilhada, e um estame aguçado e proeminente, com um cheiro seco, doce, preguiçoso. Na assimetria da flor e na contradição entre o branco de porcelana e o cheiro havia algo de irritante, como no jeito de O'Kelly de falar. Em suma, as *Easter lylies* eram do agrado de Didi, e era preciso obtê-las a qualquer custo. E apenas na King Street O'Kelly teve a sorte de encontrar as últimas, já levemente murchas, de uma porcelana antiga, amarelada.

Com o embrulho debaixo do braço, assobiando, O'Kelly deixou a loja apressado. Os pensamentos espumavam alegres como champanhe e, da espuma borbulhante, como Vênus, saía Didi, de pijama preto.

"Aliás, a Vênus de hoje deveria ser mesmo assim: de pijama. A nudez é demasiado virtuosa...", ponderava O'Kelly, assobiando.

— Boa tarde, caro Mr. O'Kelly! Tempo maravilhoso, não é verdade?

O'Kelly tropeçou: na sua frente, cintilavam os dentes de ouro do vigário Dewley.

— O senhor, provavelmente, está indo para o seu escritório. – Dewley sorriu, de modo quase imperceptível.

— Quer dizer... Por que para o escritório? – O'Kelly ficou um pouco constrangido: ninguém sabia o que se passava à noite no escritório, e era muito estranho que Dewley... — Não sou um amante tão asinino do trabalho para trabalhar também à noite... – riu O'Kelly, desenvolto.

— Ah-ah, é isso, é isso. Então quer dizer... – Dewley ergueu o chapéu de pastor, em forma de prato. E O'Kelly voltou a se pôr a caminho, alegremente, segurando debaixo do braço o embrulho com as flores.

Quando O'Kelly virou na High Street, já escurecia. Nos incontáveis desfiladeiros estreitos das travessas entre casas velhas, acendiam-se, balouçavam lampiões. Do rio vinha flutuando o nevoeiro, tudo perdia sua aparência cotidiana, e era mais fácil viver – era mais fácil enganar-se. Na forja, o ferro retinia, os lampiões esfumaçavam-se vermelhos – e era possível crer que lá embaixo, no rio, reuniam-se em volta da fogueira os couraceiros de Oliver Cromwell. E que aquela figura negra era o lindo e infeliz Riccio, indo encontrar Mary Stuart...[3] O'Kelly ficou pensativo, parou, enfiando as mãos no bolso.

---

3   O italiano Davide Riccio ou, mais habitualmente, Rizzio (c. 1533-1566) foi secretário privado da rainha escocesa Maria Stuart,
cujo marido foi o mandante de seu assassinato, por ciúmes.

Mas Riccio virou-se – e O'Kelly teve a impressão de que ele usava um chapéu plano de sacerdote. Que encontro estranho – ou tudo aquilo era o nevoeiro? O'Kelly encostou na vitrine de uma loja de antiguidades e pôs-se a examinar com insistência uma aldrava de cobre esverdeada – uma monstruosa cabeça canino-humana. Depois, correu cuidadosamente para o outro lado e foi no encalço de Riccio.

Sim, era ele: uma figura de tábua, com as mãos cuidadosamente para trás – e os dedos fazendo uma contagem. Era Dewley, e a travessa do Sapateiro John talvez fosse um lugar bastante estranho para o passeio do senhor vigário...

O'Kelly mergulhou na passagem mais próxima, correu até o rio – por um desfiladeiro escuro entre paredes altas – e, depois, por uma viela, encaminhou-se novamente à King Street.

Quando, após ter circulado uma hora pelas ruas, O'Kelly voltou a se encontrar diante da travessa do Sapateiro John, o nevoeiro já assentara, e via-se com clareza: não havia ninguém. Por uma porta lateral, chapeada de ferro, O'Kelly entrou na casa.

No escritório de O'Kelly havia um pequeno quartinho abobadado, cuja janela dava para a travessa, uma janela velha, estreita – uma seteira com gradil. Agora o quartinho estava irreconhecível: gobelinos velhos e desbotados nas paredes, dois lampiões enfeitados de ferro batido – do antiquário da frente; um divã turco muito baixo – a *tchétvert*[4] do chão – ao longo de toda a parede. E as chamas rutilantes e evasivas na lareira, e Didi junto ao fogo – em seu pijama preto, tão aconchegante.

---

4 Antiga medida de comprimento equivalente a cerca de 18 centímetros.

Era só deitar-se, presa pelo jogo dourado do fogo, sorver o vinho dourado, picante, e ouvir e não ouvir as palavras picantes de O'Kelly.

— ... Minha garota, é exatamente isso que quero, que, instalada com o ferro e Campbell, a senhora se torne infeliz. A felicidade é uma das circunstâncias mais acumuladoras de gordura, e a senhora deve ser exatamente assim, fininha, com cabelo de menina-menino...

A mão de O'Kelly roçava tão macia e, de algum lugar, ao longe, Didi avistava, cansada, as *Easter lylies* extravagantes e contraditórias, e ouvia a própria voz.

— Mas é tão cruel enganar Campbell. Ele é uma criança grande.

— Cruel? – riu-se O'Kelly. — Cruel é dizer a verdade às crianças. Se algo me convence da misericórdia divina, é exatamente o dom divino da mentira, exatamente o que...

O'Kelly não concluiu: aparentemente, a tranca da porta lateral, a que dava para a travessa do Sapateiro John, rangeu, e depois soaram passos na escada de pedra. Aliás, O'Kelly lembrava-se bem de ter trancado a porta a chave: só podia ser a sombra do sapateiro John vagando pela casa.

— ... Não me espanto se o bom John aparecer aqui... – espreguiçou-se O'Kelly. — Hoje, com o nevoeiro, tudo está tão fantástico...

∎

Didi fora ao teatro e dissera a Campbell que, do teatro, precisava passar em algum lugar. Campbell estava sentado, sozinho, sem acender as luzes. Na janela, gotas estalavam, de forma nítida e regular, como um relógio. Quando escureceu por completo, veio a velha Taylor e trouxe uma carta de Lady Campbell: Lady Campbell pedia ao filho que a fosse visitar naquela noite, impreterivelmente. Era evidente, por fim, que seria a reconciliação esperada havia tanto tempo. Tudo parecia não poder melhorar. Campbell trocou-se em um instante e foi.

Pelo visto, Lady Campbell quisera organizar a ratificação do tratado de paz de forma muito solene: a sala de jantar estava fortemente iluminada e, em volta da mesa, Campbell viu Mrs. Dewley, o vigário, esfregando as mãos, e a cabeça de bola de futebol de McIntosh. Campbell aproximou-se alegremente de Lady Campbell, porém a rédea invisível puxou-lhe a cabeça mais para cima, ela fez um gesto grandioso com a mão e indicou uma cadeira para Campbell, com ar severo:

— Sente-se... – calou-se e ergueu os olhos para o retrato de Sir Harold, de peruca e toga. — Meu Deus, o que diria o seu finado pai, Sir Harold...

Não podia falar mais: por ela, falou o vigário – e a quem mais, se não ele, cabia dizer tudo da forma necessária?

— Caro Mr. Campbell! Convidamos o senhor aqui porque o amamos, pois Cristo pregou que amássemos mesmo os pecadores. Fomos constrangidos a recorrer a medidas extremas para devolvê-lo ao caminho justo. Siga agora a mim e a Mr. McIntosh... – E notando que Campbell queria retrucar, o vigário acrescentou: — Faça-o ao menos por sua mãe – olhe para ela.

Lady Campbell fitava com súplica o retrato do finado Sir Harold, em seus olhos mostraram-se duas lágrimas escassas – era o máximo que ela podia se permitir sem infringir o decoro. Ao lado, Mrs. Dewley estava sentada, trêmula de febre, sem erguer os olhos.

Campbell disse, tranquilo:

— Está bem, vamos... – Tudo aquilo, naturalmente, fazia parte daquela tramoia ignóbil da carta no envelopezinho azul, e era preciso acabar com ela de uma vez por todas.

As ruas estavam vazias. O vento tornava a soprar do rio, expulsava o nevoeiro, envolvia os tetos – e as paredes subiam na direção do céu. Entraram em silêncio no desfiladeiro de paredes. Aos poucos, Campbell entendeu que estavam indo para o escritório de O'Kelly. O desfiladeiro seguia a se deslocar e esmagar, e não havia nada, no mundo inteiro, além de paredes que iam até o céu, e daquelas paredes não era possível escapar de jeito nenhum: sempre ir, ir entre as paredes – como em um sonho. E como em um sonho, sem saber, Campbell sabia o que o aguardava no fim do caminho.

Na travessa do Sapateiro John, pararam junto à porta chapeada. Acima, entre a seteira estreita, uma luz brilhava.

— E então, senhor? – o vigário olhou para Campbell, esfregando as mãos de modo triunfante.

Campbell foi até a porta chapeada como um cego.

— Trancada... – virou-se, impotente. O queixo quadrado e obstinado saltitava.

— Oh, não se preocupe, nos aprovisionamos de chave... – a cabeça de bola de futebol assomou do nevoeiro. A chave era enorme, desajeitada. — Chaves francesas – isso é que é uma civilização de verdade, não dá para alcançar os franceses... – acrescentou McIntosh.

Ouviu-se como Campbell deu dois passos na escada de pedra – e deteve-se. Por um segundo, ficou em silêncio. Depois, seus passos retumbaram pela escada, misturaram-se a um ruído surdo: Campbell corria para cima. Depois a porta de cima bateu, houve um segundo de silêncio – e Campbell já retumbava de volta, sem distinguir o caminho, passava voando pelo vigário com estrondo, para baixo, como um imenso trator ensandecido e sem direção.

14 CANETA MODELO WATERMAN

De manhã Campbell, como sempre, barbeou-se com esmero e vestiu um colarinho limpo. No espelho, notou com espanto que era absolutamente o mesmo de sempre, apenas os pequenos olhinhos de elefante tinham se tornado maiores: à noite, uma sombra escura se formara sob eles.

Na sala de jantar, Campbell pegou o jornal e mecanicamente pôs-se a olhar anúncios de casas para alugar – como fizera nos últimos dias. Ao se apanhar fazendo isso, pôs o jornal de lado. Tomou, como de hábito, duas xícaras de café. Passou manteiga no pão, mas, por algum motivo, não comeu, porém o dispôs meticulosamente no prato. E quando percebeu diante de si toda uma montanha de pão, ficou constrangido e saiu.

Já era hora de ir ao escritório, mas Campbell retornou ao seu quarto. Trancou-se a chave: mais uma vez repensar e decidir tudo desde o início. Mas todas as engrenagens de sua cabeça estavam mortas, e não se moviam e, em vez de pensamentos, havia uma mesma e única coisa: o entrelaçado rosa-negro no peito dela, claro de doer, e as pernas ridículas, tortas e fininhas dele.

Quando chamaram para a refeição, Campbell voltou a si e entendeu: não havia absolutamente nada para pensar, nem motivo para isso. Tudo já fora decidido por alguém, ele agora caminhava em meio a paredes de pedra altas, chegando ao céu, e não havia meio de poder voltar, devia ir só para a frente, até o fim.

Campbell abriu a gaveta da mesa e puxou o velho revólver com cartuchos de agulha deixado pelo pai. Depois redigiu, em nome de Lady Campbell, um cheque das 30 libras que ainda tinha no banco, rasgou o cheque de 50 libras que recebera de O'Kelly, e então viu: a caneta com que escrevera era a caneta de O'Kelly – pelo visto, ele a deixara lá no aniversário de Campbell. Era uma caneta-tinteiro comum modelo Waterman – Waterman's Fountain Pen –, e agora, naturalmente, precisava devolvê-la a O'Kelly.

Campbell enrugou a testa aflitivamente: todo o resto era certo e simples, mas aquilo seria extremamente difícil – a caneta Waterman. Precisava entregá-la, e dizer algo ao fazê-lo, e tudo isso complicava muito a situação. Campbell botou a caneta no mesmo bolso do paletó em que estava o revólver e pensou na caneta o caminho inteiro: como se, de fato...

E assim, enrugado e com ar de preocupação, entrou no gabinete de O'Kelly.

O'Kelly estava sentado em seu gabinete com papéis, tal e qual na véspera, e mesmo assim havia nele algo absolutamente novo. Em um segundo, ao olhar, Campbell viu: O'Kelly não estava sorrindo. Isso era tão inacreditável, como se, de repente, Johnny, o pug de porcelana, parasse de sorrir. Aquele não era O'Kelly...

Desconcertado, Campbell botou a mão no bolso, sacou a caneta Waterman e depositou na mesa:

— Essa... é a sua caneta... o senhor esqueceu-a, devo devolver...

O'Kelly escancarou os olhos, perplexo, e passava-os da caneta Waterman para o desconcertado Campbell, e de Campbell para a caneta. Depois ficou vermelho, segurou o riso por um minuto – e rebentou:

— Meu Deus do céu... A caneta Waterman! Campbell, o senhor... o senhor... o senhor é incomparável...

Agora era ele mesmo, era O'Kelly. Campbell, sem vacilar, sacou o revólver e disparou três vezes. O'Kelly curvou-se devagar para a frente, até enfiar a cara nos papéis.

Campbell não ouviu nem os gritos de O'Kelly, nem os gritos de suas quatro esposas. Botou o chapéu, saiu à rua e sentiu: estava terrivelmente cansado, nunca na vida cansara-se assim. Na High Street, aproximou-se de um *bobby* que cochilava pacificamente:

— Matei Mr. O'Kelly, o advogado. Por favor, leve-me o quanto antes para onde se deve: estou muito cansado.

O policial ficou de boca aberta e, com todo o seu ser, e com os olhos arregalados, deixava transparecer com tanta clareza o que estava pensando – "está louco" – que Campbell acrescentou:

— Bem, vá perguntar no escritório, eu espero. Mas vá o quanto antes, por favor.

Dali a um minuto, o policial e Campbell desciam juntos a travessa do Sapateiro John. Iam em silêncio entre as paredes lisas, que se alçavam até o céu, e, entre o nevoeiro, Campbell lembrou-se: assim – sem fim – já caminhara certa feita entre duas paredes lisas, infinitas...

15 ESCAMA CINZA-BRANCA

O vento outonal ensandecia, assobiava, fustigava. Do mar, viera uma imensa ave cinza, cobrira meio céu com as asas, curvava-se cada vez mais perto, implacável, muda, lenta, e escurecia cada vez mais. Mas a multidão não se dispersava: correra o boato de que o assassino podia ser perdoado. De fato, veja, o nome e prestígio de seu pai, o finado Sir Harold, ainda não tinham sido esquecidos, e podia muito facilmente dar-se que...

— Abaixo os *sirs*! – crocitou alguém, obstinado e rouco. — Acho que aquele soldado, no ano passado, foi muito bem enforcado... Abaixo os *sirs*!

O lampião da entrada da prisão se contorcia e balançava, as paredes brancas sacudiam, prestes a ruir. A justiça estava em perigo...

Da multidão emergiu a cabeça de bola de futebol de Mr. McIntosh. Estava alvoroçado, sua voz tremia.

— Senhores, justiça e civilização são inseparáveis. Devemos nos postar em defesa da civilização. Senhores, é possível imaginar algo mais selvagem que um assassinato premeditado e calculado? E por isso, infelizmente... Sim, sim, eu digo: infelizmente devemos exigir a execução...

— Abaixo os *sirs*!

O vento assobiava. Do lampião baixava uma faixa comprida e clara, e nessa faixa, como escamas coloridas, vibravam rostos, chapéus-coco, colarinhos – uma serpente rastejando em movimentos lentos, infindáveis. Já não se distinguiam palavras: a serpente vibrava e rosnava, zangada.

De algum lugar, como se soltos de uma jaula, veio correndo um bando de meninotes – todos descalços e de colarinho branco.

— *Estrela de Jesmond*! Edição extraordinária! Perdoado o assassino do advogado O'Kelly!

— Como? Já? Perdoaram? – agarravam as folhas brancas.

Mas só se falava do possível perdão, e apenas acrescentava-se que, levando-se em conta os méritos do finado Sir Harold, aquilo era mais do que...

— Abaixo os *sirs*!
— Senhores, a justiça...
— Abaixo o *Estrela de Jesmond*!

A escama cinza-branca vibrava mais rápido sob o lampião, a serpente murmurou pelo asfalto, rastejou até a redação do *Estrela de Jesmond* e desdobrou seus vinte anéis diante das janelas escuras. Na redação não havia ninguém.

Uma pedra retiniu em uma vidraça, estilhaços saltaram e tilintaram. Mas as janelas estavam igualmente vazias e escuras. E aquela ave escura e muda curvara-se lá de cima, para bem perto.

Era hora de ir para casa: as mulheres azuis e rosa já esperavam em suas camas, impacientes. Esperavam para, com os olhos semicerrados de medo e curiosidade, perguntar:

— Será que vão perdoar? Será...

E depois tremeram e se estreitaram com ardor: como é bom viver...

■

À noite, o vento sossegou inesperadamente. Ficou tudo silencioso e negro – como se o mundo inteiro tivesse afundado em algum lugar. Acontece de uma pessoa perdida ficar rodando o dia inteiro, sobressaltando-se a cada som e rindo um riso de dar medo, enquanto os olhos afundam cada vez mais, e só há um pensamento: enfiar a cabeça no travesseiro, afundar na escuridão – adormecer. Pois era uma noite assim: o dia enfiara a cabeça no travesseiro escuro, afundara – nem luz nem som.

À noite, Mrs. Dewley parecia ter ficado um pouco aliviada. Estivera muito mal o dia inteiro: o pincenê voltara a desaparecer, e o dia inteiro ela vagara como cega, tropeçava e esbarrava nas pessoas. E sempre era como se corresse às compras e, chegando à loja – não precisava comprar nada, e não era nada disso e, o principal, dava na mesma: para que comprar, agora?

O jantar foi às seis e quinze, em vez das seis, e o vigário ergueu as sobrancelhas pontudas e triangulares:

— Minha cara, mas isso é muito simples: ter um pincenê de reserva. E então a senhora não teria esse... esse aspecto estranho. E haveria ordem, pois a senhora sabe...

— Está bem, compro amanhã... – Mrs. Dewley estremeceu e aprumou-se. — Depois de amanhã...

Porque amanhã... Quem no mundo compraria algo amanhã – no dia em que lá, na prisão, Campbell seria levado ao pátio, colocado...

O dormitório estava escuro, não era preciso olhar para nada – pode ser que por isso Mrs. Dewley tenha ficado aliviada, e adormeceu de forma inesperada.

Provavelmente dormiu só por alguns minutos. Acordou, abriu os olhos e viu o gorro branco de flanela do vigário: o vigário, com os braços cruzados sobre o peito, de acordo com o *Preceitos*, roncava pacificamente. Tudo estava escuro e silencioso, o mundo inteiro afundara. Berrasse e gritasse – ninguém ouviria, e não faria nada: o mundo inteiro dormia pacificamente, roncando, de gorro de flanela...

Não se sabe quanto tempo dormiu o vigário, mas despertou apenas com os berros de Mrs. Dewley. Imediatamente entendeu: "Um sonho terrível – é preciso acordá-la logo...", não era possível, de jeito nenhum, inscrever os sonhos nos horários, o vigário temia-os muito.

É provável que Mrs. Dewley dormisse muito profundamente –

gritava cada vez mais alto, e só sossegou quando o vigário tomou-a pelo ombro com a mão fria.

— Acho que não deve cear à noite, minha cara...

— Sim, acho que não devo – Mrs. Dewley respondeu, no escuro.

Em cinco minutos o vigário estava dormindo outra vez, roncando pacificamente. Tudo era escuridão e silêncio.

16 SOL TRIUNFANTE

Estava marcado para nove e meia – e era absolutamente justo: toda pessoa civilizada deve ter tempo de se barbear e desjejuar, e no fato de ter sido marcado para as nove e meia apenas se manifestava o respeito de um homem civilizado por outro – ainda que criminoso.

O sol estava muito forte. O sol triunfava – isso estava claro para todos, e a questão era apenas se triunfava pela vitória da justiça – ou seja, da civilização –, ou se...

A escama cinza-branca murmurava e vibrava inquieta:

— Ouçam, senhores, ainda não se sabe de nada?

Não, ontem não tinham recebido nada, mas talvez hoje de manhã... No final das contas, tudo se decidiria no último momento: soaria ou não soaria às nove e meia a sineta da prisão?

Na prisão, barbeou-se meticulosamente um velhote rosado, daqueles com aspecto saboroso, como um *pirojok*[5], rechonchudo e bem tostado.

---

5 Pãozinho recheado que pode ser assado ou frito.

O velhote bateu, diante dele abriu-se a porta da prisão, revestida de ferro.

Mrs. Dewley virou-se para o vigário, com a respiração curta, acelerada:

— Quem... quem é esse? Quem entrou lá agora?

— Ah, esse? Esse, minha cara, é o *mestre*.

Mrs. Dewley tomou o vigário pelo braço, acima do cotovelo, aferrou-se a ele com todas as forças:

— O senhor... o senhor quer dizer que é aquele que deverá...

O vigário sacudiu-lhe as mãos:

— Estão olhando para a s-s-senhora. Não quero diz-z-zer nada. A s-s-senhora não s-s-sabe s-s-se controlar...

Mrs. Dewley se controlou... Ao seu lado, um relógio cintilou:

— Dois minutos para as nove e meia.

Dois minutos... A escama retesou-se, petrificou-se, não se movia. Os frequentadores do boxe e das corridas, corados como bifes, não tiravam os olhos dos relógios. Os clarins de cobre do Exército de Salvação brilhavam indiferentes. Corado, fornido, triunfante, o sol despontava. A geada do telhado derretia, e caía uma gota – como um relógio, batendo de forma nítida os segundos, até nove e meia.

E mais uma gota, e depois a última: nove e meia. Um segundo tenso, vítreo – e... nada: a sineta calava.

Imediatamente a escama começou a se mexer, a rosnar, e cada vez mais alto. Todos estavam ofendidos: os amantes do boxe e das corridas e os partidários da civilização.

Fervilhavam e vibravam. Agitavam os braços. Os anéis sinistros se enrolavam e desdobravam, e todos esperavam mais alguma coisa, não se dispersavam.

Mrs. Dewley – sem pincenê, com o chapéu de banda – voltou a tomar os braços do vigário:

— O senhor... o senhor... o senhor entende? Pois quer dizer que ele... quer dizer que ele não... O senhor entende?

O vigário Dewley não ouvia, olhava para o relógio: já eram vinte para as dez.

Às quinze para as dez, quando não havia mais o que esperar, a sineta da prisão de repente pôs-se a cantar com voz lenta: uma gota de cobre, ritmada, pingava do céu.

Mrs. Dewley pôs-se a gritar com voz estranha, nada jesmondiana:

— Não, não, pelo amor de Deus, pelo amor de Deus! Parem, pa...

Não a ouviram mais: a escama revirava-se furiosa, coloria-se de lenços e gritos. O sol triunfava, rosado e indiferente. Os clarins do Exército de Salvação tocavam um hino monótono. Puseram-se de joelhos com alívio: para rezar pela alma do assassino.

E depois, quando tudo silenciou, o vigário Dewley proferiu um discurso sobre a necessidade de colocar em prática, na vida, os *Preceitos da salvação*. Tudo que sucedera e turvara o curso tranquilo da vida de Jesmond não fora, por fim, o mais convincente argumento? Se o Estado guiasse à força as almas fracas por um caminho único, não seria preciso recorrer a medidas tão tristes, ainda que justas... A salvação não ocorreria de forma matematicamente inevitável. Entendem? Matematicamente.

Gritaram *cheers* em honra do vigário Dewley, orgulho de Jesmond, e tomaram uma resolução unânime. Deviam ter esperança em que, daquela vez, a *bill* da "salvação coercitiva" finalmente passaria.

O Norte
1918

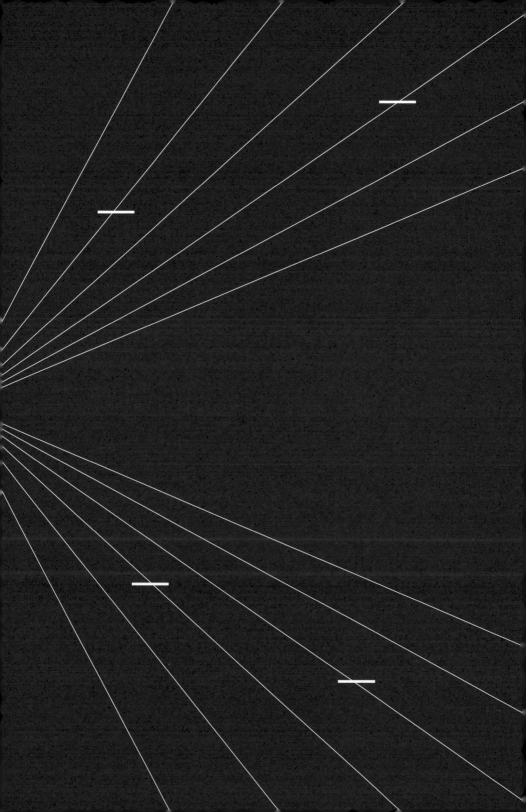

Acontece o seguinte: o sol voa cada vez mais devagar, devagar, e fica suspenso, imóvel. E tudo fica coberto de gelo, submerso para sempre em um vidro esverdeado. Não longe da costa, em uma pedra negra, uma gaivota estendeu as asas, pousou para decolar – e para sempre ficará pousada na pedra negra. Sobre a chaminé da usina de sebo enrijeceu-se, suspenso, um novelo de fumaça. Um rapazola loiro, uma tarambola[1], curvou-se sobre a borda para enxaguar as mãos – e ficou assim, congelado.

Por um minuto, tudo fica vítreo, esse minuto é a noite. E eis que, quase imperceptível, o sol se mexe. Toma impulso – pouco, ainda –, desloca-se, e tudo se faz em cacos: estilhaços multicoloridos jorram no mar; a gaivota se desprende da pedra, e de algum lugar saem simultaneamente centenas de gaivotas rosadas, estridentes; a fumaça laranja voa; a tarambola loira emerge, assustada, das botas do tio – e logo se lança ao trabalho.

O dia está em pleno curso. E então, de lá de cima, de seu escritório, desce para a loja o patrão, Kortoma: alegre, bafora seu cachimbo curtinho, as maçãs do rosto reluzem como cobre.

As mulheres do povoado vieram a Kortoma atrás de farinha e sal. Ele mesmo, de próprio punho, anota a dívida de cada uma em uma caderneta verdinha: tudo está ali, na caderneta verdinha de Kortoma. E Kortoma reina com benevolência, brinca com benevolência com as mulheres.

— Ei, você, de Kholmogóry, o que enfiou no peito? Olha só: basta dar uma viradinha... Nada mesmo? Ora, ora, deixe-me ver...

---

1 No norte da Rússia, além de designar o pássaro, essa palavra era usada para crianças pequenas.

Os seios da mulher de Kholmogóry são quentes, provocantes. E Kortoma não se lembra de jeito nenhum: por acaso essa aí não estivera lá em cima, em seu escritório? Seja como for, Kortoma faz uma marca na caderneta: a letra N.

No canto, a mulher de Kholmogóry – toda ruborizada – abotoa a blusa vermelha. A velha Matriona Dançarina, larga e quente – uma estufa-mãe russa –, ajuda a de Kholmogóry, persuade-a como a uma criança:

— Calminha, quietinha, *psiu*, *psiu*... Pois não está tudo em ordem? Para que zunir feito mosca?

A velha Matriona recebe sua mercadoria sem registro nenhum: com a velha Matriona, Kortoma tem seu próprio sistema de contas, especial...

■

Na mesa do escritório, o samovar: maçãs do rosto salientes, mãos nos quadris, polido com tijolo, ele reluz. Na barriga reluzente do samovar – ao seu modo samovaresco, achatado e de ponta-cabeça – está refletido o mundo inteiro. E na sua língua própria, samovaresca, o samovar sem dúvida medita:

"O mundo é meu. O mundo está em mim. E o que faria o mundo sem mim?"

Com benevolência, o samovar sorri ao mundo...

Diante do samovar está Kortoma. Kortoma, no samovar, está como em um espelho: achatado, maçãs do rosto largas, um bonachão de cobre. O samovar, em Kortoma, está como em um espelho: trombudo, alegre, emite dia e noite uma torrente branca, bafora fumaça branca.

O samovar agracia Kortoma com chá. Kortoma transfere as

dívidas para os livros de contabilidade. As contas de Kortoma estão em ordem rígida, não de qualquer jeito, mas de acordo com o sistema de contabilidade tripla.

— Está na hora de viver de acordo com os povos da Europa Ocidental – esse é o provérbio de Kortoma.

A camisa azul de malha de Kortoma é quente, e ele sua em bicas. Ele tira das calças um lencinho de cambraia, enrolado em papel de jornal (o bolso é sujo), enxuga as cúpreas maças do rosto, assoa o nariz com dois dedos, depois com o lencinho de cambraia, e volta a enrolar cuidadosamente o lencinho de cambraia no papel de jornal.

Na frente de um nome, Kortoma marca a letra N., indicando débito; repensa, subtrai 1 rublo da conta e, com benevolência, sorri ao mundo...

Atrás, aguarda respeitosamente o caixeiro Ivan da Ermida – ele fugira de uma ermida. Não tem a cabeça sobre os ombros, como todos, mas enterrada nos ombros – espreita como um rato de sua toca:

— Stiopka[2], o tarambola, adormeceu na dorna... Que engraçado! Venha ver, por favor...

— Hein? Ah, que esperem: já vou.

Stiopka, o tarambola, encarregado das iscas, passara a noite inteira iscando anzóis, depois capotou: largou tudo, enfiou-se em uma dorna esburacada da usina de sebo, na costa, e, de cócoras – só se viam as botas do tio e a cabecinha de linho –, roncava. Acorreram à dorna de toda a costa. Chamaram, Stiopka

---

2 Diminutivo de Stepan.

não ouviu; relincharam como cavalos, Stiopka não ouviu – roncava de cócoras na dorna.

O caixeiro Ivan da Ermida cobriu a dorna de tábuas, botou uns pesos de 1 *pud* e trepou em cima – começou a diversão.

— Vamos, rapazes!

Formaram uma fileira e, como em um incêndio, passaram balde atrás de balde até a dorna, onde estava Stiopka. Stiopka ergueu-se de um salto, deu uma trombada: estava em uma jaula, a água açoitava e, meio dormindo, não entendia nada.

Pôs-se a bater e rugir, febril:

— Ah, meu pai, onde estou? Ah, titio! Ah, soltem-me!

E o tio Marei estava lá atrás. De cabelos de linho, como Stiopka, e só Deus sabe se era muito mais velho que Stiopka. Colossal e espadaúdo, mas com olhos de criança, azuis, escancarava-os para as gaivotas, como se fosse a primeira vez na vida em que visse gaivotas.

Stiopka já havia parado de chamar e, quase inaudível, gania pelo nariz, como um cachorrinho – só então Marei ouviu. Cobriu-se de vermelho – orelhas vermelhas, pescoço vermelho –, abriu um sulco entre o povo com os ombros e cotovelos, arrancou o balde do caixeiro e derrubou os pesos das tábuas.

O caixeiro arreganhou os dentes:

— O que está fazendo? Parece que encontramos um homem distinto! O que você tem com isso? Não viu que o patrão está aqui? Pois então ponha-se em seu lugar...

E despejou um balde inteiro na dorna – em Stiopka e na cabeça de Marei, que estava curvado sobre a dorna.

Com uma mão, Marei tirou Stiopka da dorna – molhado como um cachorrinho, tremendo –, com a outra, pegou Ivan da Ermida pelas pernas e jogou-o lá dentro.

Bocas saudáveis e cheias de dentes arrotaram gargalhadas; Kortoma reluzia, cúpreo e benevolente; e, na dorna, bufadas e ganidos.

O caixeiro Ivan da Ermida conseguiu se desvencilhar. Córregos escorriam dele. Roupa grudada, franzino, arreganhou insanamente, de baixo para cima, as gengivas para Marei, e estava prestes a se lançar...

— Soque-o, Vanka[3]! Vamos!

Ivan da Ermida ergueu o punho, olhou para os ombros colossais de Marei – e baixou-o.

— Espere sóó! Está beem! Vai ter trooco, veja beem! – e mergulhou em seu covil, nos ombros, mergulhou no meio das pernas, na multidão.

Fim do espetáculo. A contragosto, dispersaram-se por seus postos: estripar bacalhau, encher cestos com fígado de bacalhau, levá-los nas costas para a usina de Kortoma.

Kortoma, de saída, passou 20 copeques para o molhado e choroso Stiopka, e, em sua língua própria e samovaresca, meditou:

"O rapazinho deve estar satisfeito: 20 copeques não é todo dia..."

■

Não se sabe quando, sabe-se apenas que uma baleia engoliu o profeta Jonas. E, do céu, uma voz disse:

— Não te atrevas a te alimentares do profeta! Cospe-o de volta!

---

3   Diminutivo de Ivan.

E não dá vontade de voltar a procurar uma presa, mas dá medo desobedecer. Por três dias a baleia desfrutou de Jonas – no quarto, cuspiu-o.

E, como recompensa por sua obediência, foi determinado que a baleia teria vida eterna.

E teve. Tornou-se imensa, medonha, as costas revestidas, devido à velhice, por um musgo verde, um matagal. E ninguém a tocava: era do conhecimento de todos que aquela era a baleia de Jonas, fadada a ter vida eterna.

Então veio um baleeiro russo desesperado e largou um arpão nas costas da baleia. Assim que a baleia se virou – *nham!* –, engoliu a escuna com toda a tripulação. E desde então a tripulação vive no ventre da baleia e se penitencia pelo pecado. Se alguém expia o pecado, a baleia o expele, e o expelido vai se instalar em algum lugar oculto, na floresta: um sábio, saído do ventre da baleia. Reza, regozija-se com o sol de verão, que não se põe, regozija-se com a noite de inverno, que não acaba, regozija-se com os pecadores e os justos, regozija-se com a morte – quando a morte vem...

Depois do povoado, onde os caminhos se bifurcam para a esquerda e a direita, bem na encruzilhada, há uma capela decrépita; ao lado da capela, um abrigo na terra, e no abrigo, o *stáriets*[4] Ivan Romántych; talvez tenha 100 anos, talvez 200.

Arrasta-se para fora do abrigo, fica de pé – a mão em viseira sobre os olhos –, minúsculo, sotaina verde, nas mãos o

---

4 Monge que serve de mentor espiritual e guia dos fiéis ou de outros monges.

murmolka[5], e na cabeça uma penugem branca: basta um sopro e sairá voando, como um dente-de-leão.

Alvorada. Nas pontinhas das agulhas verdes dos pinheiros, gotas de orvalho; no orvalho, luzinhas rosadas e verdes. Graças a Deus: alvorada! O sol cada vez mais alto, o céu mais azul. No azul, duas borboletas-limão amarelas giram uma em torno da outra, grudam-se e saem voando – uma só.

O *stáriets* Ivan Romanýtch fita por sob a mão e sorri: graças a Deus....

∎

Ainda meninote, Marei era como Stiopka, até o chamavam de Mariuchka. E uma coisa aconteceu com ele.

Mariuchka estava na margem do Túnejma, pescava peixes com caniço. O Túnejma murmurava, corria entre pedras afiadas, embalava, contava histórias antigas. E o meninote ouvia, embevecia-se – e acabou baqueando na água. A mãe veio chamar para o almoço, mas de Mariuchka só restara a vara, sobre as águas, espetada nos pedregulhos.

— Ai, meu pai, ai, Mariuchka se afogou, arrastado pelo torvelinho!

Vieram correndo, puxaram-no: estava azul. Mas mesmo assim o reanimaram de algum jeito – sobreviveu. Só que ficou meio aparvalhado, sempre sozinho, e, quando olha, não está olhando para você, mas adiante, e ninguém sabe o que está vendo.

A finada mãe de Marei levou-o ao *stáriets* Ivan Romanýtch.

---

5   Antigo gorro masculino de copa alta e bordas de pele.

— Ivan Románytch, meu pai, que devo fazer com ele? Diga, aconselhe. O menino está crescendo totalmente estabanado...

— Pois graças a Deus, graças a Deus...

O minúsculo Ivan Románytch ficou de pé, segurando o *murmolka*, e levou a mão aos olhos.

— Mãe, seu filho esteve no outro mundo, daí reviveram-no e ele se esqueceu, quer se lembrar e não pode. Não é nada, vai se lembrar! Vá com Deus, mãe...

E, desde então, o lugar preferido de Marei é aquele onde se afogou quando criança: a pedra sobre a espuma branca do Túnejma.

Bem, o peixe já devia estar puxando faz tempo, a vara estava vergada em arco. Marei nem percebe, de tão absorto consigo. E há tempos olha, da outra margem, metida no meio de espessos arbustos verdes de zimbro, uma cabeça ruiva, que assoma até o peito e farfalha as folhas de propósito; mas o menino-*bogatyr*[6] de cabeça loira, como antes, olha para a frente e não ouve, sempre absorto em si. Ela pega uma pedra, arremessa-a, a pedra bate na água bem junto aos pés de Marei.

Marei sobressalta-se, deixa cair o caniço – que é apanhado, e gira, a vareta fininha, já ao longe, na espuma branca. E ao longe, entre os pinheiros, na margem de lá, faísca uma mancha ruiva, como uma mancha de sol nos troncos dos pinheiros.

Sumiu. O Túnejma ferve, sussurra – levou a vara, nunca vai devolver.

---

6   Herói épico russo.

▪

Na mão, uma luva. Pois tiraram, e a luva jaz na mesa do escritório, como se fosse a mesma, mas não é: não está viva, removeram-lhe as entranhas. Como ela, à mesa, é Kortómikha: removeram-lhes as entranhas, e caíram para sempre as faces, caiu o peito. Mas o chapéu é rosa, com flores, e é ainda mais doloroso olhá-la por causa do chapéu rosa. E entre duas rugas cavadas nos cantos dos lábios, um sorriso alegre: é ainda mais doloroso por causa do sorriso.

Kortómikha entrava na loja enfeitada, de chapéu rosa, de luva, com um sorriso. Tal fora a ordem do marido a ela:

— Que todos vejam: você não é uma qualquer.

Mas a enfeitada Kortómikha raramente se mostrava: ficava mais na parte de cima, em seu bauzinho, junto à porta do escritório, e só vinha se acontecesse algo especial.

Esse algo especial acontecera agora: chegaram uns lapões. Talvez já fizesse dois anos que não vinham, mas agora haviam chegado. E a primeira coisa era ir à loja de Kortoma: trocar peles por sal, por chita.

Um povaréu, de todo o lugarejo, na loja e em frente à loja: uma feira, vozerio, regateio. As moças daqui olhavam, de um canto: pesadas, lentas. Uma se ergueu na ponta dos pés, mostrou a cabeça loira aguada – uma foca saída do mar. E as laponas, morenas, ágeis e lépidas, como alevinos no baixio – e apenas uma cabeça ruiva faiscava, como uma lebrezinha, entre as negras.

— Ei, você, beldade ruiva! Não quer chegar mais perto? Não tema, não vou te comer – as maçãs do rosto de Kortoma reluziam, cúpreas, alargando-se.

— Olha lá, não se engasgue!

Diante do balcão, ela jogou para trás a cabeça ruiva, ereta como uma haste de erva saindo da terra, e sob os pés não havia soalho arranhado, mas terra e musgo, e suas raízes brancas – os pés descalços – estavam firmes na terra.
Kortoma tinha nas mãos um pedaço de chita verde-erva. Com mão hábil, fez pregas, babados e os pôs abaixo do pescoço da ruiva: ruivo, verde, eh!
Ajeitou as pregas no peito, alisou, agarrou através da seda: como uma jovem pinha de abeto, como uma amora-branca-silvestre antes de amadurecer, que mal ficou rosada.
No balcão havia uma régua de ferro. A ruiva cintilou, e a régua açoitou o braço dele, bem no osso.
E nesse mesmo segundo, Kortómikha, que não desviara os olhos dela, faiscou com o chapéu rosa, e então: protegeu o marido com as mãos cavadas, nuas, consigo mesma e com seu chapéu, agarrou o braço dele.
— Meu pombinho, mas o que é isso... É uma canalha! Dói? Hein?
Não, nem pensar: fazer aquilo com ele, Kortoma, único no mundo! Acariciou-lhe o braço.
Na loja houve risinhos. Kortoma sacudiu-se, livrando-se de Kortómikha – ela desabou sobre o balcão, uma luva tirada da mão, caída, vazia.

■

No dia de São João Batista⁷, fez um calorão. A costa, a pedra vermelha de granito, tornou-se ardente, de baixo erguia-se o sangue escuro da terra. Um cheiro acre, insuportável, de aves, de bacalhau, das melenas verdes e apodrecidas do mar. Através do nevoeiro, o sol imenso, cada vez mais perto. E vindo de encontro, o mar se enchia de sangue escuro; vindo de encontro, intumesciam, empinavam os seios brancos do mar.

Noite. A saída da enseada, entre dois penhascos, é uma janelinha. A janelinha está protegida dos olhos curiosos por uma corrediça branca – o nevoeiro branco, de lã. Só o que se vê: lá, detrás da corrediça, acontece alguma coisa vermelha.

No povoado não há ninguém. Os buracos negros no nevoeiro são as janelas abertas das isbás vazias. Todos estão na outra margem do Túnejma. Lá, na clareira com musgo branco pisado, há um nevoeiro ainda mais branco, perlado – as colunas de fumaça das fogueiras. A balalaica soa baixo, e figuras giram no nevoeiro, entram e saem do nevoeiro. Rapazes lapões com as lentas e brancas moças daqui, os daqui com as laponas morenas e, no meio das morenas, uma mancha ruiva, rápida, como uma mancha de sol nos troncos dos pinheiros.

O próprio Kortoma está aqui. De pé, com as mãos nos quadris – *puf, puf* – uma fumaça cor de pombo saindo do cachimbinho. Eh, abraçaria firme o corpo quente da garota e giraria até ficar tonto... Mas não podia: Kortoma não era um qualquer. E gabava-se, lentamente puxava o lencinho envolto em papel, proferia entredentes:

---

7   Em russo, dia de Ivan Kupala, celebrado em 24 de junho, segundo o calendário juliano, e em 7 de julho, segundo o gregoriano.

— Mas o quê: tudo depende da própria pessoa. Quando dei aqui o primeiro passo – quem eu era? Uma micose, uma tarambola, como o Stiopka, e agora – siim... É preciso viver de acordo com os povos da Europa Ocidental, ver cidades instruídas. Bem, digamos, Píter...

Sim, Kortoma era um homem: vira de tudo. E ouvem-no em silêncio. Bocas e olhos arregalados. Stiopka, o tarambola: apenas uma cabeça nas botas sem fundo do tio. E Marei: olhos azuis de criança, cabelos loiros, lábios roliços, como os de Stiopka, e terríveis ombros colossais – o *bogatyr*-menino.

— Mas quantas ruas, por exemplo, há em Píter? – Marei olhava avidamente para a boca de Kortoma.

— Ora, pois bem, umas quarenta, pode ser que até cinquenta... – Kortoma inchava as bochechas – *puf, puf!*

Deus é que sabe se existe mesmo uma cidade assim, de cinquenta ruas, e só casas, casas, pessoas. E como não se perdem nas ruas por lá? Afinal, aquilo não é um bosque; no bosque, cada árvore, o musgo na casca, os lodaçais, as pedras – tudo é diferente, basta abrir os olhos. Mas lá, na cidade, como?

Cada vez mais pasmo, abrindo cada vez mais os olhos azuis de criança, Marei está longe: em Píter. E não vê: a lapona ruiva passou por ele uma vez, e outra. Na cabeça da ruiva, uma coroa de zimbro: hoje é dia de São João Batista. Ao lado, um bando insistente de rapazes. Talvez ela tenha um cheiro especial – de conífera verde, de ave marinha –, e eles se arrastam atrás do cheiro, correm atrás de suas pegadas.

— Ah, estou cheia de vocês! – a ruiva senta-se em uma pedrinha, não longe. Sim, deve ser para ouvir Kortoma. E ele cintila as cúpreas maçãs do rosto, bafora o cachimbo, como se a ruiva não existisse, e se cala, solene: Kortoma conhece o seu valor...

A balalaica se apressa, os pares aceleram no prado branco, a respiração fica mais rápida. As colunas brancas de fumaça cambaleiam. De forma inaudível, os pares vão desaparecendo no nevoeiro, ou, talvez, no bosque de penugem branca, lá, além do nevoeiro – e a corrediça branca se cerra.

Kortoma solta fumaça pelo cachimbinho:

— E também há um lampião, à noite, bem no centro, acima de toda a cidade: uma lanterna... Meu Deus! Simplesmente, é dia... A hora que for: é dia! À noite, no inverno e no verão, vê-se tudo, até os pedregulhos, cada matinho...

A balalaica se apressa, a respiração fica mais rápida.

— Ouça, estou dizendo: venha para a roda comigo! – bem nos olhos de Marei está a coroa verde sobre a cabeça ruiva, ela já deve estar puxando-o pela manga há muito tempo.

— Mas ora, ora, espere... Deixe-me ouvir... – Marei está longe: em Píter.

No bando de rapazes, risinhos. A ruiva enrubesceu, largou a manga de Marei, escafedeu-se no nevoeiro.

Mas voltou de imediato: esquecera o mais importante. Aproximou-se de Kortoma, tomou-o pelo braço:

— Naquela hora, não te machuquei muito com a régua? Deixa eu ver – olhou, acariciou-lhe o galo no braço, sorriu: dentes de esquilo, pontudos, doces e malvados. Contraiu os ombros de forma quase imperceptível, balançou ao compasso da balalaica.

— Ei, quer sacudir? – Kortoma não aguentou, abraçou-a, mas como: escorregara de seus braços como uma lagarta e se balançava a dois passos de distância: provocava-o. E de propósito, bem na fuça de Kortoma, estendeu o braço a um rapaz – e a mancha de vermelho intenso, como mancha de sol, ficou quase invisível através da cortina espessa do nevoeiro.

Não voltou mais: rodopiou e foi para casa, ou para o bosque de penugem branca, lá, além do nevoeiro – quem sabe?

Marei encontrou-a mais uma vez pela manhã. Com o pesado trabuco do pai, ia à caça. Olhou, e lá, no Túnejma, ela estava tocando uma jovem rena baia.

— Ei, olá! – gritou Marei, de longe.

A rena virou o focinho castanho, apertado, mas a ruiva não ouviu: não olhou para ele. Ou talvez estivesse com muita pressa de chegar em casa: açoitou a rena, correu ainda mais rápido atrás dela.

■

O vento já soprava todo dia da Costa de Verão[8], expulsando para o oceano todo o butim, não havia pesca. Mas hoje virou, a nortia zunia, ondas roliças baqueavam – e novamente, sem levantar a cabeça, Stiopka, o tarambola, estava sentado e botava isca no espinel.

As botas de cano alto sem fundo do tio, em cima das botas, uma cabeça loira, e na orelha direita, bem onde fica o lóbulo, sangue coagulado. Volta e meia Stiopka se lembra e volta a tocar a orelha.

E atrás dele gargalham:

— Oh, Stiopka, pegue leve! Oh, vai arrancar de vez: está pendurada por um fiozinho.

---

8 A Costa de Verão está localizada no mar Branco, na região de Arkhánguelsk.

E será que era verdade? Como viver desorelhado? E pela fuça suja, como no vidro embaciado pelo outono, deslizam gotas imperceptíveis.

Marei carrega o sobrolho: tudo isso foi Vanka da Ermida – arrancou a orelha do meninote. Por causa daquilo, e de propósito, desafiando Marei. Mas está bem: dê tempo...

Vagas de crista branca batem na costa. Os mastros bailam desengonçados, desordenados. No céu cinza, gaivotas giram em flocos brancos. A chuva esvoaça em velas brancas oblíquas, no céu há rasgões azuis, clareia.

Noite fria, prateada. Acima, a lua; abaixo, na água, também a lua, e ao redor, uma borda de prata velha, com escamas cinzeladas. Cinzeladas em prata, as barcaças negras, silenciosas, as agulhas negras dos mastros, os homenzinhos negros que lançam na prata o espinel invisível. Apenas um peixe chapinha alegre, e range a forqueta, e o peixe salta como uma mola, batendo de chapa.

Marei tem seu espinel, herdado do pai. Não vai longe, fica ali, junto à costa. A mão, habituada, por si só lança ritmadamente a linha para além da borda. E a cabeça, por si só, paira sobre o espelho prateado, e no espelho, ruas, ruas, talvez quarenta, talvez cinquenta – e sobre todas um lampião, como o sol...

Os espinéis deviam jazer a noite inteira. Pernoitar – os de longe pernoitaram em seus recipientes, os de perto desceram rumo à costa. E mal o sol faiscou as gaivotas começaram a gritar, a costa negra tornou-se rosa, e de volta para o mar: a puxar os espinéis.

Marei pôs-se a enrolar a linha: veio fácil, estava completamente vazia. Olhou zangado para Stiopka.

— Você só quis saber da sua orelha, seu tinhoso! Bela isca! Espere quando chegarmos à costa...

— Mas eu, acho, não aprontei nada... Eu, titio, meu Deus... – Stiopka agora estava radiante: a orelha havia sarado. Podia puxar com todas as forças: nadinha.

Marei puxou ainda mais: continuava levinho. Um pouco mais, e ficou aturdido: todos os anzóis do espinel tinham sido cortados, um por um.

E para os outros a pesca tinha sido boa. As mãos vermelhas curtidas retiravam o peixe, na costa cresciam montes de prata. E apenas Marei voltou sem nada.

Amontoaram-se na barcaça de Marei, olharam, apalparam, rodavam seu espinel nos dedos. Xingamentos fortes, apimentados.

— É o seguinte: hoje Marei, amanhã você, então é assim? Precisamos achar esse homem: uma pedra no pescoço e água.

Marei carregou o sobrolho, olhou para Stiopka: volta e meia Stiopka puxava a orelha, sarou, graças a Deus! Orelha, anzóis... está bem! Mas por enquanto, temporariamente, Marei calou-se, para não caluniar uma pessoa em vão.

— É com você, Marei, como quiser, mas tem que achar o ladrão. Senão, como vai ser: vamos ficar todos olhando torto uns para os outros?

— Nada disso. De mim não escapa...

■

Mais uma, e outra, e uma terceira noite prateada. Por três noites prateadas consecutivas, sem pregar os olhos, Marei espreitou em busca do ladrão. E nada. Aos poucos a ofensa assentou-se no fundo, tornou-se dó. Bem, Stiopka, bem, os anzóis: é verdade. Porém, uma vez que o capturam, mesmo que não o afogarem vão espancá-lo com os punhos até a morte. Pena. Mas encobri-lo não dá – uma coisa dessas...

Da costa, de trás de uma pedra, Marei vê como na palma de sua mão: uma vereda prateada e, pela prata, correm ao longe, balançam – para cima, para baixo – pontos pretos, os flutuadores do espinel. Dali a um minuto, a lua pula para trás de uma nuvem – sumiu, não dá para ver nada. E de novo: para cima – para baixo, para baixo –, para cima os pontos pretos, até doer os olhos, que se fecham sozinhos.

E assim, mal e mal, com metade do olho, viu: a rena baia saindo do bosque. Aproximou-se de Marei e disse – e sua voz era a de Ivan da Ermida.

— Não me arruíne, Marei, pois sou de Píter!

Marei acordou, ergueu-se de um salto, olhou rápido em volta: nenhuma rena, mas, na água, remos ondeavam quase inaudíveis, e à esquerda, já ao longe, mal se avistava, em preto, uma barquinha atracada nas rochas, na costa.

Ah, dormira! Foi tomado por tremenda raiva. E que pena tinha, de que matariam uma pessoa – esqueceu-se de tudo e, simplesmente, como na caça – foi rastejando, gatinhando, e cortando o caminho à toda...

Uma longa calva de pedra no bosque. Bosque atrás, bosque à frente de Marei, e, no meio, o lugar nu, sob a lua.

Marei está na sombra, sob um arbusto. Olhos e ouvidos como lâminas, o coração martela. De lá, do outro lado da calva, cada vez mais perto, cada vez mais forte, pelo bosque, um leve e cauteloso crepitar. Ele segue...

Em algum lugar, ali, a vinte passos, através da senda. Dá para ouvir: parou, pôs-se a desviar para a esquerda – e para a esquerda Marei pôs-se a rastejar, de barriga. A espingarda enroscou nos ramos caídos, puxou, estalou, parou. E o outro – do lado oposto da calva – também silenciou. Ambos se deitaram, esperavam: quem seria o primeiro a sair à calva branca, sob tiros?

— Ei, Vanka! – vociferou Marei. — Saia, vai dar na mesma – você não escapa.

Do outro lado, silêncio. A lua esgueirou-se para uma toca escura, a senda branca apagou-se.

Marei levantou-se. Fez-se feito uma bala e, de um fôlego só, atravessou a senda, para o outro lado. Lá já crepitava, os arbustos quebravam – rumo ao bosque, para as profundezas.

— Pare, pare, pare, Vanka! Pare, você não escapa!

Marei entrou voando no mato cerrado, na escuridão, derrubou de um salto e montou em cima, curvou-se para amarrar – suas mãos caíram, ficou pasmo: era aquela mesma, a ruiva... Aí está o seu Vanka...

— Você... Por que fez aquilo... com os anzóis? – Marei ficou de pé, pernas abertas, espingarda no chão.

E a ruiva, de cara no musgo, abriu um berreiro – uma perfeita criança –, e cada vez mais alto. Bem, o que fazer com ela?

— Ei, meu Deus! Não chore, por quê, hein? – e acariciou-lhe a cabeça de levinho, como a uma criança. E seu coração – *toc!* – virou-se silenciosamente no ninho e desceu.

A ruiva ergueu-se da terra. De joelhos, estendeu as mãos para Marei, de olhos fechados, lábios trêmulos, mas nem uma palavra.

"Provavelmente, para que eu não conte...", Marei afastou-lhe as mãos.

— Mas não tenha medo, não vou contar para ninguém, tenho palavra, veja aqui a cruz, vê?

Ela deu um salto, ergueu-se completamente e gritou para Marei:

— Pode dizer a todos! Se não contar, eu mesma conto, eu. Não preciso de nada seu, não consigo nem olhar para você, e agora... Vá embora, em-bo-ra!

Cintilou através da senda e já estava longe, um estalido ligeiro pelo bosque, e restou apenas, jazendo no musgo, o chapéu dela.

Marei ficou muito tempo rodando o chapéu nas mãos. A lua mergulhava de toca em toca – prateado, negro, de novo prateado –, e tudo embaralhado, e não se compreende nada. Marei levou a espingarda ao ombro e, como um urso, pisando pesado e leve nos calcanhares, arrastou-se lentamente para casa.

De manhã, descascaram Marei de tudo quanto foi jeito:

— Que paspalho! Que trouxa! Cortaram de novo, hein? Mas como você adormentou?

— Foi assim. Estava três noites sem dormir, peguei no sono, já nem sei como, e sonhei com uma rena...

— Ah, mas que rena! Então não viu ninguém?

— Não, não vi.

Deixaram Marei e começaram a vigiar por sorteio; era preciso exterminar aquela lêndea, não dava para deixar assim.

Mas ninguém voltou a tocar nos espinéis. O ladrão se exterminou sozinho.

As noites são longas como as tranças de uma bela moça, os dias são curtos como o juízo dela. As mejengras começam a cantar, as mejengras tilintam como cristal azul. Os cisnes e os gansos correm em bandos, desentorpecendo as asas: logo partirão em longa jornada. Aos poucos, os lapões vão empacotando suas coisas: de um dia para o outro irão se deslocar para sua aldeia, no sul.

Com o trabuco de cano longo herdado do pai, Marei vagava por dias inteiros pelo bosque. Em dia tranquilo, de longe ouvia-se, no bosque, o vozeio das pessoas e a batida dos machados na clareira dos lapões. Em dia de vento, folhas douradas cantavam a cantiga de despedida, soltavam-se, giravam, aferravam-se a cada raminho: por só mais um segundo que fosse...

A laika[9] branca de focinho pontudo de Marei fez uns gansos se levantarem. Pesados, voaram baixo, assobiando, açoitando o azul com as asas; Marei não ergueu a espingarda. No musgo azul-celeste, a laika encontrou pegadas de urso: o musgo estava todo remexido – eram as bodas dos ursos. Latia de Marei para a pegada, da pegada para Marei. "Mas veja aí, veja, o que foi, ficou cego?"

Marei, zangado, repeliu a laika. A laika baixou a cabeça, arrastou-se, ofendida, para trás: esses humanos! Não dá para entender nada deles!

Marei vagou dias inteiros, procurou entre troncos de bétulas, entre pinheiros ruivos. Não havia nada: apenas o outono azul.

■

Todos que tinham vindo, os veranistas, partiram. A costa está deserta. A usina de sebo arrefeceu. Mas Kortoma não para, está em ebulição:

— Removam, construam, cortem! Cem verstas[10] por hora!

No terreno baldio atrás da usina de sebo ficava uma velha fábrica de produtos baleeiros, agora um esqueleto carcomido, sem teto. Iam botá-lo abaixo e, para o verão, erigir um novo edifício: uma fábrica de conservas. É preciso viver de acordo com os povos europeus...

---

9 Raça de cachorro do norte da Rússia, parente do spitz.
10 Antiga medida equivalente a 1,06 quilômetro.

Kortoma, com seu cachimbinho, fica no terreno baldio desde a manhã até à noite. Apressa com gracejos, incita.

Levam uma alavanca para debaixo dos troncos entrelaçados do esqueleto: não, não vai. Kortoma é o primeiro a entoar uma canção obscena sobre Kortoma.

Mikhailo Kortoma
Cabeça de fogo...

— Mais, de novo! Mais, mais, mais! – pega ele mesmo a alavanca. Faz força – achatado, cúpreo, corpulento – e os troncos entrelaçados soltam um grasnido: apenas o fumo da poeira.

Terminam. Removem o entulho. E na janela do escritório, a costa deserta, a nortia zune pela costa deserta, vagas de crista branca golpeiam a costa.

Kortoma folheia os livros: tudo calculado, de acordo com o sistema de contabilidade tripla. Fecha os livros. O samovar da mesa arrefeceu, não canta.

— Ei! Samovar!

Atrás da porta do escritório, sobre o bauzinho, está Kortómikha: de prontidão, há tempos. Estremece – o rubor assoma às faces caídas, um sorriso comprimido entre as duas rugas dos cantos dos lábios.

— Mas dormiu mal? Meu precioso... À noite, devia botar na mão um pedacinho de cera de lacre: ajuda. Meu bonitinho...

— Está bem, já ouvi... Rum!

O rum está no bauzinho. O cadeado é velho, orelhudo. A velha chave de trava ficara o verão inteiro pendurada no prego: agora o prego estava vazio.

Kortómikha está de prontidão atrás da porta. O relógio bate, tiquetaqueia, bate. É noite. Ao longe, no extremo, entre a água e o céu, uma faixa rosa fortemente comprimida, e devido ao rosa, a nudez negra da água fica ainda mais deserta, ainda mais nua.

— Mais rum, ei! E vão buscar Matriona, mas rápido!

Matriona, a Dançarina, é larga, quente e carinhosa – a estufa-mãe russa.

Antigamente, não havia recusa a ninguém: venha, deite-se – e ela aquece. Se a esposa de um mujique é uma bruxa, ela alivia a maldade da esposa. Se um menino chegou à idade, ela ensina o menino da forma devida, com paciência. Mas agora Matriona virou uma velha, com uma velha *chamchura*[11] preta na cabeça. Ela mesma quase não faz: agora só alcovita outras.

Não passou nem uma hora e Matriona chegou e, com ela, uma lapona lépida, morena. Com olhos vazios – olhos que sorvem –, Kortómikha inspeciona a morena da cabeça aos pés, franze o nariz.

— Você acha que veio à casa de quem? Não, você veio à casa de quem, hein? O que é isso, que molambenta! Não, não, para cá, para cá, tire tudo que está usando, vou lhe dar tudo limpo.

Bate o relógio, tiquetaqueia, bate. No bauzinho, junto à porta, Kortómikha está de prontidão.

No terceiro dia – cachimbo nos dentes, mãos nos quadris –, Kortoma está atrás do balcão, firme e forte, como sempre, apenas o cobre está comprimido mais firmemente contra o rosto, mais colado às maçãs.

---

11 Adorno de cabeça usado pelas mulheres laponas casadas.

Na loja, falatório e riso; as mulheres dos lapões se aglomeram: amanhã os lapões partem, é o fim, é preciso pegar algo para rematar.

— Ei, você, morena... Mas não, você não: aquela de sinal nas costas. Você, de sinal, entre! Tome aí uma cinta: meça...

A loja está alegre, o dono, de mão aberta, brincalhão. A dona conta o dinheiro, de chapéu rosa e luvas. Entre duas rugas, o sorriso fortemente comprimido.

Um rico pressentiu o fim, saiu ao povo, rasgou o colarinho e lançou ouro a mancheias, à direita e à esquerda: "Eis, tomai, cristãos, tomai tudo, já não preciso de nada". Da mesma forma, antes do fim, o sol vertia baldes de ouro sobre o bosque: árvores douradas, ouro no céu, e musgo também dourado.

Direto para lá, na direção do ouro, ia Marei, apressava-se, abria caminho entre os galhos emaranhados: mais uma hora, mais meia hora, e tudo se apagaria.

E no último momento ela saiu do ouro ao encontro dele. A cabeça, uma mancha ruiva; os lábios, sangue; o cano da espingarda no braço. E nem uma palavra, nada: viu – e correu para Marei. A onda se precipita para a pedra: golpeia, e se faz em cacos. Mas não dá para tropeçar, conter-se, gritar: a onda se precipita.

"Ei, sua espingarda...", quis gritar Marei... Mas a ruiva já erguera, apontara – *bum*!

No alvo? Não? Depois... saltou – enquanto ela não voltava a carregar –, esmagou-a, prendeu-a, derrubou-a no solo com todo o peso de seu corpo.

"Ah-ah, com a faca? Agarrar-lhe as mãos... Cadê as mãos?"

E sufocou: as mãos ardentes apertaram-lhe o pescoço, com os lábios encontrou lábios, cada vez mais firmes. Nos lábios, algo salgado, quente: sangue.

A cabeça de Marei foi atingida, rodou. Ele abraçou-a com os dois braços, com toda a força – algo estalou. A moça soltou um grito, revirou os olhos, ficou branca como cera.

— Não, agora chega, nã-ão... Cadê o canivete? Assim: agora o canivete é meu. Os lábios também são meus, e as mãos, e tudo... A-ha, dói?

— Não dói... Ui! Ora, que doa mais, mais, e então?

— Sua ferinha! Não toque na faca! Belezura, minha rena dourada, meu cabelo... Por que atirou em mim?

— Porque eu amo, e você... Porque você...

— Minha rena do bosque... Não, como vou chamá-la – como quer, hein?

— Chame de Pelka... Não, chame como quiser, comande, como a um cachorro, e eu vou correr atrás de você, bata em mim... Só você, você, você!

O sol não é necessário. Para que sol, quando os olhos brilham? Está escuro. O nevoeiro de seda agasalhou, fechou a cortina.

De longe, detrás da cortina, dá para ouvir: as gotas pingam na pedra. Ao longe: outono, pessoas, amanhã.

— Amanhã partimos. Tudo já foi empacotado, desarmamos as tendas.

— Você não vai a lugar nenhum. Ora, tente ir! Ora, parta, e então?

— Ui! Não, mais forte, não me solte, mais forte ainda... assim!

— Ouça, Pelka: noite, neve, e na janela temos uma pele, fogo na estufa. E em todo esse mundão não há ninguém: em todo esse mundão só há nós dois.

— Sim... Fale... Fale mais. As mãos assim. Só deixe que minha rena fique conosco. Ela era pequena, ruiva... Eu também era pequena...

— Mas está dormindo? Durma, ferinha. Durma, minha rena dourada.

∎

Noite. A neve cai e farfalha de mansinho, carinhosa, enche de sono. E quando adormeceram de verdade, ela soprou desbragadamente, uivou sem cessar nas chaminés, a tudo confundiu, enevoou, recobriu.

Fumo branco até os beirais. Tudo é branco-escuro, macio, silencioso. Quem sabe se é dia, se é noite? Simplesmente tudo adormeceu, e prolonga-se o sonho vagaroso, obsessivo, sempre igual. Novamente, é como se saíssem à rua – voltam a tremeluzir as estrelas gélidas –, é sempre igual, repete-se no sonho, a rena ruiva cochila no cabresto, na isbá de alguém. A janela revestida por uma pele, uma chama quente dança atrás da cortina; na neve, faixas vermelhas.

Um homem minúsculo de *murmolka* passa ao lado e entende tudo, como em sonho: sem pensar, sem nomear, sem proferir palavra. E entende: esqueceram de dar comida à rena. O bom homem arranca do quintal uma braçada de musgo branco e seco, atira à rena – e adormece, para novamente ter o mesmo sonho. E a noite não tem fim, ou, talvez, tudo se passa em um segundo, entre um e outro suspiro...

∎

Certa vez, a mão nua descerrou a pele da janela – através da janela, um corte rosado, rutilante, neve rosada, fumaça rosada sobre os telhados.

— Ora, não! A noite acabou? Não, é que...

E voltou a baixar a pele. Mas, dia após dia, o corte ficava cada vez mais rutilante, cada vez mais largo, e as faixas vermelhas já não estavam do lado de fora – as faixas vermelhas estavam do lado de dentro, na isbá, na curva da perna, com uma teia branca e azul de veias, nas pálpebras grudadas, no ruivo. Pálpebras coladas com cola doce. Ah, que bom seria se não se abrissem...

■

Sopra o mareiro, empurra o gelo do mar. Estrondo, uivo. Os blocos de gelo brilham ao sol, trepam uns nos outros: feras de primavera ensandecidas de amor. Brincam, arranham: empinam – trincam – entornam – e se estilhaçam: apenas pó branco. Que sejam pó: tanto faz. Os novos também trepam, têm pressa de perecer – ainda mais alegres.

Na colina, atrás do povoado, está postado junto à capela um velhote minúsculo, sem chapéu, franzindo os olhos, levando a mão em viseira sobre eles. Desde a colina, veem-se: na costa, dois voam em esquis – e direto para baixo, para o mar, pelo gelo azul e quente, entre charcos e fendas, precipitados, aleatoriamente. Para onde? Tanto faz. Simplesmente voam a toda e gritam com todas as forças: Ooooh!

No distante campo gelado e ensolarado caíram, escabujaram-se, engalfinharam-se como animais primaveris. Até a capela chegava, já quase inaudível:

— Ooh!

Sob a viseira, os olhos se franzem, sorriem: Deus esteja com eles!

De baixo, do povoado, arrasta-se para a capela a velha Matriona, larga, corpulenta – uma estufa alastrando-se para todos os lados. Cara vermelha, cambaleia, dos seios assoma o gargalo de uma garrafa. Os lábios sorriem, mas nas faces há lágrimas.

— Velha, o que há?

— O seguinte, queridinho: é primavera. Antigamente, na primavera... ei! Mas agora só o duende *domovói*[12] vem para passar a noite. E bebo sozinha.

— Pois vamos, eu e você.

— Obrigada, coração! Que alma santa!

Aquecem-se na colina, bebem da mesma garrafa. Abaixo, no gelo reluzente, dois pontos pretos.

Um estalo longo, prolongado: o campo de gelo separou-se, tomou, inaudível, seu caminho. Os que estão no gelo não se levantam, não se movem, pode ser que não tenham notado em absoluto. Os dois pontos pretos afastam-se lentamente.

E na costa – rebuliço, gritos, põem-se a correr. "Serão arrastados para o mar... Se fosse maré alta, mas é baixa..." "E o vento é donde, barba grisalha? Hein?" "Cadê os croques? Ei, seus taramelas, segurem as línguas: os croques, logo!" "Rápido, rápido! Foram arrastados... Rápido!"

Kortoma atrela uma rena na *keriójka*[13] ligeira, na *keriójka* leva croques e um barco dobrável de lona: cortando caminho, vai galopar até Mych-Návolok, quem sabe lá o bloco de gelo encalha em um banco de areia. Talvez tivessem se virado sem Kortoma, mas Kortoma se inflama, necessariamente. Pode ser a primavera: o sol rebenta, e é simplesmente preciso se atirar de

---

12 No folclore russo, duende do lar.
13 Trenó tradicional do norte da Rússia, puxado por renas, no formato de bote ou tina.

cabeça, mandar e desmandar, gritar. Ou, talvez, também neste caso Kortoma tenha um sistema de contabilidade tripla.

E aqueles dois vão de bloco em bloco de gelo, através de charcos e fendas. Cansados, embriagados do sol e da carreira pelo gelo azul reluzente, voltam para casa.

Amarrada junto à isbá, está postada pacificamente a rena ruiva. Pelka a abraça, estreita-se contra a fuça quente da rena.

— Está bem, queridinha, hein? Está cheia de ficar parada?

Desata-a – a rena solta-se como uma flecha. Descreve um círculo, salta em direção a uma escarpa, para sobre as pernas finas, pensativa: deve correr para lá, onde azuleja o bosque baixo do norte, ou deve voltar para a isbá, atrás de musgo?

■

Os mosquitos põem-se a cantar. No musgo verde e aveludado, corais rosados, gelados de amora-branca-silvestre, de um azul opaco. Em algum lugar, ao longe, os bosques ardem, o sol flutua no nevoeiro.

A três: Pelka, Marei e a laika de Marei, de um branco cândido. Os cabelos ruivos de Pelka estão emaranhados, no ruivo há uma coroa verde: acaba de brotar da terra o caule verde da primavera, e ainda leva na ponta terra úmida e um pedacinho de musgo verde.

Piiu! Piiu! – a perdiz-avelã põe-se a tocar sua pequena *sopelka*[14]. Cala-se, escuta: no ruído verde das copas, sua amiga não responderá?

---

14 Flauta de madeira, tradicional da região de Kursk.

— Piiu! – em língua de perdiz-avelã, responde a amiga Pelka.

E a perdiz-avelã está cada vez mais perto, acima da cabeça, em um galho – treme, abre as asas, abre o coração apaixonado.

A perdiz-avelã não ouve o tiro – apenas o fogo nos olhos – e cai no fogo. Com alegre crueldade silvestre, Pelka arranca a cabeça da perdiz-avelã – e segue adiante.

Pelka responde os chamados de cada criatura do bosque, em dócil manada correm atrás dela os irmãos-pinheiros, verde-ruivos. Está cada vez mais quente: orvalho na testa, gotas transparentes nos troncos ruivos dos pinheiros. Em algum lugar, à frente, a laika late, ruidosa.

— Marei, bote uma carga mais forte: gansos... – Pelka ouve que a laika gritou: gansos!

As árvores se abrem como cortinas: um laguinho comprido, sereno, margens de pedra vermelha lisa. Os gansos crocitam, em dança de roda desprendem-se do lago, num voo lento. Quebram o espelho sereno dois disparos de fuzil Berdan – Marei, e depois dele, Pelka. Duas esferas cinza giram desvairadamente, chapinham na água.

A laika espirra e gane na água, não dá conta do ganso pesado: terá de buscá-lo ela mesma. É fundo, pelo visto.

Marei faz força, leva ao ombro a cabeça loira, puxa lentamente as botas: estão molhadas, não vão.

— Ei, seu balofo! – Pelka não se aguenta: num piscar de olhos, despe a leve roupa de cima e, ficando rosada, desliza pela água serena e gelada – só a cabeça – agora ela nada.

Volta, sacode-se, ri – cheira a água fresca, a alga. Ao lado, a laika se sacode, pula, lambe os joelhos. Nos cabelos ruivos, uma coroa verde, gotas rolam pelos seios, pelas pontinhas macias e rosadas como amoras-brancas-silvestres – deviam estar frios.

Nas mãos, gansos – dos gansos escorre sangue, contornando as pernas torneadas.

Não há forças para aguentar. E ali mesmo, nas quentes pedras vermelhas, Marei aquece com os lábios as amoras-brancas-silvestres frias, de um rosa-pálido.

— Não, ainda não aqueceram, veja, ainda estão frias.

Em algum lugar, os bosques ardem. Na pedra vermelha junto ao laguinho sereno fumega uma fogueira de acículas perfumadas. Pelka assa o ganso gordo na fogueira: o fogo brinca no verde, no ruivo; lábios e mãos em sangue. Sorri com os olhos para Marei, quase imperceptivelmente: não precisa fazê-lo com alarde.

Ao longe, um estalido: um urso irrompe pelo matagal. Silencia – apenas a laika branca rosna, zangada, em meio ao sono.

A fogueira se extingue. Vindos da escuridão, acercam-se ainda mais os irmãos-pinheiros, o mundo é cada vez mais escuro, cada vez mais estreito – e no mundo inteiro só há os dois.

■

Deus esteja com elas – as pessoas. Marei saiu da cooperativa, arrendou seus espinéis e a isbá para os veranistas forasteiros, iriam lhe pagar com peixe capturado: haveria estoque para o inverno. Foi morar com Pelka no bosque, em uma tenda de lapão: uma armação de tábuas finas envoltas por chamiço, cercada de musgo e, por dentro, musgo verde – um tapete felpudo.

Toda manhã Pelka trocava o musgo amassado. Toda manhã, cantando, fazendo feitiço, urdia uma nova coroa de zimbro, e a da véspera, pendurava na parede. Talvez as coroas verdes fossem uma oferenda a Deus. Talvez as coroas verdes fossem um cálculo dos dias e das noites: de olhos semicerrados, dias e noites precipitavam-se pela mata, pelo sol branco e insone, pelos lagos serenos do bosque. E no voo, ela agarrava uma árvore que passava correndo e, segurando fortemente o chapéu, virava o rosto para trás, para o turbilhão: não, não é um sonho, veja a coroa, e ainda mais, o musgo pisado, ressequido. E depois voltava a semicerrar os olhos – pode me levar...

Marei foi ao povoado, às pessoas, à loja de Kortoma – atrás de pólvora e sal.

Sozinha ela se atormenta, pergunta à laika: "Ora, ainda não? Mas e então, chegará logo? Diga". E assim que a laika se ergue de um salto e aguça as orelhas pontudas, ela larga tudo, atira-se com a laika ao encontro dele, até ver o *bogatyr*-menino meio encurvado, lento, de cabelo loiro.

— Você, você, você! – apenas uma palavra: como, na alvorada, o êider grita a mesma e única palavra, sem fim, em seu ninho de pedra.

Dias brancos, nublados. Aos poucos, a casa de nuvens, cada vez mais fina, rosada, fende-se – eis o sol, e entre as copas verdes, uma faixa azul. Marei não ouve, seus olhos azuis estão no azul, longe.

Passar ao lado, beliscar-lhe o seio inadvertidamente: não. Franzir as sobrancelhas, até que se toquem, gritar: "No que está pensando? Não quero! Não ouse!". E em resposta aos perplexos olhos infantis – consumir-se, enrolar-se numa bolinha a seus pés, junto com a laika branca e, como a laika, semicerrar os olhos com a carícia, sossegar...

À noite, chuva, música calma e sedosa na tenda. E tudo é uma coisa só: acordar, esticar a mão, roçar bem de leve na escuridão – e rir de uma felicidade insuportável: a chuva.

E de novo voar – de sonho em sonho...

■

Certa vez, à noite, em meio ao sono, ela acariciou o musgo: vazio. Não acreditou, libertou-se completamente do sono, abriu os olhos no escuro, tocou: musgo pisado vazio. Marei não estava.

Saiu correndo, chamou sonoramente:

— Mareeei!

Ninguém. A lua pairava, alheia, enferrujada, pesada como o cadeado na porta, porta hermeticamente fechada, tudo era silêncio, apenas ao longe murmurava o Túnejma insone.

Lá embaixo, na água, uma sombra. De cima via-se: sobre o espelho escuro da enseada, a cabeça loira de Marei. E ele nem farejou: debruçada lá em cima, Pelka chamava, chamava-o com os olhos.

De volta à tenda, ela se deitou. E só quando as estrelas já tinham arrefecido, empalidecido, tremendo com o frio da manhã, Marei entrou de mansinho na tenda, de mansinho deitou-se em seu lugar.

■

O outono se precipitava rapidamente com asas cinzentas de coruja. Ao crepúsculo, dirigiam-se para o sul longas revoadas de cisnes, tocando seus tristes clarins. De manhã, o musgo era toda uma prata grisalha.

— Não há o que fazer, Pelka: temos que desarmar a tenda e preparar o alojamento de inverno.

— Não!

— Você mesma, querida menina, fica tremendo à noite. É o frio.

— Não passo frio, não é por isso... Eu não tremo! Não precisamos sair daqui!

O outono não cede a súplicas, não. A nortia flanava pelo bosque, uivava nos ouvidos, assustadora, varria para o inverno, revirava folhas.

Em uma noite de vento corada de febre, voltaram para o povoado. A isbá cheirava a abandono, a fuligem fria. Mas o banco largo no canto era o mesmo, e bastava cobrir a janela com uma pele, acender a estufa...

— Pelka, acenda, já volto. Só vou ao Kortoma, pois não temos nada com que acender o candeeiro.

O fogo cantava no fogão, Pelka também cantava. Polvilhou o chão de zimbro, pôs também zimbro nas paredes e fez uma cama macia no banco: tudo como naquela época, no inverno.

O feixe de lenha se consumiu. Pelka botou mais um: dançou, crepitou. E de novo, aos poucos, as labaredas foram ficando cada vez mais baixas, mais lentas. Cá e lá umas azuis, as últimas. Apagaram. Escuro.

Ela saiu à rua. A nortia uivava, ondas ressoavam na costa, estrelas tremiam, as luzinhas das casas tremeluziam.

Através da janela sem cortinas da loja de Kortoma via-se: Kortoma sobre um barril, com o cachimbinho, erguendo professoralmente o indicador. Couros, gorros com orelheiras, uma cabeça loira de olhos infantis perplexos...

Estava escuro na isbá de Marei. Com a brasa, a boca da estufa ainda avermelhava-se um pouco. No banco, Pelka esbranquiçava levemente, com as pernas pendendo, as mãos firmemente comprimidas nos joelhos.

— Mas cadê você, Pelka? Você não queria fogo na estufa, como no inverno?

— Eu acendi.
— Já apagou. Ei... vamos acender de novo, hein?
— Não. Foi-se todo o chamiço.

Na estufa, a brasa mal crepitava, movia-se e farfalhava sob a cinza.

■

Tudo ficou debaixo de neve. Um silêncio atroz no povoado.

Levantavam-se no escuro, saíam para o pátio a contragosto: picar neve, ferver água.

Comiam a contragosto, espiavam pela janelinha: os vidros estavam negros.

Correr, talvez, à casa da velha Matriona: que horas eram agora?

Na casa da velha Matriona há um relógio na parede, tiquetaqueia sem cessar, rouqueja, tosse, corre sem descanso – vê-se na noite escura.

— Puxa, meia-noite... Vovó, não teria uma garrafinha?

Como não? Tem sim. E é como um alívio, o negrume da janelinha desbota, mal se vê uma luzinha.

Ressaca – de madrugada, iam dormir: deliberadamente forçavam mais o sono, para não ficarem tão esfomeados. O verão fora um fiasco para a pesca, o alimento era pouco, comiam contado. Olhavam atravessado para os velhos: os velhos, eles são uns gulosos, como se sabe, e de que serve alimentá-los? Que passem fome – não é nada.

Os cães famintos uivavam. As mulheres molhavam a barriga dos meninos com água fervente três vezes ao dia, para que pedissem menos de comer. Os velhos passavam fome em silêncio.

E começou aos poucos, pelos velhos: as pernas, as gengivas passaram a inchar, e lamuriavam-se, deitados sobre as estufas,[15] inventavam disparates. A dor ia de isbá em isbá. De isbá em isbá ia Ivan Romanytch, curava com prostrações que iam até o chão: incline-se diante do ícone cem, duzentas vezes, até vir o suor, e olhe – alivia.

E Matriona Dançarina, de cima da estufa, ria-se de Ivan Romanytch:

— Ih, ih, meu pai! Se os pés ainda carregam, pois dance: é um suadouro bem melhor que as suas prostrações...

E não saía nunca de cima da estufa. Entornava do gargalo – cantava canções, o duende *domovói* acompanhava-a tocando pente.

— Ouça, Stiopka, ouça como ele canta. Agora começou a tocar os copinhos na adega, vai, vai, arre!

Puseram Stiopka para olhar a velha, e ele se refugiou em um cantinho, de olhos arregalados. Senhor, se amanhecesse um bocadinho! Que pavor: a velha está balbuciando uns disparates, variou de vez.

A escuridão desbotou na janelinha – Stiopka correu a toda pressa para Ivan Romanytch: a velha Matriona está se finando, faça uma oração.

Ivan Romanytch chegou, trepou na estufa da velha, um crucifixo de madeira entalhada na mão. E a velha Matriona abriu os olhos, tirou de debaixo de si um baralho:

---

15 Os camponeses russos faziam seus leitos em cima das estufas.

— Obrigada por vir. O burro do Stiopka não sabe: vamos jogar uns trunfos?

Ivan Románytch sorriu, sentou-se. Sotaina esverdeada, minúsculo, cara escura: talvez um duende saído do armário, talvez São Sava saído do velho caixilho.

Começou a jogar trunfos com a velha. A velha teve sorte: nunca na vida tinha ido tão bem. Se tirar a dama de copas, não terá mais o que jogar.

Veio a dama de copas. A velha riu-se e, sem terminar o jogo de trunfos, entregou a alma a Deus.

No banco do canto, Stiopka adormeceu; e na estufa, apertando com força as cartas na mão, Matriona. Ivan Románytch pôs o crucifixo de madeira em cima das cartas, benzeu os dois e foi-se embora.

■

Nas estufas, sob tetos enegrecidos, os velhos teimam, proferem desatinos – cada vez mais baixo – e calam-se por completo em grutas azuis abertas no gelo; na primavera, a terra derreterá e Deus há de prover, para que possam jazer como se deve, debaixo da terra, no campo-santo.

No norte, ergueu-se a aurora boreal – um silêncio ainda mais profundo, mais atroz. Como se estivesse bem no fundo; e, acima, o gelo azul impenetrável oprimia, e através do gelo azul de milhares de verstas, no fundo, brilhava o sol congelado.

Amarrada no fundo de uma gruta azul está postada pacificamente a rena de pernas finas. Uma mão quente acaricia-lhe o pescoço: no focinho castanho apertado com força, caem gotas cálidas. O gelo de milhares de verstas está acima. Mas ele não irá derreter, não há de regressar a primavera, e o musgo verde, a amora-branca-silvestre rosada e fresca, o ruído cálido da chuva? A rena silencia.

∎

Marei foi tocado pela graça:

— Construir um lampião, como em Píter. Acendê-lo sobre o povoado, e não haverá noite, nada: toda a vida será nova.

E era como se tivesse vivido para isso, como se o Túnejma fosse a respeito disso, e só agora entendesse a palavra certa: lampião.

E mais: Kortoma não pouparia materiais. "Não somos quaisquer uns, temos o suficiente!"

— Só que eu disse lanterninhas, assim, pequenas, com gradinhas. Mas você agora quer do seu jeito, precisa de um lampião. Ora!

Não dava: lanterninhas são uma coisa. Precisava de outra, imediatamente. Pois o próprio Kortoma dissera: lampião. E agora ficava assim, cortando a asa. Lanterninhas! Oora...

Não se sabe o que estava ali, do lado de fora: dia escuro ou noite escura. Mas agora tanto fazia. Da lamparina de lata pendurada na isbá, saía um círculo de luz. No círculo de luz vivia Marei, construindo seu lampião: encaixava em círculo tábuas desiguais; soldava tubos de lata; tecia uma tela de arame.

Lá, ao longe, fora do círculo de luz, estava a moça ruiva lapona... Aquela mesma que certa vez – muito tempo atrás – cortara o espinel, que certa vez saíra do lado dourado com uma espingarda apontada direto para a cabeça loira. E por que errara?

— Deixei lá para você um bacalhauzinho com *kvas*. No banco...

Marei ouviu de longe, do outro lado do círculo de luz. Reconheceu, sorriu:

— Obrigado, Pelka, obrigado, querida. Trabalhando, esqueci completamente disso. E você? Não quer? Bem, bem...

Isso é que dá pena – frequentemente tiram Marei de sua ocupação: hoje Kortoma, amanhã Kortoma – vem todo dia. Mas o que dizer: o material não é de outro, é de Kortoma.

— Mas que danado você é, Marei! Que geringonça foi inventar, hein?

Kortoma gruguleja de rir, as maçãs cúpreas do rosto alargam-se cada vez mais. No cobre reluzente, Marei é refletido de forma achatada, como em um samovar: simplesmente um boboca. Pois seja: não se poupam materiais...

Lá, em algum lugar, ao longe, Kortoma brinca com a orgulhosa moça lapona.

— Veja, Pelka, logo vou à Noruega, atrás de mercadoria. Venha comigo, hein?

— Não é caminho para mim. Solte minhas mãos! Ouviu? Solte!

Kortoma solta. Mas foi a própria ruiva quem permitiu as mãos de Kortoma. Kortoma prende, amassa, resfolega; a ruiva, por cima do ombro, olha para Marei: deve estar com medo – será que se virou, será que viu?

Não, não chegou a ver: Marei está longe, batendo seu martelinho...

— Bem, é o seguinte: quer que eu lhe traga um vestido? Vai combinar com o seu cabelo! É só pedir, hein?

A ruiva volta a olhar para trás, por cima do ombro, para Marei. Oh, essas mulheres!

Kortoma pisca, bonachão e astuto:

— Ah, esse aí não conta: não ouve. Não tenha medo.

Bem, se não ouve...

— Traga um vestido verde... Traga dois vestidos, traga mais, vamos, aceito tudo!

— Ei, nãão! Você acha que é de graça? Ame-me, mulher. Então, negócio fechado?

— Mas sol-te... Aliás, não, ora, tome, ora, ora, ora!

Sim, Kortoma sabe como lidar com gente como ela, Kortoma não se deixa engambelar...

— Bem, adeus, belezura. Então lembre-se: promessa é dívida... Ah, a propósito, a respeito dos materiais: você, Marei, de manhã cedinho venha buscar mais. Não poupo, não somos quaisquer uns.

— Ah, isso mesmo. Obrigado!

Foi então que Marei parou de bater o martelinho, virou-se....

De manhã – e como isso foi acontecer? –, Marei desencontrou-se de Kortoma: chegou, mas na loja estava apenas o caixeiro, Ivan da Ermida.

— Mas cadê o patrão?

— Pegou a concha e foi atrás de *braga*[16]. – Ermida deu um risinho, e novamente mergulhou em sua toca de rato.

— Que *braga*?

—Aaah, eu só... Ele já volta. Enquanto isso, sabe, vá escolhendo.

O *bogatyr*-menino acocorou-se acima dos rolos de tela de arame, acima da lata reluzente, seus infantis olhos azuis ardiam...

Kortoma chegou à isbá de Marei – e como isso foi acontecer? –, Marei não estava. Só a ruiva estava em casa.

— Olá! Está sozinha, hum...

---

16 Bebida alcoólica obtida a partir da fermentação da seiva da bétula.

— Olá.
— Vim a respeito de ontem. Do vestido... Não se esqueceu?

Kortoma brilha de tão barbeado, seu cobre reluz para o mundo: "O mundo é meu! Hurra!".

Volta-se para a porta, fecha o trinco. Abre os braços, escancara largamente as maçãs do rosto: agora engoliria aquele pequeno mundo verde-ruivo.

Pelka está no canto. Atrás, na parede, está pendurada uma fisga. Como ela pega a fisga, como fulgura!

— Fora, já! E então?

Kortoma tem vontade de rir. A fisga se alça. É louca: vai tacar, de verdade...

Devagar, de costas, ele vai se retirando para a porta – puxa o trinco – sai pela porta.

Na rua, ficou longamente parado junto à porta. O mundo do samovar se esmigalhara, o samovar não pôde contê-lo: que esdrúxula!, ontem, na presença do marido, se rendera, e hoje isso... Como? Por quê?

■

A aurora boreal azul e fria ondula, enrola-se, desenrola-se. A camada de neve gelada reluz; sobre a neve, sombras emaranhadas de chifres de rena. Diante dos portões de Kortoma está atrelada uma *keriójka* ligeira: hoje Kortoma toca para a Noruega, atrás de mercadoria. Pessoas o acompanham trajando *málitsas*[17] rotas, com os rostos reluzindo verdes ao brilho da aurora boreal.

---

17 Casaco longo de pele de rena, traje típico do norte da Rússia.

— Regresse logo. Não vou aguentar!

— Traga um azedinho... Não se esqueça, hein?

— Não se resfrie, meu pombinho! Leve mais uma peliça, hein? Leve, meu pombinho, leve...

Kortoma sacode o braço, zangado. Desvencilha-se de Kortómikha. Kortoma está calado, soturno.

As barras do trenó assobiam, guincham na neve, as renas partem a galope – e já é só um ponto preto, quase invisível, lá em cima, no montículo branco... Partiu.

Uma hora depois, a *keriójka* de Kortoma desliza lentamente pela rua do povoado, as barras rangem, rilham – até o portão: Parem!

Kortoma bate de forma cada vez mais ruidosa, Kortómikha levanta-se de um pulo, assustada.

— Meu pombinho! O que aconteceu? O quê?

— Nada. Não vou.

Kortoma vai para cima, para o seu escritório. O samovar ferve, cobre tudo de vapor. Copo atrás de copo de chá espesso como *braga*.

Na parede do escritório há uma espingarda. Está carregada desde o verão, e deve estar inchada com a carga, e impaciente para, assim, à toa, disparar – estilhaçar os vidros...

Kortoma tira a espingarda, aponta – *pá, pá*, no teto!

Atrás da porta, sobre o bauzinho, Kortómikha treme, levanta-se de um pulo, ouve a voz conhecida:

— Rum, ei!

Apressadamente tira do prego a velha chave de trava.

∎

Talvez devido ao azul da aurora boreal Kortómikha tivesse lábios tão azuis, e agora o sorriso azul, fortemente comprimido entre as rugas, iria escorregar – cair na neve.

Mas ainda se aguenta. E o chapéu rosa inclinou-se – mas ainda se aguenta. E outra vez – quantas foram? – Kortómikha se aproxima da isbá de Marei. A mão não se ergue para bater de jeito nenhum...

Marei, no círculo de luz, bate o martelinho. Os olhos estão cansados. Devia comer, depois novamente ao trabalho...

— E então, Pelka, vamos almoçar?

— E que almoço você caçou com seu lampião? Não tem nada... – ela franze as sobrancelhas, severa.

— Ei, como assim? Preciso comer e me botar a trabalhar...

— Que vou fazer: ir matar minha rena? Prefiro matar você... Quem é?

Kortómikha, de chapéu rosa: vazia, caída, com entranhas removidas, lábios azuis – devia ser de frio.

Chegou bem perto de Pelka. Chupou-a, sugou-a inteira com os olhos vazios, toda ela: leve, fina, torneada, reluzente. Se olhos matassem...

Comprimiu firmemente o sorriso azul:

— É simplesmente uma desgraça... Meu marido adoeceu, sozinha não dou conta de jeito nenhum... De servir, de receber... bem, em geral. Antes Matriona ajudava. Você podia ir, hein? Ele já pediu tanto, pediu tanto...

Marei pôs o martelinho de lado, aguçou o ouvido. Pelka virou-se para Marei, por cima do ombro – de repente enrubesceu, as sobrancelhas se afastaram. E, Deus sabe por quê, fazia cintilar, cintilava os olhos para Kortómikha:

— Não tenho tempo... Iria com prazer, mas não tenho tempo.

"Não deu! Não vai!", o sorriso de Kortómikha ficou rosa, Kortómikha foi embora rosada.

— Pelka, olhe para mim! Você ainda não conhece Kortoma, e, na verdade, não pense nunca em ir assim... Pois eu sou bonzinho, bonzinho, mas posso matar... – Marei franziu a testa de brincadeira.

Pelka caminhava pela casa alegre, cantarolando uma canção lapona inconstante, cheia de variações. Tirou a espingarda da parede, calou-se por um minuto – ou será que não precisava, será que colocava a espingarda no lugar?

Não. Foi com a espingarda.

— Vi umas pegadas lá, pode ser que haja caça...

Enrola-se, desenrola-se, ondula a aurora boreal. No fundo da gruta azul, mal se vê a rena ruiva de pernas finas. Mãos ardentes envolvem-lhe o pescoço, lábios ardentes beijam ao redor de todo o focinho coberto de geada.

E Deus sabe como isso ocorreu – o gatilho da arma deve ter enroscado na manga –, a espingarda, por acaso, atirou direto na rena, e a rena tombou.

Marei saltou para o galpão – a rena já cessara de se debater. Mas o que se pode fazer – acontece cada coisa!

À noite, o fogo dança na estufa, um pedaço de rena chia na frigideira.

— Vamos nos trancar, Marei, para que ninguém, nenhuma pessoa...

— Ah, vamos mesmo nos trancar! É verdade, incomodam, uma desgraça. E já me falta pouco. Você sabe: logo... Mas espere, espere aí. Aonde está indo?

∎

No céu negro, a fita carmesim da alvorada fica cada vez mais larga. No fundo das grutas azuis de gelo – fogos rubros, um trabalho apressado acontece no fundo – estão forjando o sol. A neve fica rosada, o azul mortal parte para o fundo; mais um pouco, talvez, e os lábios rosados sorrirão, lentamente se erguerão os cílios, e o verão reluzirá...

Não, não haverá verão. Os lábios de Pelka estão fortemente apertados, as sobrancelhas severamente unidas.

— Marei! Será que você não vem? Ou quer que eu fique? Ora, prefere que eu não vá?

Kortoma voltou da Noruega, e em sua casa há uma festinha, como todo ano.

— Não, vá sozinha. Melhor eu ficar trabalhando...

Pelka ficou muito tempo sentada no banco – aquele mesmo –, mãos nos joelhos. Caminhou por muito tempo pela isbá. De repente, algo estalou – podia ser, aliás, que um chamiço tivesse ido parar debaixo do pé. Tirou o vestido do prego, começou a se trocar.

Era aquele – o mesmo vestido verde. Kortoma não se esquecera de trazer. Ontem, pela manhã, Ivan da Ermida viera com um embrulho, um embrulho amarrado com fita verde.

— Do patrão para você. Que venha à festinha sem falta. E quanto ao vestido, disse: como quiser. Se quiser, vista; se não quiser, não – é com você...

E, de sua toca de rato – em meio aos ombros –, a cabeça emergia tanto, os olhos saltavam tanto – como uma força imprestável –, e Ivan da Ermida alisava o embrulho com carinho, e teria acariciado Pelka, teria acariciado Marei: era divertido!

Pelka estava de vestido verde. Nos cabelos ruivos emaranhados, uma coroa verde seca. Os lábios estavam secos, e tão apertados que, mais um pouquinho, jorraria sangue: mesmo assim os lábios tremiam:

— Marei!

— Que foi? A-ah, trocou-se? Oh, como está bonita, Pelka! E então, que foi?

— Nada. Então eu vou.

— É, que pena: trabalho... Se não fosse o trabalho, eu também iria, com certeza... Mas é preciso terminar, sim.

— Sim... é preciso terminar...

▪

A festinha de Kortoma foi como todo ano. A anfitriã está enfeitada, de vestido rosa, com um sorriso. O anfitrião, de traje de gala: novas botas altas, acima do joelho, camisa listrada de malha azul e, por cima, uma casaca.

O anfitrião impacientemente tira o relógio do bolso de trás da casaca: olha o relógio – a porta – de novo o relógio.

— Mas você lhe disse tudo, como eu mandei? – cochicha, zangado, no ouvido do caixeiro Ivan da Ermida.

— Sim, meu Deus, será que eu?...

E finalmente: pela porta, uma nuvem gelada de vapor, e na nuvem branca, um vestido verde.

O cobre das largas maçãs do rosto reluz, mastiga alto, achata o mundo: é meu!

— O meu? O verde? Que sabichona você é! Pois eu sabia: você é uma sabichona. Só faz assim... Oh, ardilosa!

E ele que a leve abraçada, eles todos que vejam – que...

— Pois então, convidados, à mesa? Já estamos todos reunidos?

Na mesa – carne fresca, *kalitki*[18] de painço, bolos de aveia, tortas de mingau, docinhos, cebolas brancas, verdes, vermelhas. O anfitrião arregaça as mangas da casaca, para ficar mais prático, serve e profere um brinde – de acordo com os povos da Europa Ocidental:

— Bem, rapazes, aos senhores e a todos os seus rebentos!

E as bocarras se põem a trabalhar. Fumaça de cachimbo, vapor congelado vindo da porta, que não fora fechada por completo. No nevoeiro, apenas bocas: fazem barulho, devoram; estalam os ossos nos dentes. Ao lado do anfitrião, à direita – Pelka. Em frente, do outro lado da mesa, a anfitriã – sorrindo alegremente, sem tirar os olhos do vestido verde, e com os olhos imensos chupa-a, suga-a por inteiro: os cabelos ruivos, as sobrancelhas firmemente unidas, os lábios apertados.

— Não, que fazenda, que fazenda eu escolhi para você: pura seda! – Kortoma acaricia a fazenda verde, aqui e ali.

— Mais vinho para mim, sirva mais!

— Você é uma sabichona, eu sabia, é uma sabichona, mais ainda...

Os rostos ficam vermelhos, e de baixo eleva-se o escuro sangue terreno. Piscam para Pelka, piscam para o anfitrião: que sedutor! Os botões incomodam as mulheres – desabotoam um, e outro, e o terceiro. Aos pares, saem pela porta para se refrescarem.

— E então, convidados, empanturraram-se, hein? Bem, vamos dançar! Ânimo!

---

18 Torta tradicional da Carélia.

Somem a mesa, as cadeiras. O meio fica vazio. Da toca, sai Ivan da Ermida – pandeiro na mão:

— Tim-ta-a-am! Tim-ta-a-am!

— I-hi! – de repente a ruiva arranca o pandeiro e sai rodando. Fecha os olhos: o sol branco insone – a noite branca no prado – colunas brancas de fumaça das fogueiras...

— I-ah! – ainda mais desesperada, girar até a morte, tirar rodopiando tudo de si: não tem nada...

Botas rústicas espocam no chão, barbas, abas da casaca ao vento... Ei, corra – 100 verstas por hora!

— O que você tem? – Kortoma grita, em meio ao voo, à anfitriã. — Está sentada sozinha: uma galinha chocando ovos!

A anfitriã se levanta devagar. Um sorriso alegre entre as rugas dos cantos dos lábios. Seu vestido rosa surge na roda, tremula – cambaleia...

— Pare, pare, pare! Caiu... Mas pare!

O vestido rosa desce ao chão, derrete – e agora haveria no chão apenas uma bolota rosa... Kortoma a apanha e conduz ao aposento vizinho:

— Sempre algo assim! Não consegue! O que você tem, o quê?

— Meu pombinho, eu sou assim... Fatiguei-me muito hoje, já vou... Bem, não é nada.

— Melhor você ir para cima: vá ver se lá no escritório está tudo como mandei.

— Tudo como mandou. Não é nada, pombinho, vá para o salão. Já vou...

Tudo se soluciona. A anfitriã vem, com um sorriso alegre serve espumante aos convidados. O anfitrião, na surdina, desaparece. Pela porta, que não fora fechada por completo, entra um vapor congelado. De vestido rosa, é um pouco frio – a gente treme. Mas não é nada – alguém vai entrar, fechar a porta de um modo mais firme, e é tudo.

E finalmente entra o anfitrião, fecha a porta. Deve ter ido se refrescar: em casa, uma gritaria, fumaça como em uma sauna a vapor. Não foi só Kortoma que não aguentou: atrás dele, abre-se a porta, e volta a ruiva, em seu maravilhoso vestido verde.

De algum lugar de trás da estufa, como um *chilíkun*[19], salta o caixeiro Ivan da Ermida:

— Boas festas, patrão! Boas festas, belezura! Gratificações à sua mercê!

Agora Kortoma, em algum lugar ao lado, bafora em paz o cachimbinho, levantando professoralmente o indicador. Ao lado de Pelka, o caixeiro Ivan da Ermida rodopia, arreganha as gengivas desdentadas e negras. Estica os dedos em chifre – zás-trás –, faz cócegas, como uma cabra, no flanco de Pelka, faz cócegas debaixo do peito. Ora, e daí: tanto faz.

— Amanhã vou contar tudo para o seu ma-ri-do! Amanhã eu... psiu... ma-ri-do... – o *chilíkun* murmura-lhe no ouvido.

E de repente é como se Pelka só quisesse isso: de repente, seus lábios estão vivos, há um rubor nas faces.

— Pois bem, conte. Como me assusta!

Ceerto! Mas, na verdade, parece que está com o coração na mão.

— Pois seja: não conto. Vai passear comigo?

— Com você? Ei, patrão! Diga a esse seu aí que largue do meu pé. Ei, patrão, vinho!

---

19 No folclore do norte da Rússia, espíritos sazonais que se manifestam na época do Natal.

■

Com todas as forças, um golpe de cnute no céu – e sangra o vergão: a alvorada. Mas nem um som, nem um pio: de qualquer forma, ninguém ouviria.

Ainda com o vestido da véspera, Pelka está junto à janela, em silêncio, nem um pio. Marei ao longe, quase invisível no círculo de luz, sob a lamparina de lata. Apressa-se, bate o martelinho – bate, canta, o coração se enleva: amanhã o lampião, amanhã toda uma vida nova.

— E então, Pelka, como foi lá, ontem? – e Marei já se esquece de que perguntou algo, e para ele não há mais nada no mundo: apenas o lampião.

No céu, o vergão do cnute fica cada vez mais forte. Nos ombros, nos joelhos, a tremedeira é cada vez mais ardente: pelo visto, ontem ela saiu correndo ainda quente – resfriou-se, é muito possível.

— Ei, Mariukha, está surdo ou o quê? Olá, estou falando com você. Da parte de meu patrão, uma reverência em agradecimento.

— Aah, é Ivan? Olá.

— E você, belezura, como está? Ainda está na de ontem?

— Na de ontem.

— Ora, ora, ora... Bem, e então, Marei, acabou seu lampião?

— É só dar uma raspada, e amanhã... Ora, meu Deus, não preciso de mais nada no mundo: apenas que amanhã...

— Pois estou vendo: não precisa de nada. Não largou mão da mulherzinha? Vapt-vupt e a mulherzinha deu no pé.

— Ora, não, está lá, na janelinha.

— Arre, irmão: essa aí não é sua.

— Oh, que esquisito você é... De quem é, se não minha?

Ivan da Ermida está com os dedos nas costas, com os dedos assim – em chifre – e – zás-trás – mostra-os para Pelka. Pelka fica calada.

— De quem? Do meu patrão, o senhor Kortoma, desde ontem entrou na conta. Com ca-rim-bo...

Com todas as forças o cnute... Que mais, o quê?

— ... Um vestido desses, você acha que é de graça? Ah, seu pitosga!

Marei parou de raspar. A cabeça loira, os olhos perplexos, azuis: não era um pitosga – Stiopka, o tarambola, é que era.

— Verdade, Pelka?

— Verdade...

O vergão sangra – agora vai jorrar... Agora vai se arrojar, golpear, matar. Querido, mate!

Azuis, como os de Stiopka, os olhos fitam – Ivan, Pelka, de novo Ivan. Ivan arreganha os dentes, os lábios de Pelka tremem: pode ser que agora sorria.

— Ah, ah, vocês: não têm mais o que fazer! Você, Ivan, é um palhaço famoso: um capeta de rabo. Mas não tenho tempo para você: preciso terminar para amanhã...

A força imprestável não atravessa o círculo de luz: as paredes de luz são sólidas, mais sólidas do que as pedras. Ivan da Ermida cuspiu, virou-se para a porta.

■

No fim do povoado, na encruzilhada, um poste altíssimo. Invisíveis no escuro, as pessoas riem entre si, cochicham. Ali, em algum lugar, estava Kortoma. Ali, em algum lugar, estava Pelka.

Agora todos serão iluminados – rostos, sorrisos, olhos –, e serão todos novos, e tudo será novo...

Os dedos tremiam, Marei mal conseguia acender o fósforo. Os blocos guincharam, o lampião alçou-se – e lá em cima, bem no meio da escuridão, uma luzinha irradiou-se sobre o mundo. Era só acionar a bomba – e então...

Na escuridão, de leve, uma fumacinha vermelha, o cachimbinho de Kortoma. Na escuridão, não se viam as pequenas mãos frias que tremiam sobre as patas de Kortoma.

— Então, belezura, negócio fechado? Quer dizer, daqui direto para a minha casa, e depois pegamos seus cacarecos.

— Não posso contar para ele, como direi? Mas se você...

— Uh, não seja por isso. Então fica assim, hein?

A bomba fungou, rouquejou. A luzinha do lampião se esforçou, saltitou, ofegou – mas não cresceu nada. Mas não tinha importância: em compensação, se olhassem de longe, com certeza...

Mas de longe era a mesma coisa: sobre a derradeira luz pequena, acima e abaixo – por mil verstas –, uma escuridão congelada, morta. E com aquela luzinha era como se ficasse ainda mais profunda, ainda mais negra.

Febril, com todas as suas forças, Marei desesperadamente acionou a bomba.

Cá-bum! Um estrondo lá em cima. A luzinha esguichou, cegou – uns fiozinhos, umas estilhas na cabeça de Marei – e o fim: a escuridão.

Os que estavam invisíveis no escuro cercaram, puseram-se a puxar, a acossar Marei:

— Bo-bo-ca! Enfrentar a noite com uma lanterninha...

— Bo-bo-ca! Ficam caçoando dele, e ele...

O urso loiro empinou – avançou, com um rugido:

— Kortoma... Cadê Kortoma? Aaah, está aí-í? Por que me enganou? Por que foi me falar do lampião? Hein? Por que fez isso, hein?

— Pegue leve, irmão, pegue leve. Urre com mais gentileza. Mas o que tem o lampião? Uns cinco como o seu e ficará claro o suficiente.

— Não preciso que seja claro o suficiente! Não quero claro o suficiente! Vou matá-lo!

Como a luzinha, Marei esguichou e – *cá-bum!* – se apagou, restou apenas a escuridão congelada de mil verstas.

E de trás das mil verstas, a voz de Kortoma:

— ... Sua mulher vai morar comigo, cuidar da casa... e de tudo. E quanto ao dinheiro, os materiais – não sou qualquer um, você sabe.

Pelka inclinou-se, olhou avidamente para o rosto de Marei: é agora... é já... Mas Marei se calou. Abanou a mão, passou reto. Quem sabe se terá escutado.

— Então pronto. Pois bem, belezura... Mas cadê você, ei?

Não estava mais lá. Kortoma ficou sozinho. Como essas mulherzinhas são malucas – vá entender.

■

Certa vez – isso foi há muito tempo – tudo foi há muito tempo... Certa vez Marei ia com a espingarda carregada, com balas, atrás de um urso, e de repente – um ganso a seus pés. Atirou direto no pescoço do ganso, descarregou a arma na cabeça. Já não havia cabeça, mas no impulso, o ganso ainda bateu asas, ainda voou por uma braça – então tombou no solo.

No impulso, Marei ainda batia asas, ainda batia asas Pelka. O gelo derreteu. Todo em prata, o mar ronronava ao sol. Os veleiros deslizavam inaudíveis: tempo de pescar. Pelka e Marei também pescavam, como todos, mas olhavam para o fundo azul de outra forma.

Cisnes voavam, tocando seus tristes clarins; gansos crocitavam nos lagos serenos. Vagavam pelo bosque a três: Pelka, Marei e a laika branca de Marei. Mas não armaram tenda, como no ano anterior: pernoitavam na isbá.

Aconteceu de Marei ir à frente; Pelka atrás dele, sozinha, erguia a espingarda e movia-a ao redor. Não havia nem haveria presas, mas ela a movia, fazia mira. Mas não, baixava.

— Não consigo...

— Você o quê? – Marei olhava para ela.

— Não, nada. Foi à toa.

Ao longe, a laika se pôs a latir. Pelka ouviu – a laika gritava em sua língua canina: gansos! Era preciso ir...

Mataram os gansos. Defumaram a carne para o inverno – como se verdadeiramente fossem viver mais um inverno. Pescaram. No impulso, voaram por mais uma braça.

■

As bodas dos ursos caíram perto da Festa do Salvador.[20] Os ursos andavam em pares, em trios. Partia-se do povoado para caçar ursos.

---

20 Três festas da religião ortodoxa, em agosto. Inspiradas nas tradições pagãs, celebram a colheita.

— Também precisamos... – as sobrancelhas de Pelka contraíram-se fortemente. — Esbanjamos todo o dinheiro.
— Tudo bem, vamos amanhã.
— Ontem encontrei um bem perto de onde ficava a nossa tenda. Só que a espingarda estava com chumbo.
— Tudo bem: tem bala.

Levantaram-se ao alvorecer, bem cedinho. O musgo estava grisalho: de longe, já soprava o outono implacável, a primeira geada. As árvores estavam encarnadas, rosadas, douradas: adornos do outono. Nos cabelos ruivos de Pelka, uma coroa verde de zimbro.

— Bem, carreguei.

E devia ser pesado o trabuco herdado por Marei: tremia na mão de Pelka. Ou a mulherzinha tinha enfraquecido tanto assim, se exaurido? Sim, podia ser isso.

A laika de Marei, de um branco cândido, enredava-se nas pernas de Pelka, olhava para cima com um olhar inteligente: "Eu sei". Pelka entabulou com ela uma longa conversa silenciosa, acariciando o pescoço felpudo.

— Pois, que seja... Avante!

Musgo pisado, lascas, cinza. Sim, a tenda ficava aqui: há tempos.

— Marei!
— Oi?
— Já é... A laika, está ouvindo? Marei!

Abriram-se como cortinas os irmãos-pinheiros verdes: uma clareira. Atingiu o nariz um cheiro agudo de urso: na clareira, empinado, havia um urso que, brincando, repelia a laika. A laika estava completamente frenética: jogava-se, uivava, gania.

— Marei, vá você. Eu vou depois... Vá logo...

Sim, o tempo passou – Pelka já não confia em si mesma, as mãos tremem, que fazer?

Sem pressa, Marei botou seu trabuco na forquilha, acercou-se dez passos: a dez passos, sob a omoplata – coisa segura.

Bum! – a fumacinha se dispersou – o urso cambaleou – agora vai tombar...

Mas não tombou: soltou um uivo e, passando a pata no lugar dolorido, foi direto em direção a eles.

Mas o que era aquilo? Pois foi a dez passos. Será que era só chumbo? Senhor...

— Chumbo... – Pelka acenou-lhe com a cabeça. — E a minha não está carregada.

Marei entendeu tudo. De repente – o sol – a mancha ruiva – viver...

— Deite-se! – gritou Pelka.

Não se mover – e o urso vai enterrar, e vai embora: tem medo dos mortos. Basta não se mover, não respirar...

Rosnando, o urso farejou, tocou Marei com a pata: não, não estão vivos. E pôs-se rapidamente a cobri-los com musgo macio. Empilhou uma sepultura – grande. Afastou-se, olhou.

Ofegante, Pelka se movia para cada vez mais perto – lábio contra lábio, como há tempos – na tenda...

"Ora, o musgo ainda se mexe?" O urso se aproximou, botou mais musgo, jogou terra, sentou-se em cima: para lamber a ferida. A laika, de um branco cândido, gania furiosamente, arranhava-o por trás, incomodava-o.

Furioso, ele deu uma patada na laika e arrancou-a – branca e vermelha – de sua barriga, atirou-a no arbusto. Sério, olhou longamente para baixo, para a sepultura.

Não, o musgo não se mexe. Parece que agora já pode ir.

Conto sobre o mais importante
1923

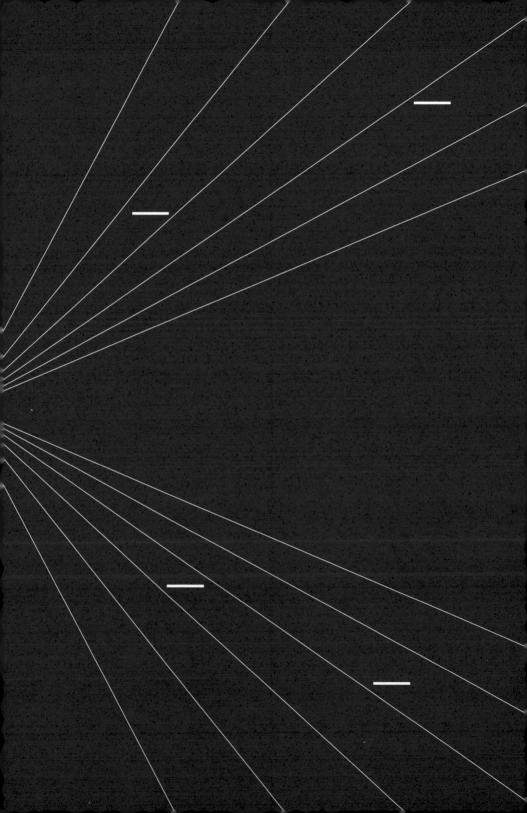

O mundo: um arbusto de lilás – eterno, imenso, inabarcável. Nesse mundo, eu: uma lagarta Rhopalocera, amarelo-rosada, com um chifre na cauda. Hoje vou morrer em crisálida, o corpo rasgado pela dor, curvado em ponte – tenso, trêmulo. E se eu soubesse gritar – se soubesse! –, todos ouviriam. Sou muda.

Outro mundo: o espelho de um rio, transparente – de ferro e céu azul –, uma ponte, costas tensamente curvadas: tiros, nuvens. Daquele lado da ponte, mujiques de Oriol, soviéticos, de camisas de barro; deste lado, o inimigo: mujiques variegados de Kélbui. E sou eu – os de Orlov e os de Kélbui –, eu, que atiro em mim mesmo, precipito-me ofegante pela ponte, caio da ponte – braços abertos em asas –, grito...

E outro mundo ainda. A Terra, com lilases, oceanos, a Rhopalocera, nuvens, tiros, a Terra que se precipita imóvel para o azul, e, de encontro a ela, vinda do infinito, ainda invisível, uma estrela escura. Lá, na estrela, iluminadas levemente em vermelho, ruínas de paredes, galerias, máquinas, três cadáveres congelados, estreitados uns contra os outros – meu corpo, de gelo. E o mais importante: que venha logo o baque na Terra, o estrondo, que tudo isso se reduza a cinzas comigo, e que se reduzam a cinzas todas as paredes e máquinas da Terra, que na chama rubra surjam novos eus de fogo, e depois, na neblina branca e quente, outros, novos como flores, presos à nova Terra por caules finos, e quando essas flores humanas amadurecerem...

Sobre a Terra – como pensamentos –, nuvens. Umas nas alturas, alegres, leves, rosadas no meio, como vestido de moça no verão; outras abaixo, pesadas, lentas, fundidas, azuis. Delas vem uma sombra rápida, uma asa escura – pela água, pelas camisas de barro, pelos rostos, pelas folhas. Na sombra, a Rhopalocera agita com ainda mais desespero a cabeça para a direita e para a esquerda e, na sombra, os tiros são mais frequentes: o sol não interfere, é mais cômodo para mirar.

Os mundos se cruzaram, e a lagarta Rhopalocera entrou no mundo de Kukovérov, de Tália, no meu, no de vocês – no dia de Pentecostes (25 de maio), na floresta de Kélbui. Lá há uma clareira, cheia até a borda de sumo do sol, fortíssimo, verde, filtrado pelas folhas; no meio da clareira há um enorme arbusto de lilás com os galhos curvados pelo peso das flores; e sob o arbusto, enterrada até a cintura, uma estela de pedra com um sorriso amarelo milenar. Agora, cinco mujiques de Kélbui virão atrás de Kukovérov, para lhe dizer quando irão começar: depois de amanhã, ou amanhã, talvez – ou até hoje. Mas, por enquanto, Tália e Kukovérov ainda têm cinco minutos para estarem a sós aqui.

Kukovérov não tem fósforos, e apanha o sol com uma lupa para fumar. Em silêncio, cresce na *papirossa* uma cinza grisalha, levemente encaracolada, e como a cinza são os cabelos de Kukovérov e, sob a cinza...

Para não olhar para essas sinuosidades insuportáveis nos cantos dos lábios de Tália, Kukovérov olha para a estela de pedra. Mas ali também há lábios, um sorriso milenar. E ele se vira outra vez para Tália:

— Veja, outrora lambuzavam estes lábios de sangue humano. Em um dia como este.

— E agora vocês não lambuzam?

— Sim. Só que não apenas com o dos outros, mas com o nosso também, o nosso sangue. E, sabe, pode ser...

E para si – muito baixo: ora, pode ser que aconteça já amanhã, ou depois de amanhã, e é preciso pegar logo o máximo possível de céu, e deste arbusto de lilás, e do zangão que revolve as flores com as patinhas, e ainda – outra coisa ainda...

Seus dedos tremem um pouco (um dedo está impregnado, amarelo de tabaco), cai da *papirossa* uma cinza grisalha, levemente encaracolada.

— A senhorita, Tália, tem 18 anos, e eu... É, talvez, ridículo, que eu... Pois eu a conheço, ao todo, há uma semana. E, aliás... Nunca lhe passou pela cabeça que agora a Terra gira cem vezes mais rápido, e todos os relógios, tudo, cem vezes mais, e só por isso ninguém repara? E, veja, um dia, ou um minuto, entende... Sim, basta um minuto para entender de repente o que outra pessoa é para você...

Galhos espessos de lilás, curvados pelo peso das flores. Sob eles, uma sombra recamada aqui e ali pelo sol – na sombra, Tália. Seus cílios espessos, curvados pelo peso de umas flores.

Kukovérov não tem mais palavras e, sem saber por quê, precisa dobrar e quebrar um galho de lilás. O galho estremece, e a Rhopalocera amarelo-seda voa direto para os joelhos de Tália, para o sulco quente de seu vestido embebido de sol e calor. Ali, enrola-se tortuosamente em um anel apertado – e se pudesse, se pudesse gritar que amanhã, afinal, devia morrer!

Kukovérov fica calado. Tália:

— Então, o que você tem? Continue! E então?

Cílios curvados pelo peso de flores; algum ponto no canto dos lábios dela. Não há fósforos. Kukovérov acende a *papirossa* com a lupa, os dedos tremem, treme o ponto condensado de sol, insuportável para os olhos. E sim, é exatamente assim: no cantinho dos lábios, assim, como que através da lupa, está ela inteira, tudo que nela há de virginal, de feminino – aquilo mesmo que...

— Continuar? A senhorita quer que eu continue?

A voz não é a de Kukovérov, é escura, vinda de debaixo de um amontoado desordenado. Tália ergue as sobrancelhas, e eis o rosto dele, pego de surpresa, olhos azuis escancarados – que dizem tudo em voz alta –, rugas aradas na prisão, os cabelos como cinzas, o dedo amarelo de tabaco.

Isso é um instante. E Tália, novamente à sombra dos cílios, dos lilases, inclina-se, e inclina-se ainda mais, acaricia de mansinho o dorso sedoso da Rhopalocera e diz-lhe uma palavra qualquer, inaudível.

Mas Kukovérov tem a impressão de tê-la ouvido – e de repente seu coração palpita de tanta dor, como se lá não houvesse um coração, mas uma criança viva. E quando Kukovérov inala, em voz alta, a floresta, o céu, o zangão, o sol: "É bom... mesmo assim!", Tália entende que ele compreendeu, e agora também tem uma criança viva em seu coração.

E em cima, para Kukovérov, palavras, pois agora não é possível calar:

— Delas, eu fazia muito... Eu, quando era pequena, extraía borboletas das lagartas. Tivemos uma no inverno, no Natal, a janela em gelo: voou, voou...

Kukovérov, em voz baixa:

— Pois eu também...

Mas nunca foi dito o que "também": da estela de pedra, do deus outrora alimentado com sangue humano, aproximam-se como ursos – sobre calcanhares descalços – cinco homens. Tália rapidamente ergue-se das sombras (cílios, lilases), caminha pelo sol – vestido branco, rosado no meio, levando consigo os olhos de Kukovérov, gravados em algum lugar de suas profundezas, e, na palma da mão, a Rhopalocera, que morrerá amanhã.

Cinco mujiques – um do tamanho de um silvano, de um pinheiro, como se tivesse a cabeça em uma vara – despencam todos de uma vez no ainda escancarado Kukovérov e, em resposta a ele ("Bem, o que decidiram, rapazes?"), todos de uma vez:

— Pronto! O presidente Filimochka já está trancado no xadrez. Chega de travessuras dos soviéticos!

Isso é um rastilho aceso, e a faísca corre para o barril de pólvora: talvez o rastilho tenha o comprimento de horas, talvez, de dias, mas a cada minuto a faísca fica mais próxima – e vai detonar, com chamas, fumaça, pedaços de coração humano, do meu coração.

O mesmo dia de Pentecostes, na cidade, em que a poeira branca não assentou – pedra, nuvens de lata, tabuletas vermelhas de ferro com letras douradas e pessoas de ferro. Lá, na periferia, em uma rua corcunda, galinhas bicam ervas com cheiro de nabo – galinhas eriçadas e carcomidas por piolhos, como as pessoas. E lá, atrás de guarda-ventos outrora azul-celeste, puseram ramos de bétulas – ontem, no dia da Trindade, antes da missa, a mãe de Dorda pôs. A velha *chamchura* de seda que ela tinha na cabeça, seu cheiro senil de cogumelos e as bétulas com folhas enroladas em tubinhos sob o sol fizeram com que dentro de Dorda algo ondulasse por um segundo, como uma folha de bétula queimada sob o sol, ao vento. Mas só por um segundo.

Sacou do coldre o revólver, e ele mesmo era um revólver, em um coldre preto, de couro, ou até, talvez, de metal, com os olhos carregados. Disse à mãe, enquanto colocava os cartuchos no carregador:

— O quê, foi de novo à igreja? Ah, velha! E ainda diz: "Entendo tudo, entendo...".

— Mas como, querido: todos os trabalhadores estavam com Cristo, os pastores, os reis magos e os anjos. Sim. Contra isso você não dirá nada.

— Como? Como? Os anjos são trabalhadores?

Através de flanges de ferro, a água de repente irrompe dos canos e esguicha para cima, para os lados, e as crianças se divertem: assim agora o riso irrompia de Dorda, e o cartucho não entra de jeito nenhum no carregador. Mas os adultos correm para afastar as crianças e fechar logo a água, e eis que Dorda está novamente em seu coldre – de couro ou, talvez, de metal, e o cartucho estala e fica no lugar.

A mãe – zangada:

— Onde vai se bandear no feriado? Para onde vai armado?

— Os mujiques de Kélbui se amotinaram, vou para lá! Chega de travessuras!

Sob a *chamchura*, rugas. Os lábios castanhos se movem quase imperceptivelmente, como uma casca de bétula no fogo, mas ela não pode falar em voz alta, pode apenas com a barra da blusa enxugar o nariz, os olhos. E com os olhos – com os olhos maternos –, recordá-lo por inteiro, levar para dentro de si a cabeça escura, raspada, a veia na têmpora, para que assim, no dia em que o trouxessem...

Os lábios dele estão comprimidos (agora, sempre), a entrada emparedada, caiada: um muro. De repente, a boca abre-se estranhamente, não onde pareceria, mas bem mais alto – o lábio superior é muito curto. E as palavras:

— Melhor você preparar algo para a minha viagem do que ficar assim.

Curvando-se, ela corre para lá e para cá, arrastando de leve os sapatos gastos. No silêncio, eu escuto... vocês conhecem aquele som humano engraçado, pelo nariz, quando não se pode ser visto, quando é preciso engolir as lágrimas?

E pode ser que Kukovérov esteja certo – tudo se precipita cem vezes mais rápido, passa-se um minuto, não mais, e Dorda já está deitado na trincheira. Na trincheira, barro úmido, sob os cotovelos de Dorda há uma cova, com os olhos carregados ele observa pelo binóculo a ponte, as isbás de Kélbui (seus guarda-ventos também são azul-celeste). No ar azul – *fiiiuuuu* –, um assobio, um canto, cai – extingue-se –, gruguleja: uma bala. Cada vez mais baixo, no céu azul, um açor, e já se vê: em ombros sem braços, revira-se para a direita e para a esquerda a cabeça pontuda, com olhos que fazem pontaria. Os olhos apontam para Dorda, para os de Oriol – zangados, bondosos, felpudos como zangões –, para a carne: lá, atrás da trincheira, jaz um – agora mesmo era eu, mas agora é simplesmente carne, e moscas de raça, verde-bronze, rastejam pelo braço, pelos olhos, sugam os cantos dos lábios.

E, perto de Dorda, um bexiguento, barriga no barro, estalando sem maldade o bloqueio da culatra, resmunga:

— E isso lá é guerra? Na guerra, acontecia, *bu-um*!, uma pancada, e a cabeça é de Kostromá, as tripas de Nóvgorod... escolha! Assim que era! Mas isso lá é guerra?

Sua camisa de barro está mal abotoada – pulou uma casa –, e através dela vê-se o peito amarelo, com pelos de zangão. E talvez ele, talvez um outro igual, diz, mastigando lentamente um pedaço de pão de centeio:

— No ano passado, troquei, aqui, dois galos por 1 libra de pregos, aí sim! Camarada Dorda, não quer pão?

Mas Dorda não ouve: está de joelhos e escuta seu coração – um, dois e três –, como o som de um relógio à noite, na insônia.

De algum lugar: "Todos os trabalhadores estão com Cristo, os pastores, os reis magos e os anjos", a *chamchura* preta de seda. E Dorda dá uma ordem brusca, como um tiro de revólver:
— Bem, cruzar a ponte! Um por um, cor-ren-do-o... Ah!
No céu azul: *fiiiiuuuu* – e um falcão. Eu, cada eu meu, sei: é para mim, o falcão, as moscas, o corpo que se dobra num anel tortuoso e tenso. Depois, em vez de mim, nós, e todos nós temos uma coisa, a mais importante, a única na vida: por isso cruzar a ponte, e dobrar, despedaçar aqueles – remover do caminho, da Terra, para que não atrapalhem... O quê? A felicidade, naturalmente.

Em algum lugar, nas alturas do falcão – entre a terra e o céu –, está a ponte para a felicidade, tábuas e trilhos, Dorda, camisas de barro. Através do rendilhado de ferro, pedaços momentâneos de azul, de telhados amarelos de palha, das rugas cinzentas no rio lá embaixo. E a última coisa: a queda daqui para baixo é um voo alto, longo, sem fim.

Dorda ainda não sabe – por mais dois ou três minutos não saberá se vai cair ou não. Mas na estrela escura já se sabe: hoje é o último dia.

Lá é noite. Na Terra é dia, mas lá, na estrela, é noite, no céu escuro há duas enormes luas verde-gelo sobre desertos e rochas, e as rochas projetam sombras azuis e pontudas. Silêncio milenar, as luas cada vez mais altas, e abaixo já reluzem, opacos, os vidros das paredes, galerias, escadas, cúpulas e salões – tudo esverdeado e transparente, da luz gelada das duas luas. Silêncio.

O luar fica mais intenso e, como em sonho, quando tudo acontece de uma vez – talhado, instantâneo, nítido –, vê-se como em sonho: são quatro. Junto à coluna, um... Não: uma – alta, imóvel, marmórea –, e aguarda; uma lápide recém-erguida – a corrente ainda balança sobre o alçapão, e dois jazem no chão, agarram-se à beira do alçapão de modo que as unhas esbranqueceram; ao lado há um menino – órbitas profundas e cegas, cabeça a escutar – inclinada, como a de um pássaro.

E, através dos dentes cerrados, um sussurro difícil, mas cada palavra é nítida, como em sonho, quando eu vivo dentro, dentro de cada um.

Um sussurro junto à coluna (mulher, alta, sobrancelhas unidas, fenda profunda entre as sobrancelhas):

— Bem, e então, agora acreditam em mim?

Um sussurro acima do alçapão (dois, o homem e a outra mulher, os lábios tremem):

— Sim... (mais alto, desesperadamente): Não! A última? Não!

A última garrafa de ar. Aqui, na estrela, há tempos não existe ar; – é guardado como um preciosíssimo vinho azul, em garrafas de vidro, há séculos. E essa é a última garrafa, e os quatro últimos – tribo, nação, povo. Uma mulher, a alta – está postada agora junto à coluna, suas sobrancelhas estão dolorosamente unidas –, outrora foi mãe de todos os três. Quando isto se deu – cem ou mil círculos atrás –, tanto faz: agora é o último círculo, e o homem não é mais seu filho, e sim seu marido, e a outra mulher não é filha, e sim outra mulher.

A luz de gelo fica mais intensa, e agora em todo o mundo só há uma coisa: o braço erguido e a garrafa azul que reluz levemente, os dedos agarram-na de modo que as unhas esbranquecem – para não derramar nenhuma gota, cada gota é um minuto de minha vida, sou um homem, sou forte, devo viver. Esticando o pescoço, o menino apalpa o vazio, tropeça, segura o meu braço... Fora, aberração!

Mas lá, junto à coluna, sobrancelhas unidas, de lá, um golpe de olhos, como um chicote – o homem, escondendo-se em um olhar de soslaio, deixa o cego dar um gole. Depois os três, de olhos fechados, cabeças para trás, bebem, absorvem, respiram, e o mármore fica róseo, os corações retinem. Viver! Viver!

Sem roupas – como estátuas. Em uma mulher, a mais nova, quando bebe, veem-se pelos de cobre derretido nas axilas. Talvez sem querer, o homem roça o ombro dela com o seu – não, não foi sem querer: isso já aconteceu antes, mas agora, quando tanto faz e nada mais assusta, agora ele se aperta mais forte, mais forte – e de corpo a corpo, um sorriso, sorriem os ombros, os joelhos, quadris, lábios, peitos, e não existe amanhã, não existe nada – apenas o agora.

A mais velha, a Mãe, olha: cada vez mais escura, cada vez mais funda é a fenda entre suas sobrancelhas. Aproxima-se, comprime nas mãos o rosto dele, do marido, entra à força em seus olhos – descendo degraus escorregadios, até o próprio fundo. Lá, no fundo, ela vê...

Pois seja: apenas sorver pela última vez aquele rosto, apertar de modo que fiquem marcas brancas sobre o rosa do rosto. E depois as palavras dela – corriqueiras, simples, mas cada palavra teve de ser arrancada de sua carne:

— Eu... eu fico aqui. Busquem água vocês dois. Vão.

Eles vão. Ela fica junto à coluna, sozinha, marmórea, o mármore se eleva cada vez mais dos pés. De olhos fechados, ela vê o que acontece agora lá embaixo, onde está o poço. Lá as taças foram colocadas no chão, o homem põe a mão nos cabelos de cobre da mulher, um tanto duros, passa-as pelo peito, pelos joelhos – em um joelho, ela tem uma pequena cicatriz branca: lembra? Você caiu, teve sangue... Você quer agora?

Meio-dia lunar. Pesados blocos de luz de gelo. Imóvel, o menino olha para cima com os olhos cegos, como um pássaro, chama a Mãe: água! Mas ela não escuta, porque a porta se abre e aqueles dois entram. A mulher tem os lábios úmidos, em um joelho, uma cicatriz branca, e acima, na perna, uma faixa vermelha: marca de sangue. Estão sem roupas, como estátuas, tudo é nu, simples, derradeiro.

Tomando o cego pela mão, a Mãe lentamente caminha na direção deles, lenta, marmórea como o destino:

— Agora é hora. Sigam-me, não fiquem para trás.

— Para onde?

— Eu sei. Lá, nos salões de baixo, ainda encontraremos um pouco para respirar. E lá...

— O que tem lá?

Cala-se. Por seu rosto, nuvens: carregadas, fundidas – na greta profunda entre as sobrancelhas, leves, rosadas – no último sorriso.

E abaixo, na Terra, onde agora é dia, onde as nuvens são fundidas, azuis, e também leves, escarlates, e a chuva primaveril são velas oblíquas esvoaçantes, e novamente há sol – milhares de sóis em talos de ervas curvadas por gotas ensolaradas. Se Kukovérov estiver certo, e tudo estiver cem vezes mais rápido, então isso se passa naquele mesmo dia infinito, que corre vertiginosamente, e isso foi semanas atrás. Tem ainda semanas inteiras de vida aquele que agora jaz no barro amarelo como carne para açores, e a Rhopalocera ainda não sabe que amanhã deve morrer em crisálida negra, e Dorda não sabe, e em Kélbui os mujiques ainda não prenderam Filimochka, e ele mesmo ainda é simplesmente Filimochka, o pobretão, e não o presidente Filimon Iegórytch.

Isbá, trapos enfiados nos buracos das janelas e buracos negros nos dentes quebrados da boca de Filimochka, que pita um cigarro, apoia-se no umbral, espera. Lá, pela estrada, levantando poeira com os pés descalços, vem a mulher de Filimochka; nos braços, tem uma criança – é de outros, pegou com uma vizinha: quando está com uma criança nos braços, Filimochka não bate nela. Mas hoje ele está diferente, hoje não teria batido.

— Ora, mulher, rápido: você vai comigo à assembleia. Recebemos um papel da cidade – todas as mulheres têm que estar também. Hoje, mana, não brincam!

Diante do pátio de entrada do xilindró – costas, camisas em bolha, infladas pelo vento, pescoços curtidos pelo sol, balbúrdia, alarido. E, de repente, no pátio – meu pai! – Filimochka. Aonde vai? O que quer?

— Camaradas, silêncio! Hoje não se brinca. Não devemos jogar tempo fora – elejam um secretário para mim.

Acima das costas, acima das cabeças, como se se erguesse sobre uma vara, acima de todos, a cabeça topetuda – aquele mesmo mujique de altura de silvano, e voz de silvano:

— Ou seja, comprar uma telega conforme a roda? E de presidente, não precisamos?

Filimochka:

— O presidente sou eu! – Encheu o peito, esticou a perna, ficou como a letra P.

— Mas diga, por favor, por que você?

— Porque foi dito no papel: o mais pobre. E quem aqui é mais pobre do que eu? Bem, apresente-se! Ora!

A cabeça gira na vara, as mãos coçam a nuca: pelo papel,

parece que é de fato assim, pois não há ninguém mais pobre do que Filimochka.

E agora Filimochka é o presidente Filimon Iegórytch. Não está mais na isbá policial, está no moleiro, na casa com estufa holandesa, tem toda a Kélbui bem aqui, no seu punho fechado, e dela faz jorrar suco: por todos os seus dentes quebrados, por todos os buracos, pelos trinta anos de fome, por tudo de uma só vez.

As velas inclinadas da chuva, as nuvens, o sol, as noites, os dias – ou uma hora, um segundo. E o Pentecostes: na soleira, de *chamchura*, com a mão em viseira, a mãe olha na direção de Dorda, e em Kélbui Filimochka está amarrado e trancado no xadrez, rapazes de cabeças loiras grudam o nariz nas janelas, junto à porta está postado, firme, um mujique peludo, de espingarda. O rastilho foi aceso, a fagulha corre para o barril de pólvora, e Kukovérov tem a impressão de que está recheado de pólvora: é assustador, é bom, e só preciso que tudo seja rápido, rápido, para enfiar os anos nas horas – para ter tempo de fazer tudo...

Nas costas, as bolhas das camisas infladas pelo vento. De frente para mim, para vocês, Kukovérov está falando no pátio de entrada, os cabelos são cinza, levemente encaracolados, e as palavras... Mas por acaso as palavras são o mais importante? Se hoje, de repente, reanimou-se o coração de vocês e palpitou como uma criança viva, vocês batem esse coração como um sino, e ele, em resposta, badala em todos, e tudo foi criado por vocês: todos esses rostos peludos, de olhos infantis, o ramo de lilás atrás da cerca, cravado no céu, a nuvem fundida, com uma virginal orla rosada e, de peito na nuvem, a andorinha inquieta.

Através disso tudo, de longe, como se estivesse em um campanário, e as cabeças, mãos e pescoços lá embaixo, Kukovérov ouve:

— Você está certo! Fizeram travessuras conosco, basta! Não somos pirralhos!

O sol está debaixo da montanha. Nas portas, rajadas de leite tilintam nas paredes de lata dos tarros, as vacas derrubam os tarros, escoiceando com as patas traseiras – e, como se fosse isto a última coisa: as mulheres começam a uivar a toda voz, as lágrimas são quentes, o leite é quente. E no terraço de entrada do xadrez, um rumor felpudo: passam de mão em mão fuzis Berdan, rifles de dois canos, de caçar ursos, tirados de esconderijos. Como um menino loiro puxando um cavalo de madeira com rodas, olhando ao redor a cada minuto, sem perder o entusiasmo, o mujique do tamanho de um silvano arrasta atrás de si, com uma corda, pela poeira, uma metralhadora. E, em resposta ao admirado: "E aí, Fedka? Ouça, onde pegou isso?", aperta os olhos ardilosamente:

— Foi ainda em 1917, troquei com um soldado. Por 2 *puds*: um capote, e isso de lambuja...

Quando já anoitece, tudo fica vítreo, e morcegos sobrevoam as ruas, inaudíveis, cruzando-as, Kukovérov entra no jardinzinho. Lá, agora, as folhas quase pretas do lilás, o vestido branco de doer de Tália; seu rosto não se vê, ela se curva:

— Quer ver? Trouxe da floresta para cá... Não, está aqui, aqui, embaixo.

É a Rhopalocera, um mundo encolhido, imóvel, pronto para morrer amanhã. E por causa desse amanhã, por causa do que aconteceu de manhã na floresta, por causa do temor quase imperceptível na voz de Tália, de repente o coração de Kukovérov escancara-se, de modo que não dá para respirar e – ridículo, absurdo! – nos olhos dele há lágrimas, e ele se inclina em silêncio, a face tocada de leve por um cacho de lilases gelados pelo orvalho.

Depois Kukovérov está ao lado de Tália na isbá, junto à janela. Através da janela, uma nuvem, cada vez mais próxima, a andorinha de peito na nuvem. Na mesa há um samovar, cheira a chá de groselha. A dona da casa, Baránikha, está junto à porta – já vai sair. E talvez por medo de ela sair, e então ficarem a sós, talvez para retê-la, Tália diz:

— Não, espere, conte ainda como esse Filimochka fez aquilo com você... Hein?

— Oh, minha filhinha querida! Não se esqueceu, hein? Ora, como não: veio buscar as galinhas, na hora me deu um negócio! "Ah, Virgem Santíssima, seu"... disse, e caí em cima dele. E ele se ofendeu: "Privo-a de voz por três dias – que por três dias não ouse dar um pio em minha presença!". E o que você acha: por três dias andei como uma muda, veja que pulha! Mas beba, por Deus, beba...

Bate a porta – e estão a sós, e já não dá para rir, tudo é finíssimo, vítreo, basta uma palavra... Em algum lugar, na rua, a mil verstas, uma voz: "Vas-si-lei! Vas-si-lei!", o que deixa tudo mais vítreo, e ambos sabem que agora...

Tália:

— Sua *papirossa*... O senhor nunca tem fósforos.... Se quiser, eu posso...

Mas levantar-se para pegar os fósforos ela não consegue, fica sentada. E como se fosse isto a última coisa, além de qualquer limite – não tem mais forças. Engolindo o ar em degraus, aos bocados, Kukovérov toma nas mãos o rosto dela – o mundo gira manso, beatificamente, balança, e nele para sempre ficam gravados os lábios da moça, levemente gelados, como os lilases no crepúsculo.

E imediatamente uma batida na janelinha, um nariz achatado contra o vidro:

— Ei, Iványtch, Kukovérov, está aí?

E, quando a janela se abre, ouve-se uma voz com um calafrio alegre, quase imperceptível:

— Bem, irmão, começou a diversão: os soviéticos estão vindo nos pegar. Vamos.

Ponte de céu azul e aço; um assobio: *fiiiuuuu*. E mais. *Tchoc* contra o ferro, e macio, na carne. Um homem se agacha como um saco no peitoril baixo da ponte, passam por ele, o homem grita-lhes com os olhos: "Mas sou eu, sou eu!", eles passam. Sem se apressar, o homem cai, de costas e de cabeça para baixo. O voo é longo e, talvez, ainda, de alguma forma... talvez só precise abrir os braços como asas...

A queda na água, salpicos, arco-íris por um segundo.

E Dorda: "Esse não sou eu, ainda não sou eu. Mais rápido!".

Mas a ponte tem o comprimento de uma vida inteira, de 50 anos, contraídos em segundos extremamente apertados, e, vindo ao seu encontro, o matraquear de uma metralhadora – de lá, dos lados de Kélbui. Parar agora na ponte é o mesmo que fazer estacar um trem a 100 verstas por hora. E mesmo assim Dorda para. Com raiva, diz para si: "Aah, você é assim: 'Esse não sou eu...' C-canalha!", para de um só golpe, posta-se, apertando os dentes, passam por ele. *Tchoc!* E mais... Ali, arquejante, aquele bexiguento abre a boca – pode ser que grite, sim, está gritando para Dorda:

— E aí? Beijou você? Não?

Sorriso suado, bexiguento, peludo. Animado por ele, Dorda volta a correr, e de repente, por algum motivo, o bexiguento faz com que se lembre da mãe: a mão em viseira sobre os olhos, na soleira (isso por um instante). Depois, pedaços azuis esvoaçantes – o céu através do gradil da ponte. Já foi assim uma vez, céu e gradil... quando? E assim como a mãe, por um segundo apertado, ficam nítidas: a cela, a abóbada, a janela. Dorda está sentado em um banquinho à janela, com outro – a cabeça deste outro é grisalha, cinza –, e com isso Dorda fica ainda mais...

Um rugido: "Hurra-a!", fim da ponte, tudo desaparece, como em uma tela quando a luz se acende, e apenas o mais importante: dobrar, despedaçar aqueles. De través, uma tora – por cima da tora, hurra! –, como a tora, uma camisa de barro de bruços, com lentidão absurda, protegendo a nuca com as mãos – por cima dela, hurra! – e para baixo, pelo aterro de cascalho – granizo, aríetes, toras, tormentas...

Lá embaixo, a tormenta de repente sossega: nos arbustos de evônimo, de lilás – sem que se saiba por quê, sem receber ordens –, deitam-se à sombra. Dorda fica parado por um minuto, ainda é todo uma mola, os olhos carregados – agora mesmo vão mandar bala naqueles que se deitaram sem ordem.

Bem a seus pés está o bexiguento, segurando com dois dedos a barra da manga de barro e enxugando a testa: de baixo para cima, um sorriso suado, bexiguento, arguto. "Por 1 libra de pregos, dois galos", é firme, um mandamento, não há o que fazer. Dorda arranca um cacho de lilases no orvalho, rapidamente mordisca as flores amargas, revólver na mão. O bexiguento fala de baixo para cima, para Dorda:

— Não dá para ir falar com eles? Para que fazer assim, à toa? De qualquer forma, são cristãos ortodoxos. E ainda damos uma olhada em como estão... será útil. Hein, camarada Dorda?

— Está bem. Tanto faz. Mas vão em dois. Esperem.

Dorda rapidamente escreve na caderneta, as letras são retas, altas, pontudas. Do bolso da calça, o bexiguento tira um lenço (outrora branco), nele há pão. Despeja as migalhas na mão e o punhado na boca, o pão volta a ser enfiado no bolso. Amarra o lenço na baioneta, soprando com o lábio inferior uma mosca irritante e grudenta. Na folhinha da caderneta, as letras já formam uma fila: "Entregar as armas sem demora. Libertar os capturados. Denunciar os instigadores – não menos de cinco". Assinado: Dorda.

E vão os dois, tremula ao vento, sobre os arbustos, o lenço outrora branco: acima um falcão negreja no azul, virando a cabeça nos ombros sem braços; e ainda mais alto, ainda invisível, a estrela escura sobre a Terra.

Lá, através do gelo azul do vidro, veem-se figuras imóveis, como se estivessem no fundo: aqui, solitárias nos degraus – como que na carreira, ali, feixes de corpos firmemente abraçados. Dormem. Pode ser que durmam: não se sabe.

E quatro a ir pelos salões vazios, ressonantes, nus. À frente – ela, alta, ereta, marmórea, com o menino da cabeça que ouve, inclinada como a de um pássaro, que treme e se estreita contra a perna dela. As abóbadas azuis de gelo dos tetos pendem cada vez mais baixas, cada vez mais pesadas. Ela caminha sem se deter. Agora olhou para trás enquanto caminha, por cima do ombro, e eu vi: suas sobrancelhas são negras, e firmemente unidas. Só ela sabe o que não sabem os outros três, ela vive há tempos, desde sempre, e sabe – ela decidiu. O quê, ainda não está claro, é como um cheiro distante de queimado, como o buraquinho negro do cano da arma que o animal sente em si – e mesmo assim não há como fugir disso, a cada passo fica cada vez mais próximo.

Os degraus seguem para baixo, nos degraus, uma pessoa de bruços – a mão direita, como que numa carreira, está largada com a palma para cima: dorme? Sobre pernas inaudíveis, de mola, como as de um animal, o homem vem sorrateiramente... um pulo – agarra o corpo de través, ergue-o e larga-o na mesma hora. O corpo rola escada abaixo, a mão se agita e cai com som de madeira – uma e outra vez. Esse corpo é frio, diferente do meu, e não pode fazer nada por mim – eu, um homem, sei disso, e mesmo assim, por algum motivo, preciso ter logo um ombro vivo ao meu lado – ela, jovem, quente, recente, minha – então o tremor sossega, posso abrir a porta, abro, sou um homem.

Atrás da porta, o brilho das rodas, de seus raios: máquinas redondas, de muitas pernas, articuladas, como de aranhas – corpos mortos de máquinas. E, igualmente imóveis, frios corpos humanos, engatados em um espasmo apertado, uns nos outros – como homem e mulher. Nas mãos, facas congeladas na luz de gelo.

— Não quero ir adiante, não queremos, não vamos.

Mas ela, alta, à frente, ela, que há mil círculos fora Mãe – segue sem se deter, e eu, um homem, sigo submisso atrás dela. Pessoas, máquinas, multidões mudas de livros, em algum lugar nas paredes, imagens – rostos, ouro, vermelho –, milênios, com um rugido inaudível, ensurdecedor, precipitam-se através de mim – e não há mais forças.

Noite. As luas imensas deitam-se no chão, sombras compridas. Quatro corpos esmagados pelo último sono de pedra. Horas, minutos – tanto faz.

E movimento: a mulher mais jovem se ergue sobre o cotovelo,

o rosto para cá, para mim, para vocês. Seus olhos são verdes e brilham na penumbra, como a água do mar cortada pelo remo, e, como a água, raios espessos de gelo. Ela põe a mão no peito do homem, ele estremece, responde-lhe com os olhos: "Sim, agora", desliza para algum lugar de gatinhas. De repente para, cabeça enfiada nos ombros, como uma tartaruga. Não: foi só impressão... A Mãe dorme, dorme profundamente. Avante!

Ele regressa. Ao encontro dos olhos verdes da mulher, ergue-se, reluz – a garrafa. Duas cabeças jogadas para trás bebem, os corpos roseiam. Os peitos da mulher são quentes, pontudos e doces, ela me cheira, ela sussurra para mim. E com os músculos tensos, a pele, os lábios, o corpo, eu sei que é assim, que é justo: cabe a mim viver – a mim e a ela, e lá ainda há, no fundo, duas garrafas de ar – para mim, para ela e para mais ninguém – ninguém mais deve viver.

Pegar a faca... Mas ela está firmemente presa em dedos alheios, e dedos gelados – o homem retira bruscamente a mão. Seu lábio superior (com uma covinha quase imperceptível) treme, ele olha ao redor e vê: em cada um de seus movimentos estão cravados os olhos verdes. Semicerrando os olhos, estremecendo, tira a faca dos dedos mortos: rasteja com a faca – por anos, uma vida inteira.

Com o pescoço comprido, de pássaro, inclinado, o cego dorme de bruços, o nariz na mão. É preciso mirar, aqui, à direita, onde a veia faz uma coluna no pescoço. O homem tem o braço erguido, e, na mão, a lâmina da faca congelada na luz de gelo, e agora, na estrela escura – pela milésima, pela milionésima, pela última vez será derramado sangue de alguém, pelo bem de...

Sobre a Terra, o Sol se agita em derradeira angústia, as nuvens se empapuçam cada vez mais de sangue, correndo para baixo em jorros escarlates, por agulhas douradas, por paredes brancas, por janelas espelhadas de palácios, e há gotas vermelhas aqui, na relva verde do prado de maio.

O prado fica em frente a Kélbui. No prado, as armações soturnas dos celeiros, portilhas estreitas logo abaixo dos telhados – são *térems*[1], fortalezas. Essas fortalezas, ainda ontem, anteontem, foram edificadas pelos drevlianos[2] na estepe verde, e contra as *drujinas*[3] de Oleg[4], despejavam setas de suas portilhas, vertiam alcatrão fervente.

E o *vétche*[5] dos drevlianos: um círculo peludo, machados, espingardas, a cabeça de alguém – acima de todos, como em uma vara – e a cabeça de Kukovérov, como cinza, levemente encaracolada. Diante de Kukovérov, dois de lá, dos soviéticos: um é grisalho, um qualquer, um de mil, uma formiga; o outro tem um sorriso vermelho, bexiguento, um trapinho branco na baioneta, uma carta. A assinatura na carta, Kukovérov precisa lê-la mais uma vez, e mais uma, e virar, assim, para a luz:

— Dorda? Dorda... Espere aí: mas como ele seria? – Pelo rosto de Kukovérov passam rugas, nuvens, escuras, claras.

---

1 Na Rússia antiga, parte superior da casa, ou edificação em separado, em forma de torre.

2 Povo eslavo oriental que existiu entre os séculos VI e X, entre os rios Dniéster e Dniéper, e cuja capital era Iskórosten (atual Kórosten, na Ucrânia).

3 Tropas dos antigos príncipes russos.

4 Príncipe de Kíev entre 882 e 912.

5 Na Rússia medieval, assembleia em praça pública. A palavra significa "reunião", "conselho", sendo um sinônimo arcaico de "soviete".

— Ele? Pequenininho assim, como um prego. Mas os olhos... Uh!

— Rapado? Ora, claro, pois sim: é ele! – e, em um segundo apertado, diante de Kukovérov: o pedaço azul de céu através do gradil, o banquinho à janela, no banquinho...

Sobre o celeiro, virando a cabeça nos ombros sem braços, um falcão, cada vez mais baixo. Lá embaixo, na relva levemente borrifada pelo orvalho vermelho, jaz um homem, ainda há pouco era um homem, eu: agora de bruços, como em uma carreira, a mão direita está largada com a palma para cima, calos amarelos. E ao lado, eu, de Oriol, com um lenço na baioneta, bexiguento; e eu, de Kélbui, com uma metralhadora, cabeça em cima de uma vara; ambos olhamos para mim, morto – lá, na relva.

— Sim, limpe, limpe essa sua mira e olhe, fuça bexiguenta: bonito, hein? O mujique deixou três filhos e a mulher grávida. Fi-lhos-da-pu-ta!

— E você, com essa metralhadora, não é filho da puta? Quantos dos nossos você derrubou na ponte? E ainda quer falar! Devia ficar quieto! Nós pelo menos lutamos pelo nosso poder, sim, e vocês, lutam por quem?

— Pelo po-der! Devia enfiar o seu nariz no nosso Filimochka, como gato na merda, daí...

— Por que não enfia? Eu é que enfio em você! – A baioneta com o lenço branco está em riste, os olhos eriçados passam pelo círculo com um zunido zangado de zangão, o círculo se fecha, mais apertado, mais perto, machados. Os drevlianos tinham um costume: curvar duas árvores, amarrar uma perna em cada copa, cabeça para baixo, e depois, soltar as árvores...

Nas mãos de Kukovérov treme a *papirossa*, a carta de Dorda... rapado, sim, sim, claro. Como não? Vamos nos encontrar, sim, lembrar-nos de como, juntos...

Por algum motivo, saca o relógio: sem olhar, começa a dar corta, aperta, mais, mais – *trec!* – a mola salta, os ponteiros giram enlouquecidos, zumbindo, cada vez mais rápido – ou pode ser que tudo isso aconteça dentro, em Kukovérov.

Quando o relógio para, ele o guarda no bolso, levanta-se, reúne em seu punho fechado todos os olhos, puxa-os como rédeas, diz:

— Aqui está a carta. Propõem que nos rendamos, que entreguemos cinco, os principais, e todas as armas, que libertemos os que capturamos. É isso. Decidam o que acharem melhor.

Círculo, *vétche*. No meio, na relva – um corpo de bruços. Zunem moscas verdes, silêncio. Depois uma voz, pelas costas:

— Disseram: temos uma metralhadora, uma metralhadora. E cruzaram a ponte sem pensar duas vezes. Sim. Se for assim...

Calam-se. Kukovérov puxa as rédeas com mais força:

— É com vocês. Quem está com a chave do xadrez? Você, Sídor? Então vá, solte Filimochka, que ele venha para cá, e diga-lhe...

Empinam:

— Filimochka? Nããо! O diabo que o carregue! Vamos dar no pescoço deles! Filimochka de novo? Nããо!

Kukovérov de repente sente que está cansado, tem vontade de se sentar, senta-se, rasga a carta. O bexiguento tira sua panqueca-quepe de barro, assoa o nariz nela, volta a colocar – firme, enterra-a até as orelhas:

— Quer dizer que é isso. Bem, até a vista. Só que vocês estão errados, rapazes. Lá, de qualquer forma, também somos cristãos ortodoxos...

Os dois partem devagar da fortaleza, pela estepe drevliana. Um deles é um qualquer, um entre mil, uma formiga; o outro tem o rosto bexiguento, e na baioneta, um trapinho branco. O falcão não está alto: vê-se como, nos ombros sem braços, ele vira a cabeça para a direita e para a esquerda. Pelo binóculo, os olhos carregados de Dorda vão ao encontro dele.

E quando a umidade verde, o cheiro dos lilases e da *makhorka*[6] já sopra dos arbustos sobre os caminhantes, vem um tiro quase imperceptível do celeiro, da direção de Kélbui. O bexiguento, curvando-se, sinuoso como lebre, vai para o arbusto, e o outro – o grisalho, um entre mil, uma formiga –, após cambalear um pouco, tomba de bruços, e ninguém nunca saberá qual era o seu nome.

Dorda ergue-se de um salto – esperava por isso, pode ser que até quisesse isso. Ergue-se, todo carregado, um revólver com balas nos olhos – para um, para outro, para cada um dos uns entre mil.

— Então? Viram? Querem, talvez, mandar mais homens?

Um grasnido peludo; silêncio. Assim grasna uma árvore cortada, ao cair – agarra-se com as patas retorcidas, um segundo de silêncio e, de repente, desaba. Gritos, punhos, dentes, barbas, palavrões – em descarga. Arbustos estalam, o urso de cem cabeças avança com um rugido, as bocas estão abertas – mas ninguém ouve, sangue na relva – mas tanto faz: por cima da pedra, por cima da tora, por cima do homem, por cima de si mesmo. Só importa chegar, correndo, e lá caem dois, três, fortemente abraçados – como homem e mulher, como já aconteceu em algum lugar...

Com um longo grito de ave, girando, o sol cai – e só se levantará amanhã, e pode ser que nem se levante. No terraço de entrada do xadrez, Dorda está firmemente atarraxado em seu coldre

---

6 Tabaco de baixa qualidade.

de couro, ou até de metal; aperta o revólver de modo que as unhas esbranqueçam. Ao lado, Filimochka, de peito inflado, uma perna esticada: como a letra P. E, no meio das baionetas, Kukovérov, sem chapéu, treme a *papirossa*, o sorriso. De trás da cerca oposta vem um quase imperceptível cheiro de lilás.

— Esse aqui fica sob vigilância até a alvorada... – Dorda olha para algum lugar acima dos cabelos grisalhos como cinzas e, como cinzas, levemente encaracolado. — E esses cinco, agora.

E aqueles cinco – no prado, ao lado dos soturnos *térems* drevlianos. O céu verde, com cicatrizes vermelhas, no tenso espasmo da ponte retorcida, sobre o rio, sobre um vapor, pela última vez. Abaixo, morcegos inaudíveis arremetem, cruzando. E, incrustadas para sempre no céu de vidro, cinco costas escuras, cinco cabeças – uma delas acima das outras, como se estivesse sobre uma vara.

— Ei, você, comprido! Fique de joelhos, ora essa. Enquanto os outros levam na cachola você leva no traseiro? Assim não dá.

Diz isso o bexiguento, de camisa de barro, e fala de forma bondosa, simples. Lá, à frente, o comprido fica de joelhos. Cinco figuras escuras, incrustadas no céu verde solidificado...

Da mão erguida com a faca – uma sombra azul, fundida, no pescoço e nas costas do cego. Talvez ele sinta o frio da sombra, pois estremece, ergue-se, encolhe as pernas, senta-se de costas para mim, para vocês, a cabeça um pouco inclinada, como a de um pássaro, e tateia ao redor – cadê a Mãe? –, agora os dedos cegos tocarão os ombros dela, e ela acordará.

Em cima, a faca cintila – ali, à direita, do lado do ouvido, onde a veia faz uma coluna. E o pescoço fino esmorece, e ele, sem gritar, vai ao chão, o rosto nos joelhos, curvado, e permanece imóvel; eu, um homem, olho para ele – olhos arregalados, redondos.

Agora, enxugar as gotas frias de suor da testa – com a mão esquerda: a direita está salpicada. E só mais um passo... Tremendo, apertar a faca com firmeza, e só mais um passo, em direção àquela que outrora foi a Mãe, e agora... e agora...

Olhos: ao encontro dos olhos dela. Está deitada, pronta, de costas, sem se mexer, mas seus olhos estão abertos, e não dá – quando uma pessoa olha a outra nos olhos, é preciso esconder-se rapidamente no olhar de esguelha, no canto mais afastado, e dali...

As duas luas de gelo balançam bem na extremidade, agora vão tombar.

Ela, a Mãe, tem os lábios trançados em um anel apertado – como a Rhopalocera, que está morrendo em crisálida. Deitada, ela lança a cabeça para trás – uma sombra escura bem ali, na cova abaixo do pescoço. A voz difícil, abafada.

— Ora, e então? Veja, aqui, aqui! – e aponta com a mão para o próprio pescoço.

A faca tilinta no chão. Então ela se ergue, marmórea, lenta. Sua sombra cresce, cada vez mais imensa, quebra-se na parede – na cúpula, ainda mais alto. Ela fita de longe, de cima, as máquinas congeladas em seus últimos movimentos, os corpos imóveis que certa feita assassinaram uns aos outros, este rosto fininho, imóvel, enfiado nos joelhos – ele já se mistura aos outros, aos milhares de outros, escurecendo de leve no esverdeado céu de gelo.

Ela se aproxima do menino, ergue-lhe a cabeça, beija-o na boca ainda quente, a cabeça volta a tombar sobre os joelhos. E se aproxima do outro, do homem: as maçãs do rosto tremem, as narinas, o lábio superior com a covinha quase imperceptível, ele é humano. Ela teria erguido sua cabeça e beijado aqueles lábios – ainda vivos e quentes –, mas apenas passa a mão por seu rosto. E agora – rápido, rápido, que haja força suficiente para acabar... Se eu não fosse humano – se não conhecesse a compaixão pelo ser humano!

A porta do último salão foi aberta. As duas luas perscrutadoras, selvagens, levaram seus focinhos ao solo. No chão, um enorme círculo com marcas de escala. Sim, isso acontecerá aqui.

Ela, a alta, ingressa no círculo. Por um segundo fica imóvel, marmórea, como o destino: então se curva, e agora...

A Lua – terrena, nossa, amarga porque está sozinha no céu, sempre sozinha, e não tem para quem nem com quem: apenas, através de etéreos gelos vaporosos, através de milhares de milhares de verstas, estender-se para os que são igualmente solitários na Terra, ouvir o uivo prolongado dos cães.

Tália está no jardinzinho, sozinha, não há ninguém. Agora, ao luar, as folhas de ferro dos lilases são quase negras; os galhos dos lilases curvaram-se sob o peso das flores; florescer é difícil, e o principal é florescer. Tália inclina-se – o rosto nas flores frias, o rosto está úmido, e o lilás está úmido de orvalho. Lá – ainda mais abaixo, levemente curvado, atado por uma teia a uma folhinha de ferro, está o corpinho morto da Rhopalocera em crisálida. Desse corpinho imóvel, como de uma pedra minúscula na água, correm círculos rápidos, trêmulos, cada vez mais largos, mais imensos; os olhos de Tália estão parados, escancarados, como as portas de uma casa em que há um morto, e pela primeira vez ela vê tudo com clareza: outro corpo, também imóvel, dedos curvados – um amarelo de fumaça de *papirossa*. E aquilo é impensável, improvável, e é preciso fazer algo, é preciso fazer algo logo, não dá mais para ficar assim, parada, escutando o uivo prolongado dos cães.

Na isbá. A dona da casa, escarranchada em um banquinho, acende a lâmpada votiva diante do ícone, suas mãos erguidas iluminam-se de vermelho, apagam. O cheiro mais simples de isbá: pão assado, mas por causa disso... por causa disso...

— Timofêievna, querida, não posso... Bem, veja, como assim, ora, como assim? Pois, amanhã, grama e sol, e todos ao redor vão pegar o pão e comer – e ele? E ele?

— Ora, filhinha, todos nós, que estamos vivos e saudáveis, por vontade de Deus vamos morrer. E você também vai morrer, o que acha? Uma hora antes, uma hora depois, dá na mesma.

Mas pode ser que Kukovérov esteja certo, são a mesma coisa um minuto e um ano, e às vezes uma hora é uma vida inteira. À luz vermelha e trêmula, vê-se Tália, branca, sentada no banco: os olhos são os mesmos – largamente escancarados; as mãos entre os joelhos. Um minuto, uma hora, um ano.

Levanta-se, rápido, febril – diante do espelho. Cílios pesados, curvados pelo peso das flores, e sombra. Enxugar o rosto com algo molhado – uma toalha, para que não vejam as marcas; agora o casaco...

— Mas o que foi, endoidou? Vão apanhá-la na rua agora e você já era!

— Mas talvez eu queira que me apanhem.

Poeira branca sob a lua. Sobre a cerca, um ramo negro, pontudo, no céu. Com o silêncio empilhado em pedras, os cachorros uivam. O pátio conhecido: colunas com talhes, nos degraus o vigia, espingarda entre os joelhos, está sentado da mesma forma que ontem se sentava o outro, de Kélbui – e talvez esteja cochilando? Tália dá mais um passo.

O vigia ergue-se de um salto, olhos abertos como a boca – urra com a boca, com os olhos arregalados:

— Para onde, para onde vai? Olha que lhe dou uma coronhada na cachola, assim... Não sabe da ordem de ficar em casa?

Mas ela não tem nada nas mãos, inclina levemente a cabeça, defende-se com as mãos vazias. O rosto bexiguento sob o quepe de barro alisa-se, sossega. Sem tirar os olhos dela, e de repente... vai saber? O vigia bate na janelinha, o caixilho é uma cruz escura contra a luz vermelha, e, lá, agora, deve ser...

Sai ao pátio de entrada outro de camisa de barro – um entre mil, uma formiga, com uma espingarda. O vigia lhe diz:

— É o seguinte: fique aqui enquanto levo essa aí à chefia.

Cachorros, lua, poeira. Da pastagem – um vento de absinto, amargo, os lábios secam.

— Eh, a cachorrada está se acabando de uivar... Angustiados... Você... como se chama?

— Natália.

— Que diabo! Minha mulher é Natália, ora essa, faça-me o favor! Ei, ei, olhe para os seus pés: uma vaca aprontou, vai sujar os pezinhos... Eles aqui têm umas vaquinhas, ui! Aqui, por 1 libra de pregos... Em geral, esses lugares! O que foi, trouxe sal para trocar, ou fazenda?

— Não, vim ensinar as crianças, na escola.

— Senhor! Então diga logo a ele: assim e assim, ensino as crianças. Não vai acontecer nada, palavra. Não tenha medo, embora ele também...

— Não tenho.

E eis que a porta está aberta, a respiração, apertada, através de uma frestinha finíssima entre os dentes. Na moldura – no círculo cambaleante das velas – fica para sempre este rosto, os olhos carregados, maçãs do rosto pontudas, e os lábios: não há lábios, não há faixas rosadas – não há e não haverá palavras.

Em silêncio, com os olhos. Depois, de repente, sua boca é um corte – só que mais alto do que devia ser, e o lábio superior é muito curto.

Palavras:

— Sabia da ordem?

— Sabia.

— Então, por quê?

— Para que me trouxessem ao senhor.

A vela, consumindo-se, crepita; das maçãs do rosto, uma sombra. Em cima da mesa, em cima dos papéis, um revólver, e são dois canos os olhos.

— Tem arma?

Respiração através de uma fresta finíssima; apertada: "Não".

Ele se ergue atrás da mesa, na vela a chama vacila; um minuto – silêncio. Depois, de forma leve e habituada, passa as mãos pelo corpo dela, apertando de leve aqui, nas ancas – onde, em meio às pregas, pode haver uma arma. Tália tem a impressão de que as mãos dele tremem – ou será dela o tremor? Os lábios dela estão secos, uma agulha atravessa tudo em um instante: "Isso? Com ele?". E responde a si mesma: "Sim, isso também, e tudo – desde que...".

Sem erguer os cílios, curvados sob o peso das flores, cambaleando, lambendo os lábios secos:

— Eu... Não é isso... É em vão. Eu vim... porque aqui... Eu sei: o senhor quer, amanhã cedo... Ele...

— Ele quem?

— Kukovérov. Eu, eu não posso permitir que ele... Dou ao senhor – tudo, eu toda, o que quiser! Pela vida inteira vou lhe... Eu o amo, entende?

Silêncio. Consumindo-se, a vela crepita. Agora, no rosto

dele, vê-se claramente o corte dos lábios, o superior é muito curto, e nele há um ligeiro tremor – pode ser a sombra da vela.
— Eu também o amo.
Os olhos imensos de Tália se escancaram:
— O senhor?
— Sim, eu. Ficamos presos juntos, por um ano. Vivemos a dois. Isso não se esquece.
— Então quer dizer que o senhor... não vai...
— Amanhã vou fuzilá-lo. Não eu... Bem, tanto faz.
Sufocando na fuligem, a vela cambaleia, chão, paredes. Tália precisa apoiar as mãos na mesa, curvar-se mais baixo, olhos nos olhos, seus olhos são alados, escancarados.
Dorda levanta-se – firme, todo dentro do coldre; tira o revólver de cima dos papéis da mesa.
— Agora vou até ele. A senhorita vai me esperar aqui.
E mais uma vez sua voz, de longe, detrás da porta, ao vigia:
— Fique aqui com ela até eu voltar.
Silêncio. O pavio é um gancho negro, como o bico de um açor. Acima, um teto de mil *puds*, e adiante, o céu, o deserto, o gelo, a estrela escura.

∎

Máquinas e pessoas, multidões mudas de livros, e os séculos, petrificados em seu último movimento – com um rugido inaudível, ensurdecedor: tudo isso para, no fim, lançar para cá, para a margem nua, as três últimas pessoas da estrela.
O salão nu, deserto – apenas, no chão, o círculo imenso com marcas de escala, e um ponteiro negro, por enquanto ainda

imóvel. É simples, nada de mais, e todavia eles estão assim – como um bicho, que treme ao sentir o cano negro de uma arma.

Eles dois – rostos virados para cá. A luz da lua vem de baixo e de trás, seus rostos estão na sombra, e no céu esverdeado, paralisado, há dois perfis escuros incrustados: o homem, de soslaio, queixo estreitado contra o peito, nós dos músculos abaixo do peito; e a jovem, de cílios pontudos, lábios que acabaram de dizer algo e ainda não se fecharam.

Agora aquela, a velha, que há mil círculos foi a Mãe, inclina-se. No ponteiro está a sua mão, marmórea, e o mármore se ergue cada vez mais na mão, e parece que essa mão nunca sairá do lugar. As sobrancelhas, os dentes, ela inteira – mais força! – a ponto de estalar! Um movimento: o ponteiro começa a deslizar devagar, rangendo, pelo círculo.

É simples, nada de mais. Eu, um homem, sei. Aperte-se contra mim, para que o seu ombro... Não tema, só não precisa olhar para lá, não precisa. O ponteiro desliza, rangendo, agora está em cima de um número – sim, aqui... parou. É tudo.

Ela, a Mãe, está em pé, ereta, alta. Por seu rosto passa um turbilhão de nuvens, sobre tudo de uma vez: sobre o menino já morto, sobre eles, sobre si mesma, sobre os milênios, sobre este – o último – segundo, e sobre o que está prestes a acontecer.

Esticando-se cada vez mais, rompe-se o finíssimo fio de cabelo dos segundos, em algum lugar abaixo há um rumor enorme, redondo. Tudo estremece; com um rebote absurdo, cintilando pela última vez, desmoronam as duas luas; no salão vizinho, um retinido de correntes e o som das máquinas despencando; através do estrondo, um grito; e uma escuridão repentina, é noite na estrela escura.

Dorda fita-o nos olhos bem abertos, azuis, vê como se mexem os lábios de Kukovérov, olha para o seu dedo – ao lado, junto à unha, manchado de tabaco. É um ser humano, um ser humano vivo. E saber, precisamente, saber que amanhã...

É assim: é como se bastasse a Dorda se mexer um pouco, apenas tocar no papel com o lápis, e isso acontecerá não amanhã, mas agora, aqui – pois Kukovérov é feito de vidro finíssimo, como papel de *papirossa*. E Dorda está imóvel – é uma estátua de metal escuro, de couro brilhante.

— Dê-me uma *papirossa*... – a voz de Kukovérov é difícil, através dos lábios secos.

Ele se inclina com a *papirossa* sobre o vidro do candeeiro de lata (não tem fósforos), a labareda vermelha pula no vidro, solta fumaça.

— E você se lembra, Dorda, de quando ficamos juntos na cela sem tabaco? Só uma *papirossa*, e eu queria que você pegasse, e você queria que fosse eu, e depois ainda a fincamos com um prego na parede, como lembrança... como...

Na plataforma já soou o terceiro sinal, e é preciso, rápido, rápido, falar de algo mais, e algo mais – fragmentos. Kukovérov fuma com avidez, na *papirossa* cresce uma cinza grisalha, levemente encaracolada, em sua cabeça os ponteiros giram enlouquecidos.

— Era isso: nós, à janela, no banquinho, o céu, e alguma coisa... Sim: ruídos de bonde. E tínhamos uma impressão como... como... E agora, você e eu... Ridículo! Fiquei pensando o tempo todo... Uma caneca com água, de lata, olhe, está vendo essa sujeira em cima, na borda? Entende? Eu olhei para ela e pensei: amanhã será exatamente a mesma... Lá talvez seja o vazio absoluto, o deserto, o nada, e, entende, eu penso: de repente ver lá essa mesma caneca, e essa sujeira nela, talvez seja uma alegria incrível, tamanha... Ou ver uma lagarta rastejando, e mais nada: uma lagarta.

Dorda está sentado, apoia com firmeza a cabeça, não tem boca, e traça com o lápis uma cruz no papel – ainda maior, não tem espaço, é preciso tirar o revólver do papel. Mas mal toca o revólver – de repente, uma ideia. Ouve: Um! Dois! Três! – como um relógio na insônia, o coração. Sim, será isso, possivelmente, o mais...

Ergue-se – devagar, à janela; para. E com as costas – ali, em algum lugar entre as omoplatas, tem até vontade de tocar este lugar, lá agora sente uma pontada, de leve –, com as costas Dorda vê claramente: Kukovérov pegou o revólver que estava sobre a mesa, agora o ergueu. Atrás da janela – céu, deserto, gelo, e abaixo uma estrela enorme, azul – dos telhados cresce uma nuvem, como parede de ferro-gusa. Sabe-se lá por quê, por um instante: a mãe na soleira, a mão em viseira sobre os olhos... Dorda espera um minuto, depois mais um minuto.

E nada. Volta-se rapidamente, lá está Kukovérov, inclinado sobre o candeeiro, acendendo uma nova *papirossa*. O revólver sobre a mesa, como antes. Na sombra, sob as maçãs pontudas do rosto de Dorda, uma lagarta estremece. Dorda vai até a mesa, tira o revólver de cima do papel, no rosto rasgam-se repentinamente os lábios vermelhos, só que não lá, mas bem mais alto do que devia ser, o lábio superior é muito curto. E palavras:

— Você é um idiota, um intelectual! Eu sempre lhe disse isso.

— Eu me lembro... – sorriso. — As cinzas – grisalhas, levemente encaracoladas – logo vão se espalhar, cair.

— Eu teria pegado e atirado. Fique tranquilo. Amanhã não sou eu quem vai atirar em você, ora, mas tanto faz.

— Amanhã, sim. Mas agora você...

— Chega, não fale besteira! Você nem imagina que eu deixei o revólver ali para você de propósito? Idiota!

— Está bem. E eu, talvez, por esse único minuto, por você... Ouça: será que você não entende que o mais importante...

O relógio quebrado gira enlouquecido, uma hora é um segundo. Não há pessoas, por isso esses dois são as pessoas e, agora, como depois do terceiro sinal, é preciso falar rápido de algo mais, e de algo mais. Na mesa esborcinada jazem cadáveres brancos de *papirossas*, cinza encaracolada. As rugas junto às têmporas de Kukovérov formam um leque, ele sorri; os olhos brilham.

— Mas sabe, Dorda? Tenho pena de você, ora, simplesmente... Isso talvez seja só agora, talvez amanhã eu...

De repente é esse simples amanhã, eles dois: ainda invisível, fluindo agora, em algum lugar, como uma imensa onda de luz, cada vez mais próximo. Na sombra, sob a maçã do rosto pontuda de Dorda, agita-se uma lagarta. Ambos ficam calados, parece que por muito tempo. Depois Dorda fala manso, olhando para baixo, para o lápis:

— Veio até mim a sua... não sei o que ela é sua. Disse várias... bem, que ama você, e mais... mas não me lembro do que mais. Não é importante. Na verdade, foi por isso que vim.

Dorda olha para a cruz – no papel, a lápis – e ouve a respiração de Kukovérov, lenta, apertada, como se para ele todo o ar repentinamente tivesse se endurecido, em pedaços. Kukovérov fica calado.

— Então? Por que se cala? Diabo!

Dorda ergue-se de um salto – à janela; lá fora não há mais estrelas, todo o céu é nuvem, ferro-gusa. De novo à mesa, onde Kukovérov se cala.

— Isso talvez seja estúpido, proibido, mas tanto faz: você quer que ela venha para cá, para junto de você? Digo à escolta. Então? Quer?

O ar são pedaços que picam, não há palavras. No rosto de Kukovérov, um sorriso, nuvens claras e escuras: dizem que é como o dia, ou como... e que é impossível, insuportável. E mesmo assim um menear de cabeça, quase imperceptível: sim, quero.

E quando Dorda se levanta para sair – a voz de Kukovérov, esgueirando-se com dificuldade entre os dentes:

— Deixe-me uma *papirossa*, não tenho nenhuma. Obrigado. De modo geral.

Certa vez, há tempos, a última *papirossa* fora fincada com um prego na parede. Assim foi.

Para Dorda, para Kukovérov, para as pessoas, para a Terra, por uma cortina de ferro estrondosa de nuvens, o amanhã ainda está tapado, e está tapada a estrela morta, que de repente estremecera. Lá, tudo é negro, noite. Essa noite é um minuto, o céu já surge. Mas ele não é de gelo verde, como tinha sido, acima da estrela, ontem e anteontem: ele se inflama de vermelho – como uma moça que viu e sentiu pela primeira vez – as faces todas ardentes, e o coração, zunindo com o sangue, precipitando-se de encontro – para queimar, consumir-se.

Mais uma marca da escala, um fio de cabelo, e em vez de duas luas de nariz achatado contra o vidro, ergue-se, devagar, enorme, uma lua inédita: um rosto vermelho, hirsuto, bexiguento, cruel, alegre, indiferente, curioso. As paredes enrubescem com um sangue transparente, há uma faixa vermelha no peito da mulher jovem – lembra uma rachadura em uma taça –, e vergões vermelhos no ombro do homem.

As narinas dele tremem – como as de um animal que sente um cheiro ainda distante, vago e, eriçando-se, recua. Sem tirar os olhos da nova e terrível lua, ele dá um passo para trás, e outro passo, protegendo-se com a mão. De repente, como flecha, em direção à porta – sair daqui, rápido, para não ver, para...

Mas já não há porta, está atulhada, do lado de fora, por pedaços das paredes partidas – blocos, pilhas, montanhas de gelo vítreo em faíscas vermelhas, impossível voltar, só se pode prosseguir. Para onde?

Só eu – eu, a Mãe, que vivo há mil círculos –, só eu sei para onde. Ouço como, com um assobio, cem vezes mais rápido, precipitamo-nos ao encontro da Terra, girando – e tudo em prol disso, em prol disso foram condenados por mim esses dois últimos, homem e mulher: ainda estão vivos, são ainda humanos.

E eu também sou humana. Se eu não fosse humana, se... Mas não posso dizê-lo em voz alta, e sei disso: agora vou sorrir para ele – pronto, sorrio.

Com as duas mãos ele segura firmemente a cabeça arrebatada, os olhos são redondos – como os de uma criança, como os de um animal. Diz baixo a ela, à Mãe:

— O que você fez? O que é aquilo, vermelho?

— É a Terra. Desviei para a Terra, para que nós... Não, não, ouça: lá, na Terra, tem ar, lá tem pessoas, homens e mulheres, e todas respiram o dia inteiro, a noite inteira, o quanto quiserem, e lá já não é preciso matar, e lá...

Os lábios dele se movem, ele repete as palavras dela, como uma oração – em seu lábio superior há uma covinha quase imperceptível. E já saber, ver como esse lábio se erguerá em seu último sorriso arreganhado, como seus dentes... Em voz alta:

— E você... você também vai respirar, de dia, à noite, para sempre, o quanto quiser!

O homem fecha os olhos, é impossível acreditar de imediato, o coração palpita; e subitamente abre-os, para acreditar – para estender as mãos à Terra hirsuta, maravilhosa, terrível – para gritar ao encontro dela, como um animal à alvorada – para, em alegria ébria, agarrar aquela outra mulher, apertá-la, rude, cruel, ternamente.

Girando e tremendo, a Terra espera que a traspassem até as entranhas escuras – para que dela escape a impaciente lava rubra agitada – para queimar, consumir-se. Tremendo, ela cobre sua nudez com nuvens, a chuva cai, incendiando, como lágrimas – para que seja logo, para que seja nunca: é deslumbrante, é doloroso.

Do telhado, gotas no peitoril de pedra, e no mundo inteiro, dois – Kukovérov e Tália, escutam cada gota. Candeeiro, mesa de madeira, na mesa, cadáveres de *papirossas*, os cílios curvados pelo peso do florescimento estão voltados para baixo, para Kukovérov, que está no chão, com o rosto no vale quente entre os joelhos de Tália, onde há pouco agitava-se a lagarta Rhopalocera... E, no silêncio, gotas – entre gota e gota, séculos.

Kukovérov ergue o rosto, olhos fechados, sorriso:

— Gotas. Está ouvindo? Como parece enorme cada gota, ou talvez não seja, mas a senhorita entende? Eu sei: vou ouvi-las sempre, por toda a minha...

Quis dizer "por toda a minha vida" e tropeçou. O sorriso esbranquece, ele fica de joelhos, em silêncio, enxuga a testa bem acima da sobrancelha direita – o dedo amarelo de tabaco.

Dentro, em Tália, como uma criança viva, o coração se revira com tamanha dor que dá vontade de gritar, e ela inteira – alguma coisa, o mais impossível, o mais difícil, apenas para dar a ele mais uma hora, ou duas...

Kukovérov abre os olhos azuis, surpresos – pois de repente ouve o riso dela.

— Ouça, como sou burra! Pois esqueci de lhe dizer o mais importante... Falei com ele agora, com Dorda, ele diz que amanhã... que o senhor, de modo geral, não... Eu não lembro... Estava com pressa... Ele disse que o senhor será mandado para a cidade, ele vai dar um jeito para que...

Os olhos de Kukovérov – redondos como os de uma criança – ficam cada vez mais azuis, cada vez mais abertos.

— Mas... Mas comigo ele... foi totalmente diferente, ele acabou de... Ele e eu, aqui...

— Não, não! Porque eu pedi, pode ser que... Não sei, foi ele que disse, estou dizendo!

Papirossa. Não há fósforos – a labareda vermelha do candeeiro treme e se espicha para cima. Na cabeça de Kukovérov, zunindo, voam enlouquecidamente, como em um relógio de mola estourada – palavras, pulando fora da gaiola, uma por cima da outra:

— Sim, sim, pois certa vez eu e Dorda, juntos... Isso deixou-o muito... Veja, essas *papirossas* são dele, está vendo? E se... E depois eu e a senhorita vamos para algum lugar... É muito simples: é possível mudar de nome... Engraçado, de onde veio isso? O sobrenome era Pupýnin, Pantelei, entende? E o homem entregou um pedido para mudá-lo para Robespierre: Pantelei Robespierre! Exatamente, exatamente: Pantelei Robespierre!

Tália tem de rir junto com Kukovérov, pois se não rir... Um

segundo vazio, terrível, sem respiração, depois o riso – aos pedaços, em torrões, absolutamente seco, desfazendo-se de imediato em pó. Kukovérov de novo diz algo sobre aquilo – como se eles, juntos, vão... Vão? E não há mais forças, Tália grita:

— Cale-se! Não precisa! Não consigo!

Silêncio. Gotas na pedra. Kukovérov de joelhos, a cabeça nas mãos de Tália – assim, com ambas as mãos, apertar forte essa cabeça e olhar sem respirar, mais, mais – para recordá-la por toda a vida.

Em Kukovérov, para sempre – até amanhã – ficarão gravados os lábios virginais, levemente frios, como lilases no crepúsculo. E quando, depois, ele a beija através da seda, Tália, girando e tremendo por inteiro – as mãos tremem e gelam –, algo bastante inconcebível: ela rapidamente abre o vestido, tira o seio esquerdo, como tiraria para um bebê, e oferece a Kukovérov:

— Aqui... quer?

Gotas – a mil verstas. Com as faces ardentes, com os lábios, Kukovérov escuta-a inteira – e suas palavras são confusas, despencam:

— Quando ele estava me revistando, tive a impressão... Achei que até podia fazer aquilo, sim, podia! Quero que você, você... Quero que você deixe algo seu em mim, para... Não, não, não, não é porque eu pense que amanhã... Não! Estou dizendo: ele me disse, estou dizendo! Mas por acaso é necessário passar a vida inteira junto e sair para passear? Pois o mais importante é que... Ora, querido!

Gotas na pedra, imensas, no silêncio. E de forma imensa e leve como a Terra, Kukovérov de repente entende tudo. E entende: sim, é assim, é necessário. E entende: não há morte.

Vai até a porta, aguça o ouvido, fecha o trinco. Guardará na memória para sempre, até amanhã: sob o trinco, um semicírculo na madeira – foi o trinco que o traçou, balançando por horas, anos, séculos. E mais: a janela já empalideceu, a cruz negra do caixilho, as nuvens, um ruído enorme, distante e redondo, cada vez mais próximo.

Através do gelo vaporoso de milhões de verstas, girando com fúria cada vez maior, a estrela se precipita com um assobio – para queimar, consumir-se – cada vez mais próxima. E lá estão os três últimos. Iluminados por uma luz nova, vermelha, derradeira, sem calcular eles sorvem avidamente o ar que resta, embriagam-se, respiram como aqui, na Terra, as pessoas respiravam muito tempo atrás – há mil círculos. Oh, uma vez na vida – sem pensar, sem calcular –, com o corpo, com a boca, com o peito!

Homem e mulher abraçam-se apertados: dois são um. E aquela, a Mãe – acima deles, acima de tudo. No clarão vermelho do céu está incrustado o seu perfil, sobrancelhas e lábios fortemente comprimidos, ela é marmórea como o destino, os ombros levemente curvados sob algum peso, está em pé e espera. E eis que o chão sob os seus pés se levanta como um corpo vivo; inundadas de vermelho, as fendas cortam paredes milenares, um som de vidro estilhaçando...

Silêncio. Nos desertos, sombras pontudas e dentadas de rochedos virados. Blocos de vidro gelado, queimados por fagulhas escarlates, e debaixo deles – como através do gelo, no fundo –, montes escuros de máquinas, livros, corpos, três cadáveres instantaneamente congelados, fortemente apertados um ao outro.

No silêncio, gotas na pedra; entre gota e gota, séculos, segundos. Em um segundo determinado – de repente as nuvens desmoronam no branco ofuscante –, o caixilho preto da janela em cruz, trovões em colunas; acima, pedras, estrondo, fogo.

    Das isbás que se retorcem como ursos, empinadas, surgem os de Kélbui, os de Oriol, e todos correm para algum lugar, caindo nas fendas ardentes. A Terra abre suas entranhas, cada vez mais – e mais – e abre-se por inteiro, para conceber, à luz rubra, novas criaturas de fogo, e depois, na neblina branca e quente outras, novas como flores, presas à nova Terra apenas por caules finos, e quando essas flores humanas amadurecerem...

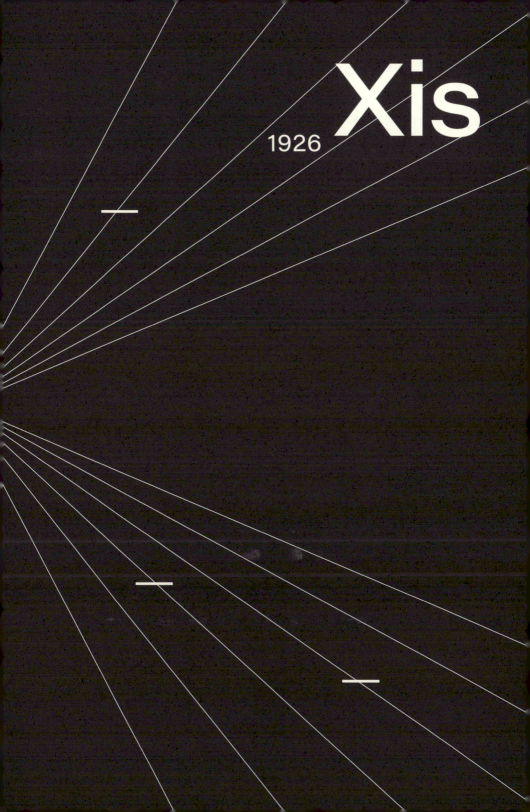

No espectro deste conto, as linhas básicas são de cor dourada, vermelha e lilás, pois a cidade está cheia de cúpulas, revolução e lilases. Revolução e lilases estão em pleno florescer, e disso pode-se concluir, com certo grau de fidedignidade, que o ano é 1919, e o mês, maio.

Essa manhã de maio começa na esquina da Blínnaia com a Rosa Luxemburgo, quando surge uma procissão – pelo visto, religiosa: oito pessoas do clero, bem conhecidas na cidade inteira. As pessoas do clero, porém, agitam não turíbulos, mas vassouras, o que transfere toda a ação do plano da religião para o plano da revolução: simplesmente elementos ociosos cumprindo a obrigação do trabalho em prol do povo. Em vez de oração, sobe aos céus, em ouro, uma nuvem de poeira, o povo nas calçadas espirra, tosse e se apressa em meio ao pó. Ainda são nove e pouco, o serviço é às dez, mas hoje, por algum motivo, todos madrugaram e zunem como abelhas diante de um enxame.

Naquele dia (20 de maio de 1919), todos os cidadãos em idade de 18 a 50 anos, com exceção dos burgueses mais impenitentes, estavam no trabalho, e todos, de 18 a 50 anos, aguardavam ostensivamente algo de extraordinário em todas as UEPO, UEKO e UONO[1] possíveis. O principal é que era "algo", que era um xis, e a natureza humana é tal que a atraem exatamente os xis (algo que a álgebra e os contos aproveitam maravilhosamente). Neste caso, o xis resultou do diácono arrependido Indikóplev.

O diácono Indikóplev, que se arrependera publicamente de ter enganado o povo por dez anos, naturalmente desfrutava

---

1 Siglas, respectivamente, de Seção Postal da Província, Seção Econômica da Província e Seção de Educação Popular da Província.

XIS

agora da confiança do povo e dos poderes. Às vezes acontecia até de ir pescar com o camarada Stérligov, do UIK² – assim fora, por exemplo, ontem à tarde. Ambos olhavam para as boias de pesca, para a água dourada-vermelha-lilás, e falavam de escalos, dos líderes da revolução, de melaço de beterraba, do socialista--revolucionário foragido Perepetchko, dos tubarões do imperialismo. Neste ponto, de forma absolutamente despropositada, o diácono observou, cobrindo-se, confuso, com a mão:

— Camarada Stérligov, desculpe-me, mas suas... calças, atrás... não é que estejam mesmo, mas parece que...

O camarada Stérligov apenas coçou os pelos do rosto:

— Está bem, até amanhã sobrevivem! E amanhã devem dar traje profissional aos funcionários: chegou um papel do centro. Só que lhe digo isso em segredo.

Quando o diácono regressava para casa com três acerinas, ele, é claro, bateu na janela do telegrafista Aliochka e lhe contou – claro que em segredo. E o telegrafista Aliochka, como vocês sabem, é um poeta, já escreveu 8 libras de versos – jazem lá no fundo do baú. Como poeta, não se considerava no direito de guardar um segredo na alma: a vocação do poeta é escancarar a alma para todos. E na manhã seguinte, todos, de 18 a 50 anos, sabiam do traje profissional.

Mas ninguém sabia o que era um traje profissional. Uma coisa estava clara para todos: o traje profissional era algo cuja genealogia vinha da folha de figueira, ou seja, algo que cobria a nudez de Adão e embelezava a nudez de Eva. Mas a área geral da nudez de então era significativamente maior do que a área

---

2 Comitê Executivo da Província.

das folhas de figueira – a ponto de que, por exemplo, o telegrafista Aliochka já havia tempos ia para o serviço de ceroulas, que, por meio de óleo de linhaça, fuligem e mínio, foram convertidas em calças impermeáveis com listras vermelhas.

Naturalmente por isso, para Aliochka o traje profissional encarnava-se em forma de calça, porém, já para a bela Marfa, florescia em chapéu rosa de maio, para o ex-diácono, encarnava-se em botas – e assim por diante. Em suma, o traje profissional era, evidentemente, algo similar ao protoplasma, a matéria primordial, a partir de qual tudo se desenvolveu: baobás, cordeiros, tigres, chapéus, socialistas-revolucionários, botas, proletários, burgueses impenitentes e o diácono arrependido Indikóplev.

Se vocês se arriscarem a mergulhar agora comigo nas nuvens de pó da rua Rosa Luxemburgo, através de espirros e tosses ouvirão com clareza a mesma coisa que eu ouço: "O diácono... Com o diácono... Cadê o diácono? Não viram o diácono?". Apenas esse diácono, como pescador experiente, poderia puxar esse anzol-xis que apanhara todos com a isca do traje profissional. Mas o diácono não estava aqui: agora ele devia ser procurado não na linha vermelha do espectro, mas na lilás, de maio, a linha do amor. Essa linha passa não pela Rosa Luxemburgo, mas pela Blínnaia.

Bem no fim da Blínnaia, junto a uma casa pintada com a mais terna cor lilás-rosa, está o diácono arrependido. Ele bate na cancela – dentro de um minuto ouviremos, no quintal, a voz rosada de Marfa: "Kuzmá Iványtch, é o senhor?", e a cancela se abrirá. À espera, o diácono olha para um semblante de bigodes malévolos pintado na cancela, com uma inscrição embaixo:

XIS

"Que assim seja".[3] Não se sabe o que isso quer dizer, mas o diácono lembra-se de imediato de que está barbeado: desde quando, ao se arrepender, tirara bigodes e barba, tinha constantemente a impressão, como se tivesse tirado as calças, de que seu nariz se retorcia de modo absolutamente indecoroso, e de que era preciso cobri-lo com o que tivesse à mão – puro tormento!

Cobrindo o nariz com a mão, o diácono bateu mais uma vez, e outra: ninguém. Contudo, Marfa estava em casa: a cancela estava fechada por dentro. Quer dizer – o quê? Quer dizer que ela, com alguém... O diácono pôs dentro de si justamente essas reticências, recém-representadas graficamente, e, tropeçando nelas a cada instante, foi para a rua Rosa Luxemburgo.

Dentro de alguns minutos, naquele mesmo lugar, junto à terníssima casa rosada, avistamos o telegrafista e poeta Aliochka. Ele também bate na cancela, contempla o semblante bigodudo, espera. Fica de costas para nós: só a nuca escura e os ouvidos, espetados de modo muito cômodo e hospitaleiro – como as asas de um samovar.

De repente, todo o Aliochka torna-se um adorno quase desnecessário de seu próprio ouvido esquerdo: apenas o ouvido está vivo – engole os sussurros, os ruídos, os passos pelo quintal. Um poeta precisa tudo saber e tudo ver: precipita-se até a cerca, segura na beirada, salta, rasga a manga – e lá, no quintal, sob o galpão, vê algo, por um instante.

Talvez não valha a pena rasgar a manga e trepar na cerca atrás do poeta: tanto faz – mais cedo ou mais tarde saberemos o que Aliochka viu por lá. Enquanto isso, é possível julgar a partir

---

3 Fórmula de confirmação do tsar.

de seu rosto: de boca aberta e olhos arregalados, Aliochka parece agora as acerinas impiedosamente amarradas no barbante que, ontem à tarde, balançavam na mão do diácono diante da janela de Aliochka. Aliochka ficou com aspecto de acerina pelo tempo que precisou para encontrar uma rima para o que vira (notem: a rima foi a palavra "falha"). Depois, libertou-se do barbante em que seu destino se atara, e precipitou-se para a rua Rosa Luxemburgo.

Lá agora se preparava uma catástrofe: o encontro em um ponto humano de duas linhas hostis do espectro – a vermelha e a dourada, a da revolução e a do domo.

Esse ponto humano era o diácono. Estava vestido de calças bordô e camisa tolstoiana, feitas de uma batina de festa – e era visível de longe, como um clarão ou uma bandeira. Bastou surgir, rubro nas nuvens de pó, e, em sua direção, como um ímã, virou-se toda a rua Rosa Luxemburgo, choveram-lhe dezenas de perguntas, mãos, olhos. O diácono estava em um ambom invisível e, do ambom, distribuía a cada um: "Sim, traje profissional... Sim, sim, um papel do centro".

Mas alguém do povo (com voz de baixo) retumbou:

— Que papel? Está mentindo!

— Ora, como assim – "está mentindo"?

— Assim, muito simples.

— Não acredita? Pois veja: é a cruz sagrada, não? – E para manter-se acima, no ambom, o diácono arrependido, esquecendo-se do arrependimento, realmente fez o sinal da cruz. Depois corou de repente – reflexo da outra linha do espectro – e (invisível) despencou.

Essa catástrofe foi causada porque, da nuvem de pó vizinha, olhava fixamente para o diácono um cigarro improvisado, enfiado em um rosto peludo: Stérligov, do UIK. E claro que ele vira como o diácono fizera o sinal da cruz.

O diácono sentiu com aflição o nariz nu, cobriu-o com uma mão, levou a outra ao coração.

— Camarada Stérligov... Camarada Stérligov, perdoe, pelo amor de Cristo... – e, corando ainda mais, congelou.

Stérligov tirou o cigarro da boca, quis dizer algo, mas não disse nada – e isso era ainda mais terrível: apenas olhou em silêncio para o diácono e foi embora. O diácono foi atrás dele, como um sonâmbulo, sempre com a mão no coração.

Mas umas cinco, dez linhas e, vejam, o diácono teria inventado o que dizer, e seria salvo, mas de súbito, ali, de trás da esquina, escapuliu Aliochka. Pulou na direção de Stérligov e, em vez das palavras necessárias, disparou a rima:

— Falha! Ou seja... quero, com o senhor...

E calou-se, olhou ao redor, trocou o peso de uma perna para a outra – suas calças impermeáveis estalavam ligeiramente, como as bexigas de touro com as quais os meninos aprendem a nadar. Stérligov cuspiu o cigarro, zangado.

— E então? Qual o assunto?

— É... é secreto – sussurrou Aliochka.

Nas nuvens de pó ao redor flutuavam dezenas de ouvidos – escutaram o sussurro, e ele correu adiante, como uma fagulha por um rastilho de pólvora. O assunto secreto de Aliochka, a roupa profissional misteriosa, a catástrofe com o diácono – aquilo já era demais, milhares de volts pairavam no ar, era necessária uma descarga.

E a descarga veio: jorrou a chuva. Todos entre 18 e 50 abrigaram-se nas entradas, nos vãos, e de lá olhavam para a cortina farfalhante de contas de vidro. Não é nada, que caia – essa chuva é igualmente necessária para o cereal da República e para os eventos subsequentes do conto: no crepúsculo, pelas pegadas na terra molhada, será mais fácil para os perseguidores procurarem um certo xis que deles foge.

Todo aquele que viu o diácono na rua Rosa Luxemburgo, mesmo que só agora, sabe que ele é um homem robusto. De modo que talvez eu arrisque um aborrecimento ao encontrá-lo por acaso em outro conto ou novela – mas, mesmo assim, considero meu dever desmascará-lo aqui por completo.

Arrependido e barbeado, o diácono Indikóplev publicou uma bula para o seu rebanho no *Notícias* do UIK. Impressa em cícero grosso, a bula foi afixada nas cercas – e por ela todos ficaram sabendo que o diácono se arrependera depois de ter ouvido uma palestra de um visitante moscovita sobre marxismo. Verdade que a palestra, em geral, causou grande impressão – tamanha, que a conferência seguinte do clube, sobre astronomia, foi anunciada assim: "O planeta Marx e seus habitantes". Mas sei com certeza: o que produziu uma reviravolta no diácono e o fez se arrepender não foi o marxismo, mas o marfismo.

A fundadora dessa doutrina para além das classes, até agora apenas mostrada de leve, nas entrelinhas, certa vez, de manhã cedo, desceu ao rio para se banhar. Despida, pendurou o vestido em um salgueiro, de cima de uma pedrinha baixou na água os dedos do pé direito – como a água está hoje? –, chapinhou uma vez, duas. Uma braça à esquerda, estava sentado sob um arbusto o (então ainda não arrependido) diácono Indikóplev, nu, retirando a nassa colocada à noite para pegar lagostins. Com ouvido habituado de pescador, o diácono ouviu o chapinhar: "Ei, deve ser um grande, brincando!". Olhou... e se arruinou.

Marfa encolheu os ombros (a água estava fria) e pôs-se a formar uma coroa com as tranças em volta da cabeça – os cabelos eram ricos, sazonados, castanho-claros, e toda ela era sazonada, rica. Ah, se o diácono soubesse pintar como Kustódiev! Ela, no verde-escuro das folhas, com a mão erguida até a cabeça, e nos dentes um grampo, os dentes de açúcar, de um branco azulado, em um cordãozinho preto, e entre os seios, uma cruzinha verde esmaltada...

Levantar-se e partir de imediato o diácono não podia, por conta de sua nudez; nem vestir-se – a roupa de baixo era uma vergonha. A contragosto, teve de aguentar tudo até o final – até Marfa se fartar de nadar, sair da água (só isso: como as gotinhas desciam pelos mamilos!) e se trocar – sem pressa. O diácono aguentou, mas foi a partir exatamente desse dia que se tornou um marfista convicto.

Em sua essência, o marfismo era muito mais próximo ao Evangelho que o marxismo. Assim, por exemplo, não havia dúvida de que Marfa considerava "ama ao teu próximo" o mandamento principal. Pelo próximo, ela sempre estava pronta, seguindo o Evangelho, a tirar a última camisa. "Ah, meu coitadinho, o que vou fazer com você? Pois venha, queridinho, comigo – ora, vamos." Ela dissera isso ao socialista-revolucionário Perepetchko ("coitadinho, esteve preso!"), dissera a Kháskin, da célula do partido ("coitadinho, o pescoço é que nem o de um pintinho!"), dissera ao telegrafista Aliochka ("coitadinho, fica o tempo todo sentado, escrevendo!"), dissera...

Então revelou-se no diácono aquela herança maldita do capitalismo – o instinto de propriedade. E o diácono disse:

— Queria que você fosse minha, e de mais ninguém! Se eu a... bem, assim... bem, não sei como – entende?
— Ah, meu coitadinho! Pois entendo, sim, enteendo! Mas o que vou fazer com eles se me pedirem em nome do Cristo-Deus? Afinal, não sou de pedra, tenho dó!

Isso foi em uma tranquila tarde revolucionária, no banco do jardim de Marfa. Em algum lugar, uma metralhadora matraqueava suavemente, chamando seu macho. Atrás da porta do galpão, uma vaca suspirava amargamente – e, no jardim, o diácono suspirava, ainda mais amargo. Assim teria sido se o destino não tivesse largado no caminho a cor vermelha, com a qual foram pintadas todas as revoltas da história.

Certa feita, em vez de açúcar, entregaram aos cidadãos um galão de zarcão diluído em óleo de linhaça. O dia inteiro o diácono retumbou pelo ferro, pés descalços – pintava o telhado com a cor da moda. E quando escureceu, a mulher do diácono (suas vizinhas já lhe sussurravam sobre o diácono havia tempos) penetrou a casa de Marfa por trás, pelo jardim. Em suas mãos havia uma trouxa, e, na trouxa, algo redondo: podia ser uma bomba, podia ser uma cabeça decepada, podia ser um pote com algo dentro. Passados dez minutos, a mulher do diácono escapuliu do jardim, enxugou as mãos nas bardanas (estariam ensanguentadas?) e voltou para casa. Depois, como sempre: estrelas, metralhadoras, no galpão a vaca suspirava e, no banco do jardim, o diácono. Ele suspirou uma vez, outra, e praguejou:

— Arre, di-a-bo! Até aqui fede a tinta – não dá para escapar de jeito nenhum, fiquei o dia inteiro impregnado dela!

Porém, felizmente, no peito de Marfa estava preso um raminho de lilás. Caros camaradas, conhecem essa superestrutura assentada sobre uma infraestrutura muito macia – de acordo com a doutrina do marfismo? Se conhecem, entenderão que o diácono logo se esqueceu da tinta e de tudo no mundo.

Não surpreende que, de manhã, o diácono mal conseguisse abrir os olhos para a missa. Vestir-se rápido – pegou as calças... Nossa Senhora! Não eram calças, mas indícios diretos do crime: tudo estava lambuzado de vermelho. Na batina cinza, todo o traseiro era vermelho, todas as abas, vermelhas... Ontem à noite, no jardim, o banco fora pintado – por isso fedia!

O diácono lançou-se na direção do armário para vestir outras calças, que não lhe apresentassem o diagrama concreto de seu pecado, mas o armário estava vazio: sua mulher escondera tudo.

— Não, seu Grichka Raspútin[4], vá assim! – gritava a mulher do diácono. — Vá, vá, para que todas as pessoas de bem vejam! Nããо, não te dou nada, vá!

E assim foi, como outrora o profeta Elias – com um bando de meninotes gargalhando atrás dele.

Ninguém jamais conseguiu retratar verdadeiramente o vento simum, um terremoto, um parto, uma ressaca. Não é possível retratar o que aconteceu com o vigário quando oficiou essa missa. Uma coisa é importante: no final da missa, o diácono valorizou as conquistas da revolução e, particularmente, o fato de a revolução ter demolido a prisão do casamento burguês.

No dia seguinte, o diácono enviou ao alfaiate a batina de festa. Dois dias depois, de camisa tolstoiana bordô, barbeado, cobrindo acanhadamente com a mão o nariz que assomava

---

4 Místico com reputação de devasso que foi eminência parda da corte do último tsar russo, Nicolau II.

desavergonhadamente, apareceu na casa de Marfa – para lhe dizer que, por causa dela, decidira arruinar a alma, renegar tudo, separar-se da mulher e casar-se com ela, com Marfa.

— Ah, coitadinho! Pois venha, venha comigo... Mas por que seus olhos estão tão estranhos?

— Ora, os olhos! Meu cérebro está todo do avesso por causa disso tudo...

O cérebro do diácono ficou do avesso: como no seminário, voltara a ficar decorando textos – agora de Marx –, e toda noite ia às atividades do círculo. Porém, sob o marxismo, o diácono escondia o mais puro marfismo: após as demonstrações imparciais de meus testemunhos, isso deve ficar claro para o tribunal da história. Ademais, cidadãos juízes da história, por acaso esse clérigo supostamente arrependido não acabou de fazer o sinal da cruz em público, aos seus olhos? Isso foi visto por toda a rua Rosa Luxemburgo, incluindo o respeitável camarada Stérligov, do UIK – e isso lá é pouca coisa?

Toda a Rosa Luxemburgo é agora uma sala de teatro: a cortina de contas de vidro está aberta, os camarotes-vãos estão tomados pelo público, centenas de olhos cravados no palco. O palco consiste de dois tablados construtivistas, *à la* Meyerhold: duas portas com alpendre na entrada da loja de Perelýguin (as entradas, naturalmente, estão fechadas com tábuas: o ano é 1919). A ação se desenrola simultaneamente em ambos os tablados: à direita, Stérligov e o telegrafista Aliochka, à esquerda, o diácono marfista e Marfa.

Aliochka está pálido como Pierrô, e só as orelhas alongadas estão maquiadas de vermelho. Aliochka com dificuldade (isso é visível para o público) profere finalmente uma palavra – o cigarro de Stérligov cai no chão, ele agarra o coldre do revólver. Depois ergue ambas as mãos até a cabeça de Aliochka – como se fosse pegá-la pelas asas, como um samovar, e tirar dos ombros. A cabeça fica nos ombros, mas sem dúvida Stérligov diz algo do gênero: "Bem, se estiver mentindo, arranco sua cabeça dos ombros!". E ambos os personagens saem de cena, ou melhor, correm: Stérligov arrasta Aliochka pela manga, para a coxia.

No tablado da esquerda há, claramente, um diálogo amoroso. O diácono inicia-o de forma comedida, sem gestos – e apenas se vê como, no bolso de sua camisa tolstoiana, agita-se e salta algo, como se houvesse uma gata no forro: é o punho do diácono, ferozmente contraído. É possível afiançar que ele pergunta a Marfa: "Por que hoje de manhã você não me abriu a cancela? Quem estava com você? Não, diga, quem? Está ouvindo?". Marfa ergue as sobrancelhas, estica os lábios – como quando dizem a um bebê "cuti-cuti". Isso já não tem efeito sobre o diácono – seu cérebro está claramente do avesso, agora a gata vai saltar do bolso. Mas o público nos camarotes o constrange – vê-se que ele apenas diz (texto aproximado): "Ora, está bem – pode esperar!", e sai com a decisão firme (o punho no bolso é uma pedra): à noite, esconder-se no jardim e pilhar o adversário.

A apresentação chega ao fim. Marfa fica sozinha no palco, curva-se para o público. O público ainda não se dispersa – a chuva despenca mais forte, e decidem se molhar até os ossos apenas aqueles que por vontade do destino estão entrançados na linha principal da trama – como, por exemplo, Stérligov e o telegrafista Aliochka.

Molhados, entram agora na instituição que, naquele ano, tinha um nome muito mais cinzelado[5] e metálico do que agora. O soldado bexiguento enfiou o passe de Aliochka em sua baioneta, onde já tremulavam dezenas de outros aliochkas, transformados em retalhos de papel. Depois, o corredor interminável, rostos esvoaçantes, quase transparentes, feitos de gelatina humana. E diante da porta do gabinete, uma senhorita, da raça dos secretários (tipo especial de bichon).

A voz de Stérligov saía abafada através dos pelos de seu rosto – talvez devido ao nervosismo.

— Papalágui está?

O bichon se esgueirou para o gabinete, saltou de volta, abanou o rabo para Stérligov:

— Faça o favor.

E, em um segundo, o telegrafista Aliochka já estava diante do próprio camarada Papalágui. Na mesa, ao seu lado, um prato com o mais corriqueiro mingau de painço, e era espantoso que ele comesse do jeito mais comum, como todos. Mas os bigodes de Papalágui eram enormes, negros, pontudos, gregos – ou ainda, uns bigodes como...

— Bem, cidadão... como se chama? A-ha! Conte. E então?

Os joelhos de Aliochka tremiam tanto que ele mesmo ouvia as calças impermeáveis farfalhando como bexigas. Gaguejando, com pontos e pontos e vírgulas depois de cada palavra, Aliochka relatou que, naquela manhã, no quintal da cidadã Marfa Ijbóldina, ele vira o socialista-revolucionário Perepetchko,

---

5   No original, *tchekánnoie*, alusão à Tcheká, a polícia secreta soviética, criada em 1919. Na época em que Zamiátin escreveu *Xis*, a Tcheká tinha sido sucedida pelo OGPU – antecessor da célebre KGB.

socialista-revolucionário que, claramente, pernoitara em uma enxerga, no galpão.

— Tanto melhor: vem ele mesmo de encontro aos nossos chifres (de fato: os bigodes pontudos eram como chifres). Tanto melhor, tanto melhor... – Papalágui apertou a campainha; na porta, um rosto gelatinoso. – É o seguinte: hoje ao entardecer, na rua Blínnaia... Aliás, mais tarde. Por enquanto, vá. O senhor também pode ir (isso já foi para Aliochka, e Aliochka saiu farfalhando, impermeável, do gabinete).

Silêncio. Mingau de painço. Chifres apontados para Stérligov.

— Que diabo! Entenda: os colaboradores requerem que lhes deem trajes profissionais... Por que raios foram inventar isso lá, em Moscou? Ouça, Stérligov: lá nas suas lojas não sobrou nada para requisitar e entregar a eles?

Stérligov revolve seus pelos, fixando os olhos no mingau de painço.

— Hum... Só no Perelýguin ainda tem alguma coisa...

— Bem, se é na loja de Perelýguin, que seja na loja de Perelýguin. Apenas mande que tragam para cá logo. É um momento em que, entende... Esse filho da puta do Perepetchko.

Mingau. Silêncio. A seda da chuva do outro lado da janela aberta. Cheiro de lilás, que penetra até aqui, sem nenhuma permissão. Nos camarotes-vãos da rua Rosa Luxemburgo, o público ainda espera ao menos um entreato curtinho e seco.

Mas, em vez de entreato, a apresentação inesperadamente reinicia: em um dos tablados cênicos, entram três milicianos (figurantes sem falas) e um homem de japona branca felpuda, feita de toalha de banho. Nos camarotes, reconhecem-no de imediato, e agitam-se, aos sussurros:

— Siússin! Siússin do Uprodkom[6]! Siússin!

Débil aceno de mão do grande Siússin, estalido das tábuas sendo arrancadas das portas – os milicianos já arrastam para fora da loja umas caixas de papelão e amontoam-nas no breque do ex-chefe da cidade.

A chuva cessou de súbito – como cessa de berrar um menininho mimado, ao perceber que não estão olhando mais para ele. Sob o sol, brilhava no breque o oleado negro, ainda molhado. Dos telhados, os pardais gritavam para o povo. O povo de 18 a 50 anos gritava para o palco:

— Ei, camaradas! O que vocês têm aí?

Os milicianos, que não receberam falas do autor, ficam calados. Siússin observou uma pausa e, de perfil, largou, desleixado – como se larga um fósforo depois de acender o cigarro:

— Trajes profissionais.

E com o fósforo de Siússin, imediatamente incendiou-se toda a Rosa Luxemburgo, de 18 a 50 anos:

— Trajes profissionais? Para onde? Para quem? A-ah, é assim, e para nós, nada? Cidadãos, trabalhadores, detenham-nos! Cidadãos!

Siússin saltou para o breque, atrás dele os milicianos. Um deles pôs-se a açoitar o cavalo como se fosse um inimigo de classe – talvez até sem "como se fosse": era o cavalo de um comerciante. O inimigo de classe ruço largou a toda velocidade, carregando o mistério e os trajes profissionais.

Meia hora mais tarde, no gabinete de Papalágui, o telefone tocou, diziam que havia uma agitação por causa dos trajes

---

6 Comitê de Provisões do Distrito.

profissionais. A todos, de 18 a 50 anos, em troca do cupom adicional B, foram entregues fósforos – uma caixa para três. O povo de 18 a 50 anos zunia ainda mais, como abelhas, no ar sentia-se o enxame dos eventos, e por enquanto só não se sabia onde assentariam, onde ficariam suspensos em um novelo emaranhado, escuro, alado.

O diácono arrependido Indikóplev agora alugava um quarto. Casa, esposa, filhos, dinheiro, sofá – o diácono deixou tudo que era sólido para trás, e agora morava em um vórtice: fotografias de Marx e Marfa, cama sem lençóis, brochuras, bitucas. Quando, ao crepúsculo, o diácono voltou para lá e escondeu o nariz nu no travesseiro sujo – tudo isso começou a girar, a cama balouçou e desatracou, com o diácono, das margens da realidade.

Imediatamente braços, pernas e dedos foram parar em algum lugar a 100 verstas de distância e, ao mesmo tempo estavam ali, ao lado: como círculos de cidades em um mapa. O diácono saltou através de si mesmo por uma certa espiral e ficou no canto, de onde tudo se via. E estava absolutamente claro que lá, onde estava o nariz nu do diácono – lá era Moscou, afundada nas penas azedas do travesseiro. Para não sufocar, precisava erguer o braço, libertar Moscou das penas, mas casa, esposa, filhos e sofá esmagavam – era o fim! Queria fazer o sinal da cruz, mas não podia: de seu cantinho, o diácono viu que não estava de batina, mas de camisa tolstoiana bordô, e na parede havia um Marx peludo, parecido com Stérligov...

Por causa de Stérligov, foi como se uma agulha de crochê picasse a barriga, o diácono que jazia a 100 verstas e o minúsculo do canto juntaram-se em um só, e esse ser único se ergueu de um pulo e abriu a janela. No cemitério, soava o chamado para as vésperas; na esquina, soldados cantavam a *Internacional* – e não era possível que tudo isso fosse junto, era preciso desemaranhar logo, achar logo Stérligov, explicar-lhe que, meu Deus, Deus não existia, mas existia, existia... O que, ora, o que existia, o quê?

O diácono abanou o braço em desespero e correu para o UIK. Lá disseram que Stérligov, provavelmente, estava no clube, lá em cima. O diácono subiu, abriu a porta revestida de oleado roto, entrou.

No salão imenso – a 100 verstas, no fundo – piscava, na fumaça, uma lâmpada de querosene. Uma velhota, ao piano, tocava uma *mignonne*, milicianos de camisa de aniagem retrocediam com a *mignonne* e trombavam uns nos outros, às gargalhadas. Era uma sessão do estúdio dramático e de balé para milicianos, com um cheiro denso de vagão sanitário.

O diácono gritou:

— O camarada Stérligov está?

A *mignonne* endureceu, a velhota sacou um lenço e assoou-se, ou então chorou. O diácono cobriu o nariz nu com a mão e disse, olhando para dentes alegres, que se destacavam suspensos na fumaça, com um cigarro:

— Devo explicar ao camarada Stérligov que Deus... Venho por um assunto urgente: seria possível agora? Apure.

— Está bem... – e, retrocedendo com a *mignonne*, o miliciano desapareceu no canto escuro.

Pausa curta, de três oitavas, preenchida por uma mistura de sinos com a *Internacional* (a janela está aberta). Quando as três oitavas passaram, o diácono, de longe – a 100 verstas – ouviu, através da fumaça.

— Não pode. Mandou detê-lo. Por enquanto, fique sentado aqui.

O diácono se sentou, obediente. A velhota soluçou pela última vez e se pôs a tocar; os milicianos, retrocedendo, flutuavam na fumaça. E só então, percorrendo verstas, chegou ao diácono a palavra "deter". Deter! Estava perdido: agora viriam com espingardas e o levariam... A caminho dos calcanhares, a alma parou nas pernas, as pernas tornaram-se seres independentes, que pensam logicamente, em um segundo decidiram tudo, ergueram o diácono de mansinho – e, ao som da música, retrocedendo, como todos, ele foi até a porta. Aí reuniu tanto ar quanto podia – escada abaixo, em desabalada carreira, para a rua – e fugiu.

Como em um trem: passou por postes de telégrafo, janelas pretas quadradas, luzinhas minúsculas como alfinetes, samovar em cima da mesa. E de repente, em algum lugar – uma luz oblíqua, intensa, cabeças, ombros, narizes, uma multidão recortada na escuridão. Para a frente não havia para onde ir, para trás não podia. O diácono espremeu-se na pilastra de tijolo de um portão, semicerrou os olhos, esperou: agora virão.

E, de fato, alguém se aproximou e gritou bem no ouvido do diácono:

— Entregaram!

Quem entregou, tanto fazia: precisava fugir. O diácono deu um tranco, abriu os olhos.

Na sua frente estava Aliochka, o telegrafista. Estendendo as mãos em concha, firmemente – como um passarinho prestes a voar –, segurava um pedaço de pão preto.

— Entregaram isto – gritou –, em vez do traje profissional! Fui o último a receber, não tem mais.

O diácono expirou tudo de dentro de si, prolongadamente, como uma vaca no galpão. E entendeu de imediato que tinha vontade de comer, desde a manhã não comera nada; em casa, no armário, tinha mingau, precisava ir para casa. Mas Aliochka pegou-o pela manga:

— Olhe-olhe-olhe! Pois olhe!

À luz oblíqua da janela, Siússin estava de pé, nos degraus, com sua japona branca felpuda, e, ao lado dele, o bexiguento Puzyriov – o mesmo que por dois anos caíra prisioneiro dos alemães. Puzyriov cutucava Siússin com dois dedos, como um garfo no pepino:

— Então você está dizendo que não tem mais pão? Se é assim, pergunto: por que eu, por exemplo, desapareci sem deixar rastro? Cidadãos, batam nele!

Na faixa branca oblíqua, tudo oscilou. Siússin caiu, um enxame denso, trêmulo desceu sobre ele, em um segundo estava muito claro – a mão de Siússin apertando uma chave...

Aqui há algumas linhas borradas – ou talvez o diácono de fato não se lembrasse de como foi parar em seu quarto, instrumentado no vórtice, de como comera mingau frio. Após ter comido, quis tapar a caçarola com uma brochura de Trótski, mas repensou: sabia que nunca mais voltaria para lá, pois o final do conto devia ser trágico. E apanhando, para este final, o cutelo de ferro com o qual cortara estilhas para o samovar, o diácono saiu ao encontro do inescapável.

Na cerca próxima da casa pendia o lilás – agora estava negro, férreo. Sob o lilás, em um tronco, estavam sentadas duas pessoas, apertadas; branquejavam na escuridão uma meia e um joelho nu, beijavam-se sonoramente. Isso imediatamente fez com que um interruptor se acendesse no diácono e iluminasse o quarto onde (dentro do diácono) Marfa estava beijando alguém. Todo o restante se apagou, e o diácono agora se lembrava só de uma coisa: ir logo para lá, para a casa de Marfa, para apanhar *ele*.

Lá, na Blínnaia, havia uma janelinha iluminada, e na cortina branca movia-se uma sombra – agora erguia as mãos à cabeça: devia ter se despido e armado a trança na cabeça em coroa – como daquela vez, no rio. O diácono se incendiou, como se tivesse tomado um cálice de álcool puro. Na ponta dos pés, começou a se acercar da janela, para erguer a cortina – mas alguém espirrou atrás dele. O diácono estremeceu, virou-se – junto à cancela de Marfa, avistou-o. Não se distinguia o rosto, via-se apenas: o colarinho erguido e o chapéu palheta bem-posto – um prato branco.

No bolso – distante, a 100 verstas – o diácono apalpou o cutelo com dedos trêmulos. Depois: não, ele que entre no jardim, que entre! E passou na frente da janelinha iluminada, na frente da casa devastada de Perelýguin. Lá olhou para trás: o chapéu palheta virou na esquina, na vielinha em que havia uma cancela de jardim. A janelinha de Marfa apagou: quer dizer que ela está esperando...

O diácono demorou-se um pouco – como, girando, sempre demoram a explodir as bombas em Lev Tolstói. Sacou o cutelo, por algum motivo limpou-o na manga, e, pulando a cerca do jardim, por cima do lilás úmido, fustigante, a bomba voou até o banco para, de um só golpe, acabar com *ele* e com este conto.

Já estamos calejados há tempos, já não ouvimos quando matam. Ninguém ouviu como o diácono gritou, sacudindo o cutelo: todos de 18 a 50 anos estavam envolvidos em uma ação revolucionária pacífica: preparavam, para o jantar, croquetes de arenque, ensopado de arenque, doce de arenque. Em algum lugar, segurando uma chave, jazia o branco Siússin. A janela emanava odor de lilás. O camarada Papalágui interrogava cinco presos junto à padaria, e inteirava-se por telefone sobre como terminara o caso na rua Blínnaia.

Mas na Blínnaia não terminara, a bomba continuava a girar, ainda mais raivosa: no banco, o diácono não encontrou nada, e esfarrapado, molhado, ardente, saltou de volta para a Blínnaia. Deteve-se na esquina, girando, e viu: na tinta lilás de maio, branquejava e flutuava rapidamente na direção dele o chapéu palheta.

Instantaneamente se apagou (no diácono) o quarto iluminado pelo marfismo, e acendeu-se outro, onde estavam Marx, Stérligov e outros homens peludos e ameaçadores. E o peludo Stérligov-Marx enviara o chapéu de palheta para deter o diácono – isso agora brilhava com absoluta clareza na escuridão. Fugir – para onde der na vista!

O diácono largou-se pela Blínnaia – imensa – e viu seus braços se agitando. Mas aquele não era ele: ele mesmo, minúsculo, de cabecinha de alfinete, estava parado no meio do caminho e via o outro correndo. E, de repente, uma pontada de medo na barriga: reparou que aquele outro diácono – imenso – corria, retrocedia com a *mignonne*, como daquela vez os milicianos... pois bem: agora retrocedia justamente diante das paredes fuliginosas da casa de Perelýguin. Era preciso parar, entender o que era aquilo – o diácono mergulhou em um buraco na parede, descoberto e sem portas, e, respirando ruidosamente, sentou-se.

Um cheiro denso, como em todas as casas vazias naquele ano; acima, no retângulo negro, as estrelas olhavam indiferentes para baixo, para a Rússia, como se fossem estrangeiras. Ouvia-se ao mesmo tempo: a respiração acelerada, a terceira batida no cemitério, tiros. E claro que era impensável que uma pessoa ouvisse simultaneamente tudo isso, visse estrelas e farejasse. Ou seja, o diácono não estava sozinho, mas...

Passos achatados, chapinhando, atrás da parede. Devagar, abrindo articulação por articulação, como uma régua dobrável, o diácono levantou-se, olhou pelo buraco da parede – levou um susto: aquele de chapéu de palheta bipartira-se e, duplicado, agora dois de chapéu de palheta, iguais, estavam de cócoras, acendendo fósforos e examinando as pegadas do diácono na terra úmida. Não dava mais para aguentar: o diácono pôs-se a gritar e, pulando por cima de vigas, fogões, tijolos, lançou-se através da casa de Perelýguin. Dava para ouvir como, atrás de si, *ele* caíra e xingava em duas vozes – tropeçara, ficara para trás.

Por travessas vazias, cheias de algodão preto, o diácono chegou correndo ao cemitério – ele começava imediatamente depois da rua Blínnaia. Lá, encafuou-se na sebe onde o cemitério descia em barranco, e onde haviam enterrado por atacado os mortos daquele ano. Gotas salgadas, cáusticas, baixavam da testa para os olhos – o diácono limpou-se e sentou-se em uma lápide. A lua saiu, vermelha, ofegante, o diácono viu a tabuleta de mármore com letras douradas: "Doutor I. I. Fenômenov. Atendimento das 10h às 14h". Antes aquela tabuleta pendia na porta do doutor e, quando ele foi transferido para o cemitério, aparafusaram a tabuleta na lápide. O diácono entendeu bem: em sua cabeça havia algo de errado, precisava falar com o doutor – resolveu esperar o horário de atendimento de Fenômenov.

Mas não conseguiu esperar até lá: sobre a sebe do cemitério voltou a aparecer *ele*, de chapéu de palheta branco. E *ele* se multiplicava com rapidez aterradora: não estava mais duplicado, porém quintuplicado – cinco chapéus de palheta. O diácono entendeu que aquilo era o fim, não havia para onde ir, e berrou: "Eu me rendo! Eu me rendo!".

Quando trouxeram o capturado, Papalágui virou o abajur verde para iluminá-lo e perguntou:

— Nome?

— Indikóplev – respondeu o diácono.

— Ah, In-di-kó-plev! Olha só! Procedência, pais?

Em algum lugar ao longe, a 100 verstas, o diácono sabia: seu pai não podia ser arcipreste. O diácono cobriu o nariz nu com a palma da mão e, detrás dela, disse, inseguro:

— Pais não... não tive.

Papalágui apontou para ele os terríveis bigodes pretos, como chifres.

— Chega de bancar o idiota! Confesse!

O diácono sentiu uma pontada. Já que sabem de tudo – então, tanto faz.

— Confesso – disse. — Fiz o sinal da cruz. Embora tenha abjurado, fiz o sinal da cruz em público, confesso.

Papalágui virou-se para alguém no canto:

— O quê, ele quer se fazer de louco? Está bem, que tente! – Papalágui apertou um botão.

Então entrou *ele* – rosto vago, gelatinoso, colarinho erguido, chapéu de palheta. O diácono ficou branco e se pôs a balbuciar, retrocedendo:

— Ele mesmo... Cinco chapéus, eles mesmos... Por favor, não precisa. Pelo amor de Cristo... Quer dizer: não, por amor não!

Papalágui olhou para o chapéu, moveu os bigodes, zangado.

Depois apontou para o socialista-revolucionário capturado, que se fingia de louco:

— Leve-o para a décima. E vocês, voltem aqui imediatamente!

Depois que levaram o diácono, quando todos os cinco, de chapéus de palheta bem-postos, enfileiraram-se no gabinete, Papalágui pôs-se a gritar:

— Que pasquinada é essa? Que chapéus, que absurdo é esse? Quem inventou isso?

Um, que estava mais perto, sacou a mão do bolso, tirou o chapéu, rodou-o nas mãos.

— Isso, veja bem, camarada Papalágui... isso, de acordo com a ordem, é o traje profissional, quer dizer, foi isso que nos deram para usar.

— Tirem agora mesmo! Ouviram?

E os cinco trajes profissionais foram amontoados em uma pequena pilha na escrivaninha.

Assim terminou o mito do traje profissional. Evidentemente, terminou também o conto, pois não sobrou mais nenhum xis e, além disso, o vício já foi punido. A moral (todo conto deve ter moral) está absolutamente clara: não se deve confiar em clérigos, mesmo quando supostamente se arrependeram.

Autobiografia
1928

Como buracos cortados em uma cortina escura, fortemente cerrada, alguns segundos isolados da primeiríssima infância.

A sala de jantar, a mesa coberta de oleado, e na mesa um prato com algo estranho, branco, cintilante, e – milagre! – essa coisa branca de repente some da vista, sem que se saiba para onde foi. No prato havia um pedaço de um universo ainda desconhecido, não doméstico, exterior: no prato haviam trazido neve para me mostrar, e essa neve me assombra até hoje.

Essa mesma sala de jantar. Alguém me segura nos braços diante da janela; do outro lado da janela, através das árvores, o globo solar vermelho, tudo escurece, eu sinto; é o fim, e o mais terrível de tudo é que mamãe ainda não regressara. Depois fiquei sabendo que esse "alguém" era minha avó, e que naquele segundo eu estive a um fio de cabelo da morte: tinha um ano e meio.

Mais tarde: tenho 2, 3 anos. Pela primeira vez gente, turba, multidão. Isso é em Zadónsk: o pai e a mãe foram para lá de charabã e levaram-me junto. Igreja, fumaça azul, canto, luzes, uma histérica latindo como um cachorro, um nó na garganta. Daí termina, empurram e levam a mim – uma lasquinha – para fora com a multidão, e já estou sozinho na multidão: o pai e a mãe não estão, e nunca mais estarão, estou sozinho para sempre. Sento-me em uma sepultura; tem sol, choro amargamente. Vivi sozinho no mundo uma hora inteira.

Em Vorónej. O rio, o lugar reservado para se banhar, em forma de caixa, e nessa caixa, extraordinariamente estranha para mim (depois me lembrei disso, quando vi ursos brancos nas piscinas), chapinhava um imenso, rosado, obeso e convexo corpo feminino – a tia de minha mãe. Para mim, é curioso, e um bocado aterrador: pela primeira vez entendo que aquilo é uma mulher.

AUTOBIOGRAFIA

Espero à janela, olho para a rua vazia, com galinhas banhando-se na poeira. E finalmente vem nosso tarantasse: trazem meu pai do colégio; está em um assento absurdamente alto, com a bengala entre os joelhos. Aguardo o almoço com o coração parado – ao almoço, desdobro solenemente o jornal e leio, em voz alta, as letras enormes: *Filho da Pátria*. Já conheço essa coisa misteriosa – as letras. Tenho 4 anos.

Verão. Cheiro de remédio. De repente, minha mãe e minha tia apressadamente batem as janelas, trancam o balcão, e eu olho, achatando o nariz contra a vidraça do balcão: lá estão eles! Um cocheiro de bata branca, uma telega coberta de toalha branca, sob a toalha pessoas enrodilhadas, movendo as mãos e os pés: doentes de cólera. O barracão do cólera fica na nossa rua, junto à nossa casa. O coração palpita, eu sei o que é a morte. Tenho 5, 6 anos.

E, por fim: uma manhã leve e vítrea de agosto, um som distante e diáfano no monastério. Caminho diante da cerca em frente à nossa casa e, sem olhar, sei: a janela está aberta, e olham para mim minha mãe, minha avó, minha irmã. Pois pela primeira vez paramentei-me de calças compridas – "de sair" –, da japona do uniforme do colégio, com uma mochila nas costas; estou indo para o colégio pela primeira vez. Vindo em minha direção, o entregador de água Izmachka sacode em seu tonel e olha para mim algumas vezes. Estou orgulhoso. Sou grande: passei dos 8 anos.

Tudo isso em meio aos campos de Tambov, em Lebedian, famosa por seus trapaceiros e ciganos, seus mercados de cavalos e sua firmeza na língua russa – cidade sobre a qual escreveram Tolstói e Turguêniev. E os anos: 1884-1893.

■

Depois o colégio, cinzento como a lã de seu uniforme. Às vezes, no cinza, havia uma maravilhosa bandeira vermelha. A bandeira vermelha pendia na torre de incêndio, e na época não simbolizava de jeito nenhum a revolução social, mas um frio de 20 graus negativos. Aliás, essa era a efêmera revolução social na tediosa e pautada vida do colégio.

A lanterna cética de Diógenes – aos 12 anos.

A lanterna foi acesa por um robusto aluno da segunda série e – azul, lilás, vermelha – ardeu em meu olho esquerdo por duas semanas inteiras. Rezei por um milagre – que a lanterna se apagasse. O milagre não se consumou. Fiquei pensativo.

Muita solidão, muitos livros; muito cedo – Dostoiévski. Até agora lembro-me do tremor e do ardor nas faces, por causa de *Niétotchka Niezvânova*. Dostoiévski ficou por muito tempo – superior, e até mais intimidador; outro foi Gógol (e, bem mais tarde, Anatole France).

A partir de 1896 – colégio em Vorônej. Minha especialidade, da qual todos sabiam: "composições" em língua russa. A especialidade da qual ninguém sabia: experimentos de todo tipo aos quais eu me submetia, para me "fortalecer".

Lembro-me: na sétima série, na primavera, um cão raivoso me mordeu. Peguei um livro médico, li que o primeiro prazo habitual em que se manifestam sinais de raiva são duas semanas. E resolvi aguardar esse prazo – ficaria ou não raivoso? – para testar o destino e a mim. Por todas essas duas semanas – um diário (o único na vida). Não fiquei raivoso depois das duas semanas. Fui e relatei à diretoria, imediatamente me mandaram para Moscou – para tomar a vacina de Pasteur. Meu experimento acabou bem. Mais tarde, dez anos depois, nas noites brancas de São Petersburgo, quando fiquei raivoso de amor, fiz comigo um experimento mais sério, porém nem um pouco mais sábio.

Escapei da lã cinza do colégio em 1902. A medalha de ouro foi depositada por 25 rublos em uma casa de penhores de Petersburgo – e lá ficou.

Lembro-me: último dia, gabinete do inspetor (segundo a tabela de patentes[1] do colégio, "égua"), óculos na testa, ajusta as calças (suas calças estavam sempre caindo) e me dá uma brochura. Leio a dedicatória do autor: "À minha *alma mater*, da qual não consigo lembrar nada que não seja ruim. P. Ie. Chiógoliev". E o inspetor – em tom de sermão, sentencioso, pelo nariz, com ênfase no "o": "Está bom? Esse também terminou aqui com a medalha, e o que escreveu! Pois acabou na prisão.[2] Meu conselho: não escreva, não vá por esse caminho". O sermão não ajudou.

■

A Petersburgo do começo dos anos 1900 é a Petersburgo de Komissarjévskaia, Leonid Andrêiev, Witte e Plehve,[3] dos trotado-

---

1 Alusão à tabela de patentes instituída por Pedro, o Grande, e que, até a Revolução de 1917, regulava a hierarquia de postos dos serviços militar e civil na Rússia.
2 Pável Ielissêievitch Chiógoliev (1877-1931), especialista em Púchkin, foi preso por atividades políticas subversivas.
3 Vera Komissarjévskaia (1864-1910), atriz e empresária teatral, dá nome hoje a um teatro em São Petersburgo. Leonid Andrêiev (1871-1919), escritor e dramaturgo, célebre sobretudo pela novela *Os sete enforcados*. Serguei Witte (1849-1915) e Viatcheslav von Plehve (1846-1904) foram, respectivamente, presidente do Conselho de Ministros e ministro do Interior da Rússia.

res de malha azul, dos bondes trêmulos de tração animal com suas "imperiais"[4], de estudantes de uniforme e espada e estudantes de *kossovorotka*[5] azul. Sou um estudante politécnico, e pertenço à categoria "de *kossovorotka*".

Em um domingo branco de inverno, na avenida Névski – uma multidão negra e lenta, que aguarda algo. A Névski é regida pela torre da Duma, e ninguém tira os olhos da regente. E quando é dado o sinal – um golpe, à uma da tarde –, na avenida, de todos os lados, salpicos negros de gente, trechos da Marselhesa, bandeiras vermelhas, cossacos, varredores, policiais... A primeira manifestação (para mim) – 1903. E quanto mais perto de 1905, uma ebulição cada vez mais febril, assembleias populares cada vez mais ruidosas.

No verão – estágio nas fábricas, Rússia, países bálticos, alegres vagões de terceira classe, Sebastopol, Níjni, as fábricas do rio Kama, Odessa, o porto, os andarilhos.

Verão de 1905 – particularmente azul, variegado, tenso, cheio até a borda de gente e ocorrências. Sou estagiário no vapor *Rússia*, que vai de Odessa a Alexandria. Constantinopla, mesquitas, dervixes, bazares, o cais branco de mármore de Esmirna, os beduínos de Beirute, a ressaca branca de Jaffa, o Atos negro-verde, a barulhenta Porto Saíde, a amarela-branca África, Alexandria – com os *policemen* ingleses, os vendedores de crocodilos empalhados, o célebre Tartushi. Especial, separada de

---

4 Compartimento que ficava no andar superior dos veículos de transporte público da época.
5 Camisa tradicional entre os camponeses da Rússia, que tem a gola abotoada de lado.

tudo, a magnífica Jerusalém, onde morei uma semana com a família de um conhecido árabe.

E no regresso a Odessa, a epopeia do motim do *Potiômkin*[6]. Com o maquinista do *Rússia* – arrebatado, submerso, embriagado pela multidão –, vagava pelo porto o dia inteiro e a noite inteira, em meio a tiros, incêndios e *pogroms*.

Naqueles anos, ser bolchevique significava ir pela linha de maior esforço; e eu era então bolchevique. Era outono de 1905, greves, a Névski negra, cortada pelos holofotes do Almirantado, o 17 de outubro[7], comícios nos estabelecimentos de ensino superior...

Certa vez, em uma noite de outubro, veio a meu quarto na travessa Lómanski[8] um amigo, um operário de orelhas de abano, Nikolai V. – trouxe uma sacola de papel da padaria Filíppov e, na sacola, piroxilina. "Vou deixar a sacolinha com você, há quatro tiras no meu encalço." "Mas claro, deixe." Ainda hoje posso ver essa sacola: à esquerda, no peitoril, ao lado de um saquinho de açúcar e uma linguiça.

No dia seguinte, no "quartel-general" da região de Výborg, no momento em que na mesa estavam dispostos mapas, parabéluns, máuseres e Velo-Dogs[9], chega a polícia: havia trinta

---

6   Revolta, em 1905, dos marinheiros do encouraçado *Potiômkin*, retratada no filme homônimo de Serguei Eisenstein.

7   Em 17 de outubro de 1905, por sugestão de Witte, e como resposta à agitação política desse ano, o tsar Nicolau II lançou o Manifesto de Aperfeiçoamento da Ordem do Estado (Manifesto de Outubro), prometendo direitos civis básicos e a eleição de um parlamento, a Duma.

8   Atual rua Comissário Smirnov, em São Petersburgo.

9   Revólveres de fabricação estrangeira.

pessoas na ratoeira. E no meu quarto, à esquerda, no peitoril – a sacola da padaria Filíppov; debaixo da cama, panfletos.

Quando, revistados e espancados, fomos divididos em grupos, eu e mais quatro vimo-nos junto à janela. Junto ao lampião, sob a janela, avistei rostos conhecidos, aproveitei o momento e larguei um bilhete pelo postigo, pedindo que levassem do quarto tudo de indevido que pertencesse a mim e àqueles quatro. Assim foi feito. Mas fiquei sabendo disso depois e, entrementes, durante alguns meses de isolamento na rua Chpalérnaia, sonhei com a sacola da padaria Filíppov – à esquerda, no peitoril.

No isolamento estive apaixonado, estudei estenografia e inglês, escrevi versos (isso é inescapável). Na primavera de 1906, libertaram-me e enviaram-me para minha terra natal.

O silêncio de Lebedian, os sinos, as cercas – não aguentei por muito tempo: já no verão fui para São Petersburgo, sem permissão, depois para Helsingfors[10]. O quarto na rua Ärtholmsgatan; debaixo da janela, o mar, rochedos. À noite, quando mal se viam os rostos, comícios no granito cinza. À noite não se viam os rostos, a pedra negra e quente parecia macia, pois estava logo ao lado, e eram leves e suaves os raios dos holofotes de Sveaborg.

Uma vez, em uma casa de banhos, um camarada nu trava conhecimento com um homem barrigudo nu: deu-se que o barrigudo era Kock, o célebre capitão da Guarda Vermelha. Mais uns dias e a Guarda Vermelha está em armas, no horizonte mal se veem traços da esquadra de Kronstadt, fontes geradas por

---

10 Atual Helsinque.

projéteis de 12 polegadas explodindo na água, o débil ressoar dos canhões de Sveaborg. E eu – de roupa trocada, barbeado, de pincenê – estou de regresso a Petersburgo.

No Estado, o Parlamento; os estabelecimentos de ensino superior são pequenos Estados dentro do Estado, e eles têm seus parlamentos: os Sovietes de Monitores. Luta partidária, agitação pré-eleitoral, cartazes, panfletos, discursos, urnas. Fui membro – por um tempo presidente – do Soviete de Monitores.

Notificação: comparecer à delegacia. Na delegacia, um folheto verde: a respeito da busca ao "estudante universitário Ievguêni Ivánovitch Zamiátin", com objetivo de sua expulsão de São Petersburgo. Declaro francamente que nunca estive na universidade, e que no folheto, evidentemente, há um erro. Lembro-me do nariz do comissário de polícia – em gancho, um ponto de interrogação: "Hum... É preciso coletar informações". Enquanto isso, mudo-me para outra região: lá, meio ano depois, outra notificação, um folheto verde, "estudante universitário", ponto de interrogação e coleta de informações. E assim por cinco anos, quando finalmente o erro no folheto verde foi corrigido e me enxotaram de Petersburgo.

■

Em 1908 concluí o Instituto Politécnico, na faculdade de construção naval, e me deixaram na cátedra de arquitetura naval (a partir de 1911 lecionei essa matéria). Simultaneamente às folhas do projeto de um navio de torre, jaziam na minha mesa as folhas de meu primeiro conto. Mandei-o para a revista *Educação*, que era editada por Ostrogórski; a parte literária era dirigida por Artsybáchev.[11] No outono de 1908, o conto foi publicado na *Educação*. Quando me encontro agora com gente que leu esse conto, fico tão constrangido como no encontro com uma tia minha, cujo vestido, certa vez, aos 2 anos, molhei em público.

Os três anos seguintes – navios, arquitetura de navios, régua de cálculo, desenhos técnicos, construções, artigos especializados nas revistas *Navio a Motor*, *Navegação Russa* e *Notícias do Instituto Politécnico*. Muitas viagens pela Rússia ligadas ao trabalho: pelo Volga, até Tsarítsyn[12] e Astracã, pelo Kama, a região de Donétsk, o mar Cáspio, Arkhánguelsk, o *Múrman*[13], o Cáucaso, a Crimeia.

Nesses mesmos anos, em meio a desenhos técnicos e números, alguns contos. Não os entreguei à imprensa: em cada um, ainda sentia um certo "não é isso". Encontrei o "isso" em 1911. Nesse ano, houve noites brancas espantosas, houve bastante de muito branco e de muito escuro. E nesse ano o degredo, uma doença grave, os nervos romperam-se, esfarraparam-se. Vivi inicialmente na dacha vazia de Sestrorétsk, depois, no inverno, em Lakhta. Ali, na neve, na solidão e no silêncio, escrevi *Da província*. Depois de *Da província*, a aproximação ao grupo da *Mandamentos*, Riémizov, Príchvin, Ivánov-Razumíkhin.[14] Em 1913

---

11 *Educação*, revista editada pelo pedagogo Aleksandr Ostrogórski (1840-1917) e pelo escritor Mikhail Artsybáchev (1878-1927), autor do romance *Sánin* (1907), que causou escândalo na época.

12 A partir de 1925, Stalingrado e, desde 1961, Volgogrado.

13 Primeiro navio científico do mundo, inicialmente chamado *Santo André*, e rebatizado *Múrman* em 1910.

14 Escritores russos: Aleksei Riémizov (1877-1957), Mikhail Príchvin (1879--1954), Razúmnik Ivánov-Razumíkhin (1878-1946) – este último, da revista *Mandamentos* [*Zavety*], na qual Zamiátin publicou *Da província*.

(tricentenário dos Románov), recebi permissão para morar em São Petersburgo. Agora expulsavam os médicos de Petersburgo. Fui para Nikoláiev, construí lá algumas dragas, alguns contos e a novela *Onde o diabo perdeu as botas*. Por causa de sua publicação na *Mandamentos*, a revista foi confiscada pela censura, redação e autor foram levados a julgamento. Julgaram-nos pouco antes da revolução de fevereiro: absolvidos.

O inverno de 1915-16 – novamente com nevasca, tempestuoso – termina com um desafio para um duelo, em janeiro; em março, a partida para a Inglaterra.

Até então, no Ocidente, estivera apenas na Alemanha. Berlim parecera-me uma São Petersburgo condensada em 80%. A Inglaterra era outra coisa: na Inglaterra tudo era tão novo e estranho como outrora em Alexandria, em Jerusalém.

Aqui – primeiro ferro, máquinas, desenhos técnicos: construí quebra-gelos em Glasgow, Newcastle, Sunderland, South Shields (dentre outros, um de nossos mais robustos quebra-gelos, o Lênin). De cima, os alemães largavam bombas com zepelins e aeroplanos. Escrevi *Os ilhéus*.

Quando os jornais estamparam em letras garrafais: "Revolution in Russia", "Abdication of Russian Tzar",[15] tornou-se impossível ficar na Inglaterra, e em setembro de 1917, em um velho vaporzinho inglês (não daria pena se os alemães o afundassem), voltei para a Rússia. Levou tempo para chegar a Bergen, cinquenta horas com as luzes apagadas, os cinturões salva-vidas e os botes preparados.

---

15 "Revolução na Rússia", "Abdicação do tsar russo", em inglês no original.

Feliz, lúgubre inverno de 1917-1918, quando tudo se moveu, navegou para o desconhecido. Navios-prédios, tiros, buscas, plantões noturnos, clubes domésticos. Posteriormente – ruas sem bondes, longas filas de pessoas com sacolas, dezenas de verstas por dia, fogareiro, arenque, aveia triturada no moedor de café. E junto com a aveia, todo tipo de "maquinações universais": publicar clássicos de todos os tempos e todos os povos, congregar todos os fazedores de todas as artes, exibir no teatro a História do mundo inteiro. Daí eu já não estava mais para desenhos técnicos – a técnica prática ressecou-se e desprendeu-se de mim como uma folha amarela (de técnico, restou apenas o ensino no Instituto Politécnico). E, ao mesmo tempo: ministro um curso sobre a novíssima literatura russa no Instituto Pedagógico Herzen (1920-1921), um curso de técnica de prosa artística no Estúdio Casa das Artes ("Irmãos Serapião"), trabalho no conselho editorial da Literatura Mundial[16], na direção da União Russa dos Escritores, no comitê da Casa dos Literatos, no Soviete da Casa das Artes, no setor de Imagens Históricas da Seção Teatral de Petrogrado do Comissariado do Povo para a Instrução,

---

16 Editora criada em 1919 por iniciativa de Górki para publicar os clássicos da literatura universal, empregando como tradutores alguns dos melhores escritores russos da época – que se encontravam em condições materiais difíceis devido à Guerra Civil. Funcionou até 1924. Em seu estúdio literário, Zamiátin foi o mentor do grupo de jovens escritores conhecidos como "Irmãos Serapião" (em alusão a E. T. A. Hoffmann), que incluía, entre outros, nomes como o de Mikhail Zóschenko, Elizavieta Polónskaia, Veniamin Kavérin e Lev Lunts.

na editora Alkonost[17], de Grjebin, na Petrópolis, na Pensamento, na edição das revistas *Casa das Artes, Ocidente Contemporâneo* e *Contemporâneo Russo*. Nesses anos, escrevi comparativamente pouco; de coisas grandes, o romance *Nós*, que em 1925 saiu em inglês, e depois em tradução para outras línguas; em russo, esse romance ainda não foi publicado.

Em 1925 – traição da literatura: teatro, peças *A pulga* e *Sociedade dos sineiros honorários*[18]. *A pulga* foi montada pela primeira vez no MKHAT[19], em fevereiro de 1925; *Sociedade dos sineiros honorários*, no antigo Teatro Mikháilovski, em Leningrado, em novembro de 1925. Uma nova peça – a tragédia *Átila* – foi concluída em 1928. Em *Átila* cheguei aos versos. Adiante não tenho como ir, regresso ao romance, aos contos.

Penso que, se em 1917 não tivesse voltado da Inglaterra, se não tivesse vivido todos esses anos na Rússia, não poderia mais escrever. Vi muita coisa: em Petersburgo, em Moscou, no fim de mundo de Tambov, no campo de Vólogda, de Pskov, nos vagões de carga.

Assim fechou-se o círculo. Ainda não sei, não vejo que curvas haverá na minha vida.

---

17 Legendário pássaro russo do paraíso, deu nome à editora idealizada pelo poeta Aleksandr Blok (1880-1921) e ligada aos simbolistas, que publicou os Irmãos Serapião em 1922. Já Zinóvi Grjebin (1877-1929) foi um parceiro profissional de Górki e importante editor dessa época, que emigrou em 1921 e publicou literatura russa em Berlim.
18 Adaptação teatral de *Os ilhéus*.
19 Estúdio do Teatro de Arte de Moscou.

Carta a Stálin 1931

Prezado Ióssif Vissariónovitch,

Condenado à mais severa punição, o autor da presente carta dirige-se ao Senhor com o pedido de que esta pena seja substituída.

Meu nome lhe é, provavelmente, conhecido. Para mim, como escritor, ser privado da possibilidade de escrever apresenta-se como uma condenação à morte, e as circunstâncias tomaram tal forma que não consigo prosseguir com meu trabalho, pois qualquer atividade criativa é impensável quando se é obrigado a trabalhar em uma atmosfera de perseguição sistemática, que aumenta ano após ano.

Não desejo de forma alguma afetar inocência ofendida. Sei que nos primeiros três ou quatro anos após a revolução, entre outras coisas escritas por mim, havia algumas que podiam servir de pretexto aos ataques. Sei que tenho o hábito muito inconveniente de dizer não aquilo que é apropriado em dado momento, mas aquilo que me parece ser a verdade. Em particular, nunca escondi minha atitude em relação ao servilismo literário, à subserviência e às viradas de casaca: considerava – e continuo a considerar – que tudo isso humilha igualmente o escritor e a revolução. Naquela época, foi exatamente essa questão, colocada em um de meus artigos (revista *Casa da Arte* nº 1, 1920), de forma que há muitos pareceu brusca e ofensiva, o sinal para o começo de uma campanha endereçada contra mim em jornais e revistas.

Desde então, sob diversos pretextos, essa campanha continuou, e segue até o dia de hoje, e levou, ao cabo, ao que eu chamaria de fetichismo: assim como, outrora, os cristãos criaram o diabo, visando a personificação mais conveniente de todo o mal, os críticos fizeram de mim o diabo da literatura soviética. Cuspir no diabo é considerado uma boa ação, e cada um cuspiu como pôde. Em cada obra que publiquei, foi encontrado, impreterivelmente, algum desígnio diabólico. Para encontrá-lo, não hesitaram ao agraciar-me até com o dom da profecia: assim, em um conto meu —*Deus*, publicado na revista *Anais* ainda em 1916 –, um certo crítico conseguiu encontrar... "chacota da revolução, relacionada à transição para a NEP"[1]; em um conto escrito em 1920 (*Frei Erasmo*), outro crítico (Máchbits-Vérov) viu "uma alegoria sobre os líderes que ficaram mais sábios após a NEP". Independentemente do conteúdo desta ou daquela obra minha, a minha assinatura, por si só, tornou-se suficiente para que tal obra fosse incriminada. Recentemente, em março deste ano, a Oblit[2] de Leningrado tomou medidas para que não restassem quaisquer dúvidas a esse respeito: para a editora Academia editei uma tradução da comédia *Escola do escândalo*[3], de Sheridan, e escrevi um artigo sobre a vida e obra do autor: obviamente, nesse artigo não havia nem podia haver nenhum escândalo de minha parte – todavia, a Oblit não apenas proibiu o artigo como proibiu a editora de sequer mencionar meu nome como editor. Só depois de meu apelo a Moscou – depois de a Glavlit[4], pelo visto, convencê-los de que era absolutamente impossível agir com franqueza tão ingênua – obtive permissão de publicar o artigo, e até de incluir meu nome criminoso.

---

1 Nova Política Econômica (1921-1928), período de restauração limitada de atividades econômicas privadas.
2 Seção Local de Assuntos Literários e Editoriais.
3 *The School for Scandal* (1777), peça do dramaturgo irlandês Richard Brinsley Sheridan (1751-1816).
4 Administração Principal de Assuntos Literários e Editoriais, órgão de censura da URSS.

Este fato foi mencionado aqui pois exemplifica a atitude em relação a mim em seu aspecto absolutamente nu – quimicamente puro, por assim dizer. De uma vasta coleção, trago ainda outro fato, agora relacionado não a um artigo casual, mas a uma peça de grande envergadura, na qual trabalhei por quase três anos. Estava seguro de que essa minha peça – a tragédia *Átila* – finalmente silenciaria aqueles que desejavam fazer de mim um obscurantista. Para tal segurança, eu parecia ter toda base. A peça foi lida em uma reunião do soviete artístico do Teatro Dramático Bolchói, de Leningrado, estiveram presentes à reunião representantes de dezoito fábricas da cidade, e reproduzo aqui trechos de suas apreciações (citadas segundo a ata da reunião, de 15 de maio de 1928).

Representante da fábrica Volodársk: "Essa é uma peça de um autor contemporâneo, tratando o tema da luta de classes na Antiguidade, correspondente com a contemporaneidade... Ideologicamente, é plenamente aceitável... A peça produz uma impressão forte, e aniquila a recriminação lançada contra a dramaturgia contemporânea, de que ela não dá boas peças...".

O representante da fábrica Lênin, assinalando o caráter revolucionário da peça, achou que "a peça, por seu valor artístico, lembra as produções shakespearianas... A peça é trágica, extraordinariamente impregnada de ação, e vai atrair muito o espectador".

O representante da fábrica hidromecânica considerou "todos os momentos da peça bastante fortes e cativantes", e recomendou que sua estreia coincidisse com o jubileu do teatro.

Talvez com a menção a Shakespeare os camaradas operários tenham passado das medidas nos elogios, porém, em todo caso, sobre essa mesma peça Maksim Górki escreveu que a considerava "de alto valor literário e social", e que "o tom heroico da peça e seu tema heroico não poderiam ser mais úteis para nossos dias". A peça foi aceita para encenação pelo teatro, foi permitida pelo Glavrepertkom[5], e depois... exibida ao espectador operário, que lhe dera apreciação tão alta? Não. Depois a peça, já no meio dos ensaios do teatro, já anunciada nos cartazes, foi proibida por insistência da Oblit de Leningrado.

A ruína de minha tragédia *Átila* foi verdadeiramente uma tragédia para mim: depois disso, ficou absolutamente clara a inutilidade de quaisquer tentativas de alterar a minha situação, sobretudo depois que foi desencadeada a célebre história envolvendo o meu romance *Nós* e o conto *Mogno*, de Pilniák[6]. Para extermínio do diabo, obviamente, qualquer falseamento é admissível – e o romance, escrito nove anos antes, em 1920, foi exibido ao lado de *Mogno*, como se fosse o meu último trabalho, o mais novo. Foi organizada uma perseguição até então inédita na literatura soviética, destacada inclusive na imprensa estrangeira: fez-se de tudo para que me fossem tiradas quaisquer possibilidades posteriores de trabalho. Meus camaradas da véspera, as editoras e os teatros passaram a me temer. Meus livros foram proibidos de serem distribuídos em bibliotecas. Minha peça (*A pulga*), que com êxito inalterado encontrava-se na quarta temporada do

---

5 Comitê Principal de Repertório.
6 Dono de uma prosa experimental e vanguardista, Boris Pilniák (1894- -1938) teve a novela *Mogno* (1929) banida na URSS, porém publicada em Berlim – o que desencadeou a campanha contra ele mencionada por Zamiátin. Embora tenha se desculpado com as autoridades do país, acabou preso e assassinado em 1938.

MKHAT-2[7], foi tirada do repertório. Foi suspensa a publicação das minhas obras completas pela editora Federação. Qualquer editora que tentasse publicar meus trabalhos estaria sujeita ao tiroteio imediato de que foram alvo a Federação, a Terra e Fábrica e, especialmente, a Editora dos Escritores de Leningrado. Esta última, por um ano inteiro ainda se arriscou a ter-me como membro de sua direção, ousou empregar minha experiência literária, incumbindo-me a correção estilística das obras de jovens escritores, entre os quais há também comunistas. Na primavera deste ano, a seção de Leningrado da RAPP[8] conseguiu me tirar da direção e interromper também este meu trabalho. O *Jornal Literário* o veiculou em tom triunfal, acrescentando, de modo absolutamente inequívoco, que "é preciso conservar a editora, mas não para os Zamiátins". Fora fechada, para Zamiátin, a última porta para os leitores: fora publicada a sentença de morte deste autor.

■

No código soviético, o passo seguinte à sentença de morte é a expulsão do criminoso das fronteiras do país. Se sou de fato um criminoso e mereço um castigo, creio que ele não deva ser tão duro quanto a morte literária, e por isso peço que a sentença seja substituída pela expulsão das fronteiras da URSS – com direito a que minha esposa me acompanhe. Mas, se não sou criminoso, peço que me permita partir para o exterior junto com minha esposa, temporariamente, ainda que por um ano – para que eu

---

7 Segundo Estúdio do Teatro de Arte de Moscou.
8 Associação Russa de Escritores Proletários.

possa regressar assim que possível e servir aos grandes ideais da literatura sem subserviência às pessoas mesquinhas, assim que entre nós tenha mudado parcialmente o ponto de vista quanto ao papel do artista da palavra. E esse tempo, estou seguro, está próximo, pois em seguida à criação exitosa das bases materiais inevitavelmente se erguerá a questão da criação de uma superestrutura – de uma arte e uma literatura que sejam de fato dignas da revolução.

Sei que será muito árduo para mim no exterior, pois lá não posso fazer parte do campo reacionário; a esse respeito, meu passado (a filiação ao RSDRP[9] na época do tsarismo, a prisão nesse tempo, o duplo degredo e o julgamento na época da guerra por uma novela antimilitarista) fornecem provas suficientes. Sei que se aqui, por força do meu hábito de escrever segundo a consciência, e não sob comando, sou acusado de ser de direita; lá, cedo ou tarde, pelo mesmo motivo, provavelmente me acusarão de ser bolchevique. Mas, mesmo nas condições mais difíceis, lá não serei condenado ao silêncio, estarei em condições de escrever e publicar – mesmo que não seja em russo. Se, pelas circunstâncias, eu for levado à impossibilidade (temporária, espero) de ser um escritor russo, pode ser que eu consiga, como conseguiu o polonês Joseph Conrad, tornar-me inglês, já que escrevi em russo sobre a Inglaterra (a novela satírica *Os ilhéus*, e outras), e escrever em inglês, para mim, é só um pouco mais

---

9   Partido Social-Democrata Operário Russo, o partido dos bolcheviques.

difícil do que em russo. Iliá Ehrenburg[10], permanecendo um escritor soviético, há tempos trabalha principalmente com a literatura europeia, com a tradução em línguas estrangeiras: por que, então, o que é permitido a Ehrenburg não pode ser permitido a mim? E, de passagem, lembro aqui mais um nome: Boris Pilniák. Assim como eu, nos últimos anos ele foi o principal alvo dos críticos, dividiu comigo em ampla medida o papel de diabo, e, para que descansasse da perseguição, foi-lhe permitida uma viagem para o exterior; por que, então, o que foi permitido a Pilniák não pode ser permitido também a mim?

Eu poderia também basear meu pedido de partida para o exterior em causas mais ordinárias, ainda que não sejam menos sérias: para me livrar de uma antiga doença crônica (a colite), preciso me tratar no exterior; para levar à cena duas peças minhas, traduzidas para o inglês e o italiano (as peças *A pulga* e *Sociedade dos sineiros honorários*, já montadas em teatros soviéticos), tenho também de estar em pessoa no exterior; a encenação proposta dessas peças me dará a possibilidade de não sobrecarregar o Narkomfin[11] com pedidos de entrega de divisas a mim. Todos esses motivos são manifestos: mas não posso ocultar que a principal causa de meu pedido de permissão de partir para o exterior com minha esposa é a situação sem saída em que me encontro aqui, como escritor, a sentença de morte que foi emitida contra mim, aqui, como escritor.

---

10 Iliá Ehrenburg (1891-1967), prolífico escritor soviético, foi um dos nomes de maior destaque do período de relativa distensão do regime, após a morte de Stálin, conhecido como "degelo" – que ganhou esse nome devido a um romance homônimo de Ehrenburg de 1954.

11 Comissariado do Povo de Finanças.

CARTA A STÁLIN

A atenção excepcional que receberam de Sua parte outros escritores que se dirigiram ao Senhor permite-me ter esperança de que o meu pedido será também considerado.

Posfácio
Irineu Franco Perpetuo

Na brilhante geração de prosadores russos cujo talento floresceu nos primeiros anos da Revolução de Outubro, Ievguêni Zamiátin costuma evocar associações com as artes plásticas. D. S. Mirsky, por exemplo, via em seus contos iniciais um mosaico de detalhes – um método "similar ao do cubismo em pintura"[1]. Já para Nikolai Bogomólov

> [...] como um pintor profissional, Zamiátin escolhe infalivelmente a cor certa para o lugar certo, sabendo de antemão como ela vai funcionar em um lugar ou outro. Esse tipo de relação com a paleta literária é possível apenas quando existem métodos já estabelecidos de transformação artística da realidade, e quando sua escolha depende apenas do escritor. Nesse aspecto, Zamiátin é a culminação de uma busca artística característica da prosa russa, entre o simbolismo e o realismo tradicional.[2]

Nascido em 1884 em Lebedian (cidade imortalizada por Turguêniev em um conto de seu *Memórias de um caçador*) e morto em 1837 em Paris, Zamiátin escapou da repressão stalinista que vitimou Isaac Bábel e Boris Pilniák, do ostracismo interno que calou Mikhail Bulgákov, das campanhas de difamação que achincalharam Mikhail Zóschenko e da humilhante autocensura que desfigurou a produção de Iuri Oliécha.

---

1 D. S. Mirsky. *Contemporary Russian Literature, 1881-1925*. Nova York: A. A. Knopf, 1926, pp. 297-298.

2 Nikolai Bogomolov. "Prose between Symbolism and Realism", in Evgeny Dobrenko & Marina Balina. *The Cambridge Companion to Twentieth-Century Russian Literature*. Cambridge: Cambridge University Press, 2011, p. 37.

POSFÁCIO

No Brasil, Zamiátin é conhecido sobretudo pelo romance distópico *Nós*, publicado em 1924 nos Estados Unidos, em tradução para o inglês, e que na União Soviética só pôde vir à luz em 1988, durante a *glásnost* de Mikhail Gorbatchov. Zamiátin foi não só escritor, mas também mentor de escritores: George Orwell declarou abertamente a influência que *Nós* teve sobre o seu *1984*, e o grupo de autores russos conhecido como Irmãos Serapião teve-o como seu professor e mentor, na década de 1920.

Ecoando conscientemente a célebre frase de Tchékhov – "a medicina é minha esposa legítima e a literatura é minha amante"[3] –, Zamiátin dividiu-se por anos entre a arquitetura naval e as letras. Como consta em sua *Autobiografia*, reproduzida neste volume:

> Nesses mesmos anos, em meio a desenhos técnicos e números, alguns contos. Não os entreguei à imprensa: em cada um, ainda sentia um certo "não é isso". Encontrei o "isso" em 1911. Nesse ano, houve noites brancas espantosas, houve bastante de muito branco e de muito escuro. E nesse ano o degredo, uma doença grave, os nervos romperam-se, esfarraparam-se. Vivi inicialmente na dacha vazia de Sestrorétsk, depois, no inverno, em Lakhta. Ali, na neve, na solidão e no silêncio, escrevi *Da província*. (p. 296)

A inspiração surgiu em uma viagem de trem entre Lebedian e São Petersburgo:

---

3 Anton Tchékov. *Cartas a Suvórin*. São Paulo: Edusp, 2002, p. 61.

Numa estação pequena, não longe de Moscou, acordei e levantei a cortina. Bem na frente da janela, como se montada em uma moldura, a fisionomia de um policial de estação passou flutuando devagar, com uma testa baixa afundada na face, olhos pequenos como os de um urso e terríveis mandíbulas quadradas. Só tive tempo de ler o nome da estação: Barýbino. E foi assim que nasceu Anfim Baryba e o conto *Da província*.[4]

Lembremo-nos da descrição de Baryba, logo no começo do conto:

> Não era à toa que os rapazes da província o apelidaram de Ferro de Passar. Mandíbulas de ferro, pesadas; boca larga, quadrangular e testa estreitinha: como um ferro de passar com o nariz para cima. E todo o Baryba era assim, largo, volumoso, feito inteiramente de linhas e ângulos retos. Mas cada um se ajustava ao outro de forma que dos pedaços desajeitados parecia resultar uma harmonia: talvez selvagem, talvez terrível, mas ainda assim uma harmonia. (pp. 8-9)

E no fim da história, o protagonista efetivamente se torna *uriádnik* (patente inferior de polícia de província na Rússia tsarista).

Em fevereiro de 1913, Zamiátin levou o manuscrito à sede da revista *Zavéty* ("Preceitos", a mesma palavra que ele empregaria no título *Preceitos da salvação coercitiva*, de autoria do vigário Dewley, personagem de *Os ilhéus*), fundada por Serguei Póstnikov, ligado ao Partido Socialista-Revolucionário, que emigraria

---

4   J. A. E. Curtis. *The Englishman from Lebedian: A Life of Evgeny Zamiatin (1884-1937)*. Boston: Academic Studies Press, 2013, p. 34.

POSFÁCIO

para Berlim em 1921. Póstnikov e os outros editores, Ivánov-Razúmnik e Víktor Miroliúbov, compreenderam o que tinham em mãos e rapidamente aceitaram o texto. O impacto foi forte:

> Póstnikov reuniu trezentas referências a ele em resenhas, muitas das quais destacavam o autor como parte de uma geração nascente de escritores talentosos. Essa conexão com a *Zavéty* logo o colocaria em contato com uma gama de escritores estabelecidos, como Aleksêi Riémizov e Mikhail Príchvin. Zamiátin presenteou Ivan Dmítrievitch[5] com uma cópia impressa de *Da província*, com a simples dedicatória "ao pai". É de perguntar qual foi a reação deste à narrativa, claramente ambientada em Lebedian, na qual Baryba, após ser expulso pelo pai, é tosco a ponto de voltar para casa e exibir aquilo que conquistou da forma mais vil – apenas para que seu pai implacável e severo torne a expulsá-lo. Dificilmente era um retrato de uma boa relação filial.[6]

J. A. E. Curtis, biógrafa do escritor, sintetiza a recepção inicial de *Da província*: as resenhas do conto

> transmitem a impressão poderosa e imediata que ele causou como escritor estreante. Vários críticos estavam certos de que podiam identificar em seu estilo a influência do neorrealismo de Aleksêi Riémizov, com sua mistura excêntrica de arcaísmos da língua eslava eclesiástica e técnicas narrativas modernistas, embora subsequentemente o próprio Zamiátin fosse negar que tivesse lido muito

---

5 Pai do escritor.
6 Curtis, op. cit., p. 36.

de Riémizov na época em que começou a escrever. Um resenhista de Moscou caiu em uma armadilha e fez com que muitos o seguissem, ao declarar que, por todos os seus coloquialismos, Zamiátin devia ser um "autodidata": "Não há dúvida de que este não é um homem de livros, mas um homem que absorveu não a astúcia da página impressa, e sim o sopro palpitante e poderoso da vida real. Ele escreve como fala". Boris Eikhenbaum, escrevendo em julho de 1913, foi muito mais perspicaz acerca do suposto autodidata. Dando as boas-vindas a um talento novo e muito original, do qual muita coisa poderia ser esperada no futuro, ele argumentou que a ligação com Riémizov não se dava por imitação, mas por uma similaridade orgânica de suas abordagens à narração. Riémizov fizera um estudo minucioso dos contos folclóricos russos de modo a obter um efeito narrativo épico, e na obra de Zamiátin o autor também está simplesmente ausente: "Não se tem ideia daquilo em que o próprio Zamiátin está pensando, ou da língua que ele próprio fala".[7]

Conforme Zamiátin escreve em sua *Autobiografia*, o trabalho permitiu que ele viajasse extensivamente pela Rússia – a exemplo do que anteriormente fizeram Nikolai Leskov e Maksim Górki, seu futuro patrono literário. Entre 1906 e 1917, Zamiátin mandou à sua companheira, Liudmila, cartas de 39 cidades diferentes.

No final de julho de 1915, no verão russo, Zamiátin se deslocou para o norte: inicialmente Vólogda, depois Arkhánguelsk – o porto do mar Branco em que Mary Shelley ambienta o início da ação de *Frankenstein*. "Em 8 de agosto, viajou para Soroka,

---

7 Ibidem, p. 41.

no vapor *Múrman* – como chefe da expedição, reivindicou uma cabine grande, o que o deixava levemente envergonhado –, mas depois ficou feliz por estar voltando para casa. A viagem lhe inspiraria a escrever duas histórias poderosas sobre o povo pescador da região ártica, *África* e *O Norte*.[8]

Esta última, redigida em Lebedian, viria à luz em Petrogrado (nome dado a São Petersburgo após a eclosão da Primeira Guerra Mundial), em 1918, no período em que Zamiátin colaborou em projetos de Maksim Górki. Na Literatura Mundial, casa editorial que almejava apresentar escritores estrangeiros aos leitores soviéticos, Zamiátin editou e escreveu apresentações a "traduções de Dickens, H. G. Wells, Jack London, George Bernard Shaw, Upton Sinclair, Romain Rolland, O. Henry e outros". Ao mesmo tempo, "Zamiátin, Tchukóvski, Blok e Nikolai Tíkhonov faziam planos entusiasmados para o novo almanaque *Amanhã*, a ser editado por Górki", uma publicação "não partidária, dedicada a defender a cultura, unificar os intelectuais e restaurar os laços espirituais com o Ocidente", cujo primeiro volume incluiria *O Norte*.[9]

Traduzido para o espanhol e para o francês ainda durante a vida de Zamiátin, *O Norte* ganhou ainda uma versão cinematográfica: *O amor do Norte*, dirigido por Aleksandr Ivanóvski. O filme não foi conservado e, à época da estreia, em 1928, Zamiátin, que assinara o roteiro, enviou uma carta de protesto à revista *Vida da Arte*, dissociando-se da obra, que considerava ter sido

---

8   Ibidem, p. 48.
9   Ibidem, p. 97.

mutilada pelos cortes e modificações do Sovkinó, órgão regulador da produção cinematográfica soviética.[10]

Entre a viagem que inspirou O Norte e a redação da narrativa, Zamiátin empreendeu, em março de 1916, uma outra viagem, que alteraria sua produção literária e seu estilo de vida. Como ele mesmo explicou mais tarde:

> Durante os anos da Grande Guerra, o mar Báltico – aquela "janela para a Europa" aberta duzentos anos atrás por Pedro, o Grande – foi fechado pela frota alemã. Para manter a comunicação com seus aliados, a Rússia foi obrigada a abrir uma nova "janela para a Europa" – longe, no Norte gelado, através do mar Branco e do oceano Ártico. Para isto foi necessário todo um esquadrão de quebra-gelos. Naquela época, cada polegada dos estaleiros russos estava ocupada por novos navios de guerra e de transporte e, por essa razão, os quebra-gelos tinham de ser encomendados na Grã-Bretanha – três na Messrs Swan Hunter & Wigham Richardson's, de Wallsend, um na Armstrong's, de Newcastle, dois em South Shields e um em Glasgow. Passei cerca de dois anos na Grã-Bretanha, trabalhando como superintendente principal de três quebra-gelos.[11]

O estranhamento não podia ser maior, como o próprio escritor afirmou em sua *Autobiografia*: "Até então, no Ocidente, estivera apenas na Alemanha. Berlim parecera-me uma São Petersburgo condensada em 80%. A Inglaterra era outra coisa: na

---

10 Ibidem, p. 170.
11 Ibidem, p. 51.

POSFÁCIO

Inglaterra tudo era tão novo e estranho como outrora em Alexandria, em Jerusalém" (p. 297).

Zamiátin achou Newcastle "uma cidade grande, mas totalmente maçante. Os russos daqui não são meu tipo de gente, os teatros são completamente estúpidos [...] e os ingleses são terrivelmente virtuosos". A comida tampouco era de seu agrado, como se queixou a Riémizov: "Não estou vivendo muito bem na Inglaterra, onde me alimentam apenas de gengibre e pimenta, que só são bons como preparação para o Geena de fogo". Como conta Curtis, ele se instalou "no muito respeitável distrito de Jesmond, próximo ao atraente parque Jesmond Dene, com uma ravina e uma cascata, que fora criado para a cidade pelo magnata da construção naval Lorde Armstrong, na década de 1880".[12] Seu estilo de vida incluía um automóvel Renault – um luxo de que poucos literatos russos daqueles tempos podiam desfrutar.

Ainda em solo inglês, começou a delinear *Campbell – um conto*, que depois se tornaria *Os ilhéus*. Curtis assinala que a novela é

> inteiramente moldada pela experiência de Zamiátin na Inglaterra, desde a topografia de Newcastle e seus subúrbios até os lábios "de verme" de Lady Campbell, mãe do personagem, tão claramente moldados a partir dos lábios de Lady Noble, viúva de Sir Andrew Noble, velho amigo e parceiro de negócios inicial de Lorde Armstrong. O ouvido de Zamiátin para as peculiaridades idiomáticas capturou infalivelmente a dicção do inglês para o leitor russo. E assim como os contos de São Petersburgo representaram uma mudança fundamental na carreira literária de Gógol após suas histórias ucranianas,

---

12 Ibidem, p. 54.

> *Os ilhéus* representa uma ruptura realmente significativa de Zamiátin com seus escritos anteriores, em termos de seu afastamento das províncias russas e do "folclorismo" inicial de seu estilo: o que emerge agora é uma narrativa urbana, mais econômica em sua linguagem e mais modernista em sua organização narrativa. E em um bom número de aspectos, tanto estilísticos quanto temáticos, sua sátira da Inglaterra burguesa também prefigura fortemente seu romance antiutópico *Nós*, ambientado em um futuro distante que traz as características inconfundíveis da Rússia revolucionária.[13]

De volta à terra natal, o escritor incorporou trajes e modos ingleses. "Entrou um jovem casal, fresco, alegre e elegantemente vestido, não no estilo de São Petersburgo, mas precisamente em estilo inglês", descreve Avgusta Damánskaia, a vizinha que recebeu Zamiátin e Liudmila. "O modo de vida inglês servira-lhes, eles se adaptaram rapidamente a ele e adotaram alguns aspectos do jeito inglês, e até o final de seus dias preservaram os modos ingleses em sua aparência, em seu estilo de se vestir e de receber visitas", conta Damánskaia.

Os ilhéus ainda ganharia uma adaptação teatral, intitulada *Sociedade dos sineiros honorários*. Inicialmente idealizada para o Teatro de Arte de Moscou (MKHAT), que posteriormente desistiu da produção, a peça acabou estreando em Riga, capital da Letônia, em 1925. No mesmo ano, foi encenada no Teatro Mály (atual Mikháilovski), em Leningrado, porém sem êxito.

A novela acabou, ainda, servindo de base para ataques políticos feitos ao escritor. Trótski afirmou que seu autor

---

13 Ibidem, pp. 64-65.

é um ilhéu que emigrou da Rússia atual para uma ilha pequena. Quer escreva sobre os russos de Londres ou sobre os ingleses de Leningrado, Zamiátin continua a ser um emigrado do interior. Por seu estilo um tanto enfático e exprimindo as boas maneiras literárias que lhe são próprias (e que chegam às raias do esnobismo), parece que se formou para ensinar a círculos de jovens "ilhéus" esclarecidos e estéreis.[14]

Em 1919, Zamiátin teve seu apartamento revistado pela Tcheká, a então polícia política dos bolcheviques, e passou uma noite na cadeia, onde foi interrogado. A conturbada situação da Rússia pós-revolucionária levou-o a contemplar ideias de emigração. Em 1923, durante um período em que deixara esse pensamento de lado, redigiu o *Conto sobre o mais importante*, uma ousada fusão de um relato realista da Guerra Civil com um plano narrativo de ficção científica.

Em carta ao crítico literário Kornei Tchukóvski, Zamiátin, exasperado com a impossibilidade de publicar *Nós* na Rússia, pergunta-se se o romance não devia ser editado "como se fosse uma tradução do português", e acrescenta: "em minha velhice, voltei a trabalhar em histórias curtas: estou escrevendo um *Conto sobre o mais importante*". Ele apareceria em *O Contemporâneo Russo*, revista que já foi definida como a última publicação livre da URSS. A recepção foi fria: de Paris, o poeta emigrado Vladislav Khodassévitch escreveu a Górki, dizendo que o achava "muito ruim" e "forçado"; marcando seu afastamento de Zamiátin, o

---

14 Leon Trotsky. *Literatura e revolução*. Trad. Luiz Alberto Moniz Bandeira. Rio de Janeiro: Zahar, 2007, p. 47. Tomei a liberdade de alterar o título da obra de Zamiátin, que nesta edição aparece como *Os insulares*, para a solução que adotei na presente tradução – *Os ilhéus*.

último concordou, criticando o autor por "excesso de inteligência". Mais tarde, Górki diria que o conto "não é mais arte, apenas uma tentativa de ilustrar uma teoria ou hipótese filosófica".[15]

Embora estivesse aparentemente desencantado com a carreira literária de seu antigo colaborador, Górki jamais fraquejou na lealdade pessoal para com ele. Quando Zamiátin o procurou, em face das dificuldades cada vez maiores com o recrudescimento do regime stalinista, Górki aconselhou o colega a redigir uma carta ao ditador, reproduzida neste volume, e encarregou-se de entregá-la pessoalmente. Assim, em 1931 ele e Liudmila obtiveram permissão para viajar conservando a cidadania soviética. O casal radicou-se em solo francês, onde ficaria até o fim da vida.

Em Paris, o escritor acalentou planos de se mudar para os Estados Unidos e trabalhar em Hollywood com Cecil B. DeMille (que ele conhecera em Moscou). Nessa época foi escrito o roteiro de *O submundo* (1936), adaptação cinematográfica da peça *Ralé*, de Górki, dirigida por Jean Renoir e estrelada por Jean Gabin. A posição de Zamiátin, porém, parecia ambígua para emigrados como Nina Berbérova, que assim descreveu seu encontro com o escritor no café Danton, no bulevar Saint-Germain, em 1932: "Ele não se dava com ninguém, não se considerava emigrado e vivia com a esperança de voltar para casa na primeira oportunidade. Não acho que ele acreditasse que viveria até que isso fosse possível, mas para ele seria muito temeroso desistir terminantemente desta esperança".[16]

---

15 Curtis, op. cit., pp. 143 e 145.
16 Nina Berbérova. *Kursiv Moi. Avtobiografia*. Moscou; Berlim: Direct Media, 2017, p. 285.

POSFÁCIO

De fato, embora Zamiátin não tenha efetivamente regressado à terra natal, tampouco rompeu vínculos com ela: jamais se desfez de seu passaporte soviético, em 1934 inscreveu-se como membro da União dos Escritores da URSS, não circulava nas rodas anticomunistas. Ele chegou a ser o convidado de honra de um jantar do Grupo de Escritores Proletários de Paris, um coletivo "associado ao jornal *Monde*, de Henri Barbusse, que por vários anos engajou-se em polêmicas acaloradas com os grupos mais linhas-duras, pró-Moscou, da esquerda francesa e da Comintern".[17] O *Monde* publicou um dos primeiros contos de Zamiátin a aparecer na imprensa francesa: *Xis*, com o título *L'Aventure du diacre Indikoplev*, ilustrado por ninguém menos que Mikhail Lariónov. Redigida em 1925, a história retrata a Guerra Civil sob o prisma da sátira.

■

IRINEU FRANCO PERPETUO (1971) é jornalista especialista em música erudita, tradutor, colaborador da revista *Concerto* e apresentador do programa *Empório Musical*, na Cultura FM. Publicou, entre outras, as seguintes traduções: *Arquipélago Gulag* (2019), de Aleksandr Soljenítsyn, acompanhado de outros tradutores; *Lasca* (2019), de Vladímir Zazúbrin; *Os dias dos Turbin* (2018), de Mikhail Bulgákov; *A morte de Ivan Ilitch* (2016) e *Anna Kariênina* (2021), de Lev Tolstói; *Tolstói & Tolstaia* (2022), de Lev Tolstói e Sófia Tolstaia; e *Vida e destino* (2014), de Vassíli Grossman, que conquistou o segundo lugar do Prêmio Jabuti na categoria Tradução. É ainda autor de *Como ler os russos* (2021).

---

17 Curtis, op. cit., p. 233.

PREPARAÇÃO
Danilo Hora

REVISÃO
Ricardo Jensen de Oliveira, Huendel Viana e Valquíria Della Pozza

PROJETO GRÁFICO
Andreia Freire

EDITORIAL
Fabiano Curi (diretor editorial)
Graziella Beting (editora-chefe)
Livia Deorsola (editora)
Kaio Cassio (editor-assistente)
Pérola Paloma (assistente editorial/direitos autorais)
Laura Lotufo (editora de arte)
Lilia Góes (produtora gráfica)

COMUNICAÇÃO E IMPRENSA Clara Dias
COMERCIAL Fábio Igaki
ADMINISTRATIVO Lilian Périgo
EXPEDIÇÃO Nelson Figueiredo
ATENDIMENTO AO CLIENTE Meire David
DIVULGAÇÃO Rosália Meirelles

Editora Carambaia
Av. São Luís, 86, cj. 182
01046-000 São Paulo SP
contato@carambaia.com.br
www.carambaia.com.br

copyright desta edição © Editora Carambaia, 2022.

TÍTULOS ORIGINAIS
Уездное ▪ Da província (1912)
Островитяне ▪ Os ilhéus (1917)
Север ▪ O Norte (1918)
Рассказ о самом главном ▪ Conto sobre o mais importante (1923)
Икс ▪ Xis (1926)
Автобиография ▪ Autobiografia (1928)
Письмо Сталину ▪ Carta a Stálin (1931)
[Moscou]

CIP - BRASIL CATALOGAÇÃO NA PUBLICAÇÃO
SINDICATO NACIONAL DOS EDITORES DE LIVROS, RJ

Z27x
Zamiátin, Ievguêni Ivanovitch, 1884-1937
Xis e outras histórias / Ievguêni Zamiátin ;
tradução, seleção e posfácio Irineu Franco Perpetuo.
1. ed. – São Paulo: Carambaia, 2022.
328 p. ; 22 cm.

Tradução de: Уездное; Островитяне; Север; Рассказ о
самом главном; Икс; Автобиография; Письмо Сталину
ISBN 978-85-69002-78-9

1. Contos russos.   I. Perpetuo, Irineu Franco.   II. Título.
22-78904   CDD: 891.73   CDU: 82-34(470+571)

Meri Gleice Rodrigues de Souza – Bibliotecária – CRB-7/6439

O projeto gráfico deste livro foi constituído a partir de alguns dados da biografia de Ievguêni Zamiátin. As cores da capa e as linhas, que percorrem todo o volume, remetem ao passado do autor como engenheiro naval, lidando com desenhos técnicos e mapas náuticos. Partindo de "Xis", o texto que dá título ao livro, a ilustração da capa se utiliza da chamada Ilusão de Hering. Trata-se de um truque óptico, segundo o qual a linha reta parece curva aos nossos olhos, efeito reforçado pelo relevo do acabamento da capa. A provocação visual pretende gerar um desconforto, traduzindo a sensação, vivida pelo autor, de ser ou não bem-vindo em seu país, o desgosto com Stálin e com a União Soviética. As fontes utilizadas foram a Alegreya, desenhada por Juan Pablo del Peral, e a Acumin, de Robert Slimbach. O livro foi impresso em Pólen Soft 80 g/m² na gráfica Ipsis, em setembro de 2022.

Este exemplar é o de número

0253

de uma tiragem de 1.000 cópias